DIESES BUCH GEHÖRT:

Die drei
???

Die drei ???

Der ehrenwerte Gegner

KOSMOS

Umschlagillustration von Silvia Christoph, Berlin
Umschlaggestaltung von der Peter Schmidt Group, Hamburg, auf der Grundlage der Gestaltung von Aiga Rasch (9. Juli 1941–24. Dezember 2009)

MIX
Papier aus verantwortungsvollen Quellen
FSC® C014138
FSC
www.fsc.org

Gedruckt auf Cradle to Cradle Certified™ Munken Papier

ISBN 978-3-440-17862-1
Redaktion: Leyla Navarro
Produktion, Layout und Satz: DOPPELPUNKT, Stuttgart
Druck und Bindung: Finidr, s.r.o., Český Těšin
Printed in Czech Republic/Imprimé en République tchèque

Die drei ???

Der ehrenwerte Gegner

Die drei ???
Poltergeist

erzählt von André Marx

Die drei ???
Poltergeist

Dicke Luft

Das Telefon klingelte.
Justus saß im Büro des alten Campinganhängers und arbeitete am Computer. Einige Dateien mussten dringend aktualisiert werden, was während der letzten Ferien arg vernachlässigt worden war. Die Berichte über ihre letzten Fälle waren bis jetzt nur bruchstückhaft oder gar nicht eingegeben worden. Eigentlich war dies Bobs Aufgabe, doch der machte sich in letzter Zeit sehr rar und schob die Arbeit immer weiter vor sich her. Er hoffte wohl, dass Justus sich irgendwann selbst darum kümmern würde. Nun, damit lag er gar nicht so falsch. Es klingelte erneut.
Der Erste Detektiv hatte überhaupt keine Lust abzunehmen und wollte lieber warten, bis sich der Anrufbeantworter einschaltete. Doch dann überlegte er, dass es ja vielleicht Bob sein könnte, den er dann gleich zu sich in die Zentrale bestellen und seinem Aufgabenbereich zuordnen würde. Nach dem dritten Klingeln siegte Justus' Neugier und er nahm den Hörer ab. »Justus Jonas von den drei …«, begann er, wurde jedoch scharf unterbrochen.
»Ist Bob da?«, fragte eine energische Frauenstimme. Erst einen Augenblick später erkannte Justus die Stimme von Elizabeth, Bobs Freundin.
»… Detektiven«, beendete Justus seinen Satz, da er ungern unterbrochen wurde. »Nein, der ist nicht da. Leider. Es wartet nämlich eine Menge Arbeit auf ihn.«
»Nicht nur eine Menge Arbeit«, gab Elizabeth wütend zu-

rück, »sondern auch eine Freundin, die jetzt die Nase voll hat. Wir waren an der *Art Gallery Hall* verabredet, eigentlich schon vor einer halben Stunde. Wenn er auftauchen sollte, dann frag ihn, ob er öfter Leute versetzt. Er kann mich zu Hause erreichen.«

Justus wollte gerade etwas erwidern, doch da hatte Elizabeth schon aufgelegt. Missbilligend sah er den Hörer an. Wenn Elizabeth sauer auf Bob war, musste sie ihren Ärger ja nicht ausgerechnet an ihm auslassen. Noch gereizter als zuvor wandte er sich wieder dem Bildschirm zu, dessen flimmernde Informationen förmlich nach Ordnung schrien. Er warf einen Blick auf Bobs handschriftliche Notizen, die neben der Computertastatur lagen, und versuchte die Berichte so gut wie möglich zu ergänzen. Währenddessen dachte er darüber nach, wie es kam, dass diese Arbeit immer an ihm hängen blieb. Wenn es einen Fall zu lösen gab, waren seine Freunde Peter und Bob, mit denen er dieses Detektivbüro betrieb, immer dabei. Aber bei der Arbeit, die darauf folgte, hatten die beiden die bemerkenswerte Fähigkeit, sich unsichtbar zu machen. Dabei hätte er auch Besseres zu tun, als an diesem sonnigen Tag hier im stickigen Wohnwagen zu sitzen.

»Justus!« Tante Mathildas Stimme hallte über den Schrottplatz und riss ihn aus seinen trüben Gedanken. Seit seiner Kindheit lebte Justus bei seiner Tante und seinem Onkel Titus Jonas, dem ein Gebrauchtwarencenter gehörte. Ursprünglich war es mal ein besserer Schrottplatz gewesen, doch das Unternehmen hatte sich im Laufe der Zeit zu einem ansehnlichen Handel mit Antiquitäten, Sammlerstücken, Möbeln und gebrauchten Alltagsgegenständen aller Art gemausert, zu dem die Leute aus der ganzen Umgebung kamen. Der Wohnwagen, der den drei Detektiven als Zentrale diente, stand auf dem Verkaufsgelände.

»Ja!«, schrie Justus etwas ungehalten und erhob sich dann, um zu hören, was seine Tante von ihm wollte. Er trat hinaus.

»Onkel Titus bittet dich, ihm beim Abladen der neuen Ware behilflich zu sein.«

»Ich komme gleich«, murrte Justus.

»Besser sofort«, schlug Tante Mathilda vor. »Onkel Titus muss nämlich gleich wieder weg.«

Justus verdrehte die Augen, murmelte etwas Unverständliches und trat schließlich aus dem Schatten des Wohnwagens hinaus, um seiner Tante zu folgen. Die nächste halbe Stunde verbrachte er mit der schweißtreibenden Arbeit, alte Möbel von Onkel Titus' Lastwagen abzuladen. Er sprach dabei kaum ein Wort, obwohl der wie immer gut gelaunte Onkel Titus mehrfach versuchte, ein Gespräch anzufangen.

Als die Arbeit erledigt war, klebte sein T-Shirt vor Schweiß und er kehrte zurück in den Wohnwagen, um sich dort zu waschen. Seine Laune hatte sich durch die körperliche Anstrengung weiter verschlechtert und er sehnte sich nach einem Ventil für seinen Ärger.

In diesem Moment brauste ein Wagen durch die Hofeinfahrt und bremste ab. Eine Tür öffnete sich und knallte dann wieder zu. Justus musste nicht nach draußen sehen, um zu wissen, wer das war. Er erkannte Peters MG an seinem Motorengeräusch, und auch die Schritte, die sich nun auf dem Kiesweg näherten, identifizierte er eindeutig als Peters sportlichen Gang.

»Hallo!«, rief Peter gut gelaunt, als er die Zentrale betrat.

»Hallo«, brummte Justus.
»Na, fleißig bei der Arbeit?«, fragte der hochgewachsene Junge und strahlte ihn an, doch Justus bedachte ihn mit einem finsteren Blick.
»Allerdings. Und da bin ich leider der Einzige. Woran könnte das wohl liegen?«
»Was ist denn mit dir los?«, wollte Peter wissen und umging die Antwort. »Ärger gehabt?«
»Gehabt ist gut. Ich habe immer noch Ärger«, fuhr Justus fort und wies dann anklagend auf den Computer, als sei der schuld an seiner schlechten Stimmung. »Damit. Ich bin gerade dabei, unsere Berichte auf den neuesten Stand zu bringen. Aber ich kann Bobs Notizen in seiner Sauklaue kaum entziffern. Außerdem sind die Abrechnungen für Strom, Telefon und Faxgerät der letzten beiden Monate längst überfällig. Wir brauchen dringend eine neue Tintenpatrone für den Drucker und sauber gemacht werden dürfte hier auch mal. Das Geschirr stapelt sich in der Spüle, die aussieht, als könnten wir darin bald Schimmelpilze züchten. Ganz nebenbei muss ich alle fünf Minuten Tante Mathilda und Onkel Titus bei irgendwelchen Sachen helfen. Schließlich hat Onkel Titus uns großzügigerweise erlaubt, den Wohnwagen mietfrei zu nutzen, erwartet dafür aber, dass wir ihm ab und zu auf dem Schrottplatz helfen. Die Betonung liegt auf ›wir‹. Tatsächlich sieht es aber so aus, dass niemand von euch sich hier blicken lässt, wenn es nach Arbeit aussieht. Stattdessen darf ich alles alleine machen. Um auf meine Frage zurückzukommen: Woran, meinst du, liegt das?«
Justus holte tief Luft. Ihm war klar, dass er bei einigen Dingen

übertrieben hatte, aber das war jetzt einfach nötig gewesen, um seinem Ärger Luft zu machen. Er fühlte sich schon besser.

»Ich bin doch hier«, erwiderte Peter und wusste nicht ganz genau, ob er kleinlaut oder verteidigend hatte klingen wollen. Es war wohl eine Mischung aus beidem geworden.

»Nur, um kurz mal vorbeizuschauen, da du gerade vom Schwimmtraining kommst und gleich mit Kelly auf den Tennisplatz willst«, mutmaßte Justus. Er hatte bemerkt, dass Peter noch nasse Haare hatte. Und aus seinem Rucksack, den er auf den Boden gestellt hatte, ragte ein Tennisschläger.

Peter fühlte sich ertappt und wurde rot. Er hoffte, dass Justus das im Dämmerlicht der Zentrale nicht bemerkte. »Nicht ganz«, gab er zu. »Ich war bereits auf dem Tennisplatz und gleich wollte ich noch laufen.«

Justus korrigierte in seinen Gedanken, dass die nassen Haare wohl von der Dusche nach dem Tennisspiel herrührten. »Und was ist damit?«, fragte er angriffslustig und wies erneut anklagend auf den Computer, schloss dann aber mit einer fahrigen Geste den ganzen Campinganhänger mit ein.

»Wenn du willst, kann ich ja bleiben und dir helfen.«

»Wunderbar. Dann mach dich am besten gleich mal an den Abwasch.« Ohne ein weiteres Wort setzte der Erste Detektiv sich wieder an den Schreibtisch und fuhr fort, in die Tastatur zu hacken. Ebenfalls wortlos machte Peter sich daran, das Geschirr zu spülen. Er wusste, dass Justus' Wutausbrüche oft ebenso schnell wieder vorüber waren, wie sie kamen. Also verkniff er sich die bissigen Bemerkungen und hoffte, dass der Sturm sich bald wieder verzog.

Das Geräusch eines weiteren Wagens, der auf den Schrottplatz fuhr, unterbrach ihre Arbeit. Diesen Motor erkannte selbst jemand, der das Auto nicht so oft hörte wie die beiden. Es war Bobs alter Käfer. Kurze Zeit später standen Bob und Elizabeth in der geöffneten Tür der Zentrale. Beide sahen sehr schick aus, Elizabeth trug ein helles Sommerkleid und Bob hatte sich in ein cremefarbenes Jackett gezwängt.

»Habt ihr euch doch noch gefunden?«, fragte Justus knapp, ohne auf das ungewohnte Outfit der beiden einzugehen.

»Kurz nachdem ich angerufen hatte, tauchte Bob endlich auf«, erwiderte Elizabeth mit einem vorwurfsvollen Seitenblick auf ihren Freund.

»Wir haben interessante Neuigkeiten«, verkündete Bob.

»Wir auch«, erwiderte Justus. Eigentlich war seine Wut schon fast wieder verflogen, doch er hatte sich wohlweislich noch ein bisschen davon für Bob aufbewahrt. Der sollte schließlich nicht ganz leer ausgehen.

Peter warf Bob einen warnenden Blick zu. »Dicke Luft«, murmelte er, sodass nur Bob es hören konnte.

Der ließ sich davon nicht beirren. »Ihr ahnt nicht, was passiert ist.« Er machte eine bedeutungsschwere Pause. Gerade wollte er mit seinen Neuigkeiten herausrücken, als Elizabeth ihm zuvorkam.

»In die *Art Gallery Hall* ist eingebrochen worden!«, platzte sie heraus. »Und das direkt vor unseren Augen!«

Kunstvolle Informationen

»Direkt vor unseren Augen ist vielleicht etwas übertrieben«, gestand Bob, nachdem die drei ??? es sich in der engen Zentrale halbwegs bequem gemacht hatten. Justus' Laune verbesserte sich schlagartig, als er die Neuigkeit hörte, und er beschloss, sich seine Predigt für später aufzubewahren. Jetzt wollte er erst die Geschichte von Bob und Elizabeth hören. Auch Peter hatte den Abwasch unterbrochen und rieb seine Hände geistesabwesend am Geschirrtuch trocken.

»Also, Elizabeth und ich waren an der *Rocky Beach Art Gallery Hall* verabredet.«

»Wobei Bob allerdings zu spät kam.« Elizabeth warf ihm erneut einen – diesmal jedoch gespielten – bösen Blick zu.

»Was nur daran lag, dass ich für Sax noch ein paar wichtige Anrufe erledigen musste«, verteidigte sich Bob. Er arbeitete neben der Schule und in den Ferien oft für Sax Sandlers Musikagentur und war dort eine Art Mädchen für alles.

»Jedenfalls sollte in der *Art Gallery Hall* heute eine Vernissage stattfinden. Mein Vater bekam eine Einladung, um für die *Los Angeles Post* einen Artikel darüber zu schreiben. Ed Stingwood wollte seine Bilder im *County Museum* in Los Angeles ausstellen, doch daraus wurde nichts.«

»Weil es im *County Museum of Art*, besser gesagt in einem Teil davon, in der *Robert O. Anderson Gallery*, einen Wasserrohrbruch gegeben hat und die Feuchtigkeit den Bildern geschadet hätte«, ergänzte Justus.

»Richtig«, antwortete Bob und nickte Justus zu. »Darüber wurde …«

»Moment!«, unterbrach ihn Peter und hielt vorübergehend mit dem Abtrocknen seiner Hände, die sowieso schon längst trocken waren, inne. »Wovon redet ihr eigentlich? County Museum? Wasserrohrbruch? Wer ist Ed Singwood?«

»Ed Stingwood«, korrigierte Bob. »Zurzeit einer der angesagtesten Künstler. Er kommt aus New York und erregte vor Kurzem großes Aufsehen, weil eines seiner Bilder auf einer Versteigerung für ein paar hunderttausend Dollar von irgendeinem Geschäftsmann erworben wurde. Seitdem sind seine Werke im Wert enorm gestiegen und er wird schon als zweiter Picasso gehandelt.«

Peter nickte. »So so«, sagte er wenig beeindruckt. Malerei war nicht gerade sein Steckenpferd. Bob interessierte sich mehr dafür. Er war wesentlich öfter auf Ausstellungen zu finden als Justus oder Peter. Allerdings hatte seine Begeisterung nachgelassen, seit er für Sax Sandler arbeitete und seine neue Leidenschaft der Musik galt. »Und weiter?«, fragte Peter.

»Es gibt zurzeit eine Ed Stingwood-Wanderausstellung, das heißt, seine Werke werden in verschiedenen Städten gezeigt. Eigentlich sollte die Ausstellung auch nach Los Angeles kommen, und zwar ins *Los Angeles County Museum of Art.* Aber da gab es erst vor wenigen Tagen diesen Wasserrohrbruch und so wurde die Ausstellung kurzfristig verlegt – erstaunlicherweise nach Rocky Beach. Hast du davon denn nichts gelesen? Im Regionalteil der Zeitung war ein großer Artikel darüber, schließlich ist es eine kleine Sensation, dass unser Rocky Beach zum Brennpunkt des künstlerischen Interesses wird. In Los

Angeles ließ sich so schnell kein angemessener Ausstellungsraum finden und unser Museum wurde gerade erst renoviert. Daher ist es wohl recht geeignet.«

»Gut, gut«, sagte Peter ungeduldig. »Weiter!«

»Ich hatte jedenfalls eine Einladung, das heißt, mein Vater hatte eine. Da Rocky Beach ja nicht mehr sein journalistischer Bereich ist, hat er sie mir gegeben und so wollten wir heute an der Vernissage teilnehmen.«

»Daher also auch dieser Aufzug«, bemerkte Peter und konnte sich ein Grinsen nicht verkneifen. Er fuhr fort, mit dem Handtuch zu spielen.

Elizabeth ergriff das Wort: »Ich hatte mich schon gewundert, warum die Gäste die Galerie noch nicht betreten hatten. Die Eröffnung sollte um vier Uhr sein und es war bereits halb fünf, als Bob auftauchte, aber die Türen waren immer noch verschlossen. Kurz darauf verkündete jemand, dass die Vernissage leider ausfallen müsse, da irgendetwas mit der Beleuchtung nicht stimme, der Strom sei ausgefallen oder so. Die Veranstaltung werde aber in den nächsten Tagen nachgeholt, der genaue Termin stehe dann in der Zeitung. Die Leute waren natürlich alle ziemlich sauer. Einige waren weit gereist, um bei diesem exklusiven Ereignis dabei zu sein. Es gab einigen Trubel, aber so nach und nach verschwanden die Besucher.«

»Na toll. Und wo ist der Diebstahl?«, fragte Peter fordernd.

»Kommt noch«, erwiderte Bob. »Wir blieben nämlich vor dem Museum stehen und unterhielten uns. Zwei Leute kamen aus der Galerie, ein Mann und eine junge Frau. Die Frau war ganz aufgelöst. Wir hörten, wie sie etwas von einem Diebstahl sagte und dass sie nun doch die Polizei rufen müssten und was

für ein Skandal es sei, dass das ausgerechnet hier in Rocky Beach passierte.«
»Du meinst also, das mit dem Stromausfall war nur eine Ausrede, in Wirklichkeit sind die Gemälde gestohlen worden?«, fragte Justus. Der Computer interessierte ihn nun nicht mehr. Längst hatte der Bildschirmschoner die Dateien auf dem Monitor ersetzt und bunte Kügelchen flimmerten über die Mattscheibe.
»Genau«, antwortete Bob und grinste stolz. »Und wir sind in der glücklichen Lage noch vor der Polizei etwas davon erfahren zu haben. Was meint ihr? Sollten wir diese Gelegenheit nicht nutzen?« Er sah Justus und Peter herausfordernd an.
»Hm«, machte Peter. »Wir haben damit doch eigentlich gar nichts zu tun.« Er war nicht allzu begeistert davon, sich um diesen Fall zu kümmern. Er ahnte, dass das wieder so viel Zeit in Anspruch nehmen würde, dass die Schule, sein Training und nicht zuletzt Kelly darunter litten.
»Immerhin waren wir dabei«, antwortete Elizabeth.
»Na ja, fast«, murmelte Peter und warf einen unsicheren Blick zu Justus.
Doch der Erste Detektiv hatte bereits dieses unternehmungslustige Glitzern in seinen Augen, was Peters Hoffnungen schwinden ließ. »Ich finde, Bob hat recht. Das ist eine gute Gelegenheit, Nachforschungen anzustellen, da wir wohl fast die Ersten sind, die von diesem Diebstahl wissen.«
»Eben sagtest du noch, wir hätten so viel Arbeit«, maulte Peter. »Wolltest du nicht die Berichte überarbeiten?«
»Das kann warten«, erwiderte Justus knapp und erhob sich.
»Moment«, sagte Peter. »Seit wann wird so etwas so schnell

entschieden? Ich finde, wir sollten uns erst mal einig werden: Meiner Meinung nach lassen wir die Finger davon, denn erstens haben wir selbst nichts damit zu tun, zweitens haben wir auch so genug Arbeit, drittens haben wir nicht einmal einen Auftraggeber und viertens könnten wir ja gleich die Zeitung aufschlagen und nach dem nächsten ungelösten Verbrechen Ausschau halten, wenn wir unbedingt einen neuen Fall haben wollen.«

Elizabeth grinste Peter herausfordernd an. »Das stimmt nicht ganz«, sagte sie und fuhr sich durch die kurzen, rötlichen Haare. »Ihr habt einen Auftraggeber: mich! Ich wollte schließlich unbedingt auf diese Vernissage. Da diese nun ausfiel, gebe ich euch den Auftrag, den Fall zu lösen, damit die Ausstellung nachgeholt wird.«

Peter sah sie verdutzt an, während Bob und Justus in sich hineingrinsten.

»Na los, Peter«, begann Justus versöhnlich. »Es kann bestimmt nicht schaden, wenn wir uns vor Ort einmal umsehen. Es wird sich ja zeigen, ob sich dabei etwas ergibt.«

Bob war schon bei der Tür. »Worauf wartet ihr? Je eher wir da sind, desto besser stehen die Chancen, noch vor der Polizei etwas herauszufinden. Welchen Wagen nehmen wir?«

Doppelte Abfuhr

Die drei ??? wurden enttäuscht: Als sie und Elizabeth in Peters MG bei der *Art Gallery Hall* ankamen, standen bereits zwei Polizeiwagen vor dem Gebäude. Ein Beamter saß noch im Wagen und sprach über Funk offenbar mit dem Präsidium. Die anderen schienen bereits im Innern des Gebäudes zu sein. Die vier näherten sich dem Eingang.

»Und jetzt?«, fragte Peter. »Sollen wir einfach reingehen?«

»Wir werden uns das Gebäude zunächst von außen ansehen«, schlug Justus vor. »Mal sehen, ob wir ausmachen können, wo der Dieb eingestiegen ist.« Sie umrundeten den Betonbau, der in freundlichen Gelb- und Orangetönen angemalt worden war. Es gab einige Fenster, die jedoch alle vergittert waren. Eine Stahltür auf der anderen Seite diente als Hintereingang.

»Hm, sieht irgendwie nicht sehr einbruchssicher aus«, bemerkte Bob. »Die Fenster sind zwar vergittert, aber diese Tür ... ich glaube nicht, dass es für einen Profi besonders schwierig ist, das Schloss zu knacken.«

»Aber hier sind doch sicher Alarmanlagen«, überlegte Elizabeth. »So einfach wird man es dem Einbrecher ja wohl nicht gemacht haben.«

Justus hob zweifelnd eine Augenbraue. »Meinst du? Immerhin ist dies nicht das *Los Angeles County Museum of Art*. Dort gibt es sicherlich sehr gute Alarmanlagen, aber wir sind hier in Rocky Beach. Unser Kunstmuseum ist eigentlich gar nicht dafür gedacht, so wertvolle Bilder auszustellen, daher dürften auch die Sicherheitssysteme eher einfach gehalten sein. Außerdem«, sein Blick wanderte an der Wand entlang nach oben, »bestehen noch mehr Möglichkeiten, in ein Gebäude einzudringen. Das Flachdach da oben zum Beispiel. Wahrscheinlich gibt es ein Oberlicht oder eine Belüftungsanlage, die nicht halb so gut gesichert sind, wie sie es in diesem Fall hätten sein sollen.«

»Ob Cotta an diesem Fall dran ist? Vielleicht ist er sogar gerade drinnen«, überlegte Peter. Inspektor Cotta war ihr Ansprechpartner bei der hiesigen Polizei, mit dem sie teilweise recht eng zusammenarbeiteten. Er hatte ihnen schon oft bei ihren Ermittlungen geholfen, konnte selbst aber auch froh über die Mitarbeit der drei Detektive sein: Bei einigen Fällen hatten sie ihm wichtiges Beweismaterial oder sogar Verbrecher geliefert, von deren Existenz die Polizei nicht einmal eine Ahnung gehabt hatte. »Wir sollten einfach mal fragen. Vielleicht kann er uns ein paar Informationen geben.«

Die anderen stimmten zu und sie kehrten zum Eingang zurück. Der Beamte im Wagen telefonierte immer noch und den drei ??? und Elizabeth gelang es, unbemerkt das Gebäude zu betreten. In der Eingangshalle war es angenehm kühl. Ein kleiner Kassentisch stand neben dem Eingang, einige Prospekte lagen aus und ein Wegweiser an der Wand erklärte den Besuchern, wie die *Art Gallery Hall* eingeteilt war. Ansonsten war die Halle eher schlicht: Nur ein Garderobenständer stand noch an der Wand, und hier und da hing ein Gemälde, das von einem von der Decke hängenden Halogenstrahler ausgeleuchtet wurde.

»Das mit dem Stromausfall war auf jeden Fall ein Vorwand«, stellte Elizabeth fest. Noch immer war niemand zu sehen und die vier betraten einen Gang, der laut Hinweistafel in den Hauptausstellungsraum führen sollte. Auch hier hingen einige moderne Gemälde, die von Kunststudenten des hiesigen Colleges stammten, wie kleinen Schildern zu entnehmen war. Aus dem Raum, in den der Gang mündete, hörten sie Stimmen. Als sie ihn betraten, sahen sie drei Polizisten, die sich interessiert den Tatort ansahen, und Bob erkannte den Mann und die junge Frau wieder, die er schon vor etwa einer Stunde gesehen hatte. Außerdem bemerkte er, dass die Aufmerksamkeit der Polizisten sich hauptsächlich auf eine Stelle an der Wand richtete. Auf eine kahle Stelle. Überall sonst hingen Bilder, die Bilder von Ed Stingwood, wie Bob schnell erkannte, nur hier bestrahlte die Lampe an der Decke eine weiße Wand.

Plötzlich bemerkte ein Polizist die unerwarteten Besucher und kam auf sie zu. Er hatte einen militärisch wirkenden Kurzhaarschnitt und ein ungewöhnlich rotes Gesicht. »Was habt ihr hier zu suchen?«, fragte er scharf. »Wie kommt ihr hier überhaupt herein?«

»Durch die Tür«, antwortete Justus. »Sie war offen und eigentlich wollten wir zu einer Vernissage. Wo findet die denn bitte statt?«

Peter grinste in sich hinein. Justus hatte ein erstaunliches schauspielerisches Talent, das er seit seiner Zeit als Kinderstar beim Fernsehen immer gepflegt und verfeinert hatte. Seine Rolle als Ausstellungsbesucher nahm man ihm allein durch sein selbstverständliches Auftreten ohne Weiteres ab, obwohl er nur ein nicht mehr ganz taufrisches T-Shirt, kurze Jeans und Turnschuhe trug.

»Nirgendwo«, brummte der Mann unfreundlich. »Die Vernissage ist auf einen unbestimmten Termin verlegt worden.«

»Und warum, wenn ich fragen darf?«, wollte Justus wissen.

»Informiert euch darüber bei den Betreibern dieser Galerie«, erwiderte der Polizist schroff. »Würdet ihr jetzt bitte gehen, wir haben zu tun.«

»Dies sind doch die Bilder von Ed Stingwood?« Der Erste Detektiv ließ nicht locker. »Es sieht ganz so aus, als würde dort eines fehlen. Ist es vielleicht gestohlen worden?«

»Bitte verlasst unverzüglich dieses Gebäude. Ihr behindert die Polizeiarbeit«, sagte der Beamte scharf.

»Wir möchten Sie nicht behindern, sondern Ihnen helfen. Wenn Sie uns sagen könnten, was passiert ist ...«, begann Justus erneut, doch sein Gegenüber unterbrach ihn.

»Wie käme ich dazu!«

»Ganz einfach«, erwiderte Justus. »Wir sind Detektive. Ich bin Justus Jonas und dies sind meine Kollegen Peter Shaw und Bob Andrews. Und Elizabeth Carroll«, fügte er noch hinzu und lächelte das Mädchen kurz an. »Sie können sich bei Inspektor Cotta über uns informieren, er wird Ihnen sagen, dass wir seit längerer Zeit sozusagen freie Mitarbeiter der Polizei von Rocky Beach sind.« Über fehlendes Selbstvertrauen hatte sich Justus noch nie beklagt.

Der Beamte sah ihn scharf an. »Ich bin Inspektor Cotta«, erwiderte er wütend und seine roten Wangen glühten. Die drei ??? sahen sich erstaunt an. »Zumindest dienstlich gesehen«, fügte der Mann hinzu. »Mein Name ist Inspektor Kershaw. Ich vertrete Cotta, solange er im Urlaub ist, und somit fällt seine Tätigkeit nun in meinen Aufgabenbereich. Von freien

Mitarbeitern in Form von Möchtegern-Detektiven ist mir nichts bekannt. Und nun verlasst das Gebäude!«

»Wann kommt Inspektor Cotta denn zurück?«, fragte Justus schnell.

»Er ist vorgestern erst gefahren«, erwiderte Kershaw nur. »Und jetzt raus hier!«

Für einen Moment fiel dem Ersten Detektiv nichts mehr ein und dieser Moment reichte Inspektor Kershaw, um die vier aus dem Raum zu schieben. Er begleitete sie bis zum Ausgang und schloss hinter ihnen die Tür ab.

»Das war ja wohl nichts«, bemerkte Peter, als sie wieder in der warmen Nachmittagssonne standen.

»Kann man so sagen«, murrte Justus. »Sehr ärgerlich, dass Cotta nicht da ist. Er hätte uns sicher einige Informationen gegeben. Nun müssen wir uns die auf andere Weise holen.«

»Du willst weitermachen?« Bob blinzelte Justus im hellen Sonnenlicht an.

»Warum nicht?«

»Na ja, weil Peter eigentlich recht hat«, fuhr Bob fort. »Wir haben mit dem Fall nichts zu tun. Einen Versuch war es ja wert, uns hier umzusehen, aber wir sind gerade formvollendet abgeblitzt. Was sollen wir also noch machen?«

Elizabeth sah ihren Freund ungläubig an. »Und was ist mit mir?«, fragte sie fordernd. »Ich bin immerhin eure Klientin. Wollt ihr mir etwa einfach sagen, dass ihr keine Lust mehr habt, euch um meinen Fall zu kümmern?«

»Klientin ist gut«, witzelte Peter. »Justus hat dich doch eben zum Ehrenmitglied ernannt. *Meine Kollegin Elizabeth Car-*

roll«, ahmte er den Tonfall von Justus nach und lachte. »Du bist nun wohl das vierte Fragezeichen.«

»Ich verzichte auf meinen Ehrentitel und werde wieder Klientin. Also macht euch an die Arbeit.«

»Komisch«, murmelte Bob. »Normalerweise beschwerst du dich immer darüber, dass ich so wenig Zeit habe. Und nun bestehst du förmlich darauf, dass wir einen neuen Fall annehmen. Du hast wohl Blut geleckt, weil du sozusagen in der ersten Reihe saßt, was?«

Elizabeth erwiderte nichts, sondern lächelte Bob nur an.

»Ich finde, wir sollten uns noch eine Chance geben«, ergriff Justus das Wort. »Ich habe mir auch schon etwas überlegt. Stellt euch vor, der Bilderdiebstahl war kein Gelegenheitseinbruch, sondern eine geplante Sache. Und zwar so genau geplant, dass der Wasserrohrbruch im *County Museum* kein Zufall war, sondern inszeniert wurde, um zu verhindern, dass die Ausstellung in einem gut bewachten Museum stattfindet.«

»Kein schlechter Gedanke«, stimmte Bob zu. »Du meinst also, wir sollten nach L. A. fahren, um uns im *County Museum* mal umzusehen?«

Justus nickte. »Ganz genau.« Dann bemerkte er, wie Peter verstohlen auf seine Armbanduhr blickte. »Du wirst das Training sicherlich nachholen können, Peter«, erriet er dessen Gedanken und grinste.

Peter schaltete schnell: »Wer redet denn von Training? Ich bin nur besorgt wegen der ganzen Arbeit, die sich in der Zentrale stapelt. Die muss schließlich auch erledigt werden.« Er grinste triumphierend zurück.

Peter setzte Elizabeth zu Hause ab, da sie noch für die Schule zu tun hatte. Dann fuhr er mit Bob und Justus nach Los Angeles. Der Verkehr war hier wie gewohnt katastrophal. Die drei ??? bereuten schon bald, dass sie gleich losgefahren waren, anstatt das Wochenende abzuwarten. Denn so gerieten sie am späten Nachmittag in den vollen Berufsverkehr. In Los Angeles gab es nur eine kurze U-Bahn-Linie und so zogen es die meisten Bürger vor, trotz der ständig über der Metropole schwebenden Smogglocke ihren eigenen Wagen zu nehmen. Es herrschte drückende Hitze.

»Wenn das so weitergeht, kommen wir nicht mehr im Museum an, solange es noch geöffnet ist«, stöhnte Peter, als sie wieder einmal im Rückstau einer Ampel standen. »Vielleicht war das doch keine so gute Idee.«

Justus wollte dem fast zustimmen, sagte dann aber nichts. Schließlich hatte er den Vorschlag gemacht.

»Ach, wir schaffen das schon«, meinte Bob auf dem Beifahrersitz gut gelaunt. »Ich könnte mich nur immer noch über diesen Inspektor Kershaw ärgern. So ein aufgeblasener Typ. Was bildet der sich eigentlich ein, er hätte sich doch wenigstens über uns informieren können! Na ja, aber was will man von jemandem erwarten, der Kershaw heißt«, fügte er hinzu und erntete dafür einen Rippenstoß von Peter.

»Ist halt auch nur ein Mensch«, murmelte Justus geistesabwesend.

Peter bog in den Wilshire Boulevard ein und suchte kurz darauf an der Ecke Hancock Park nach einem Parkplatz. Ein erneuter Blick auf seine Uhr sagte ihm, dass ihnen nicht mehr viel Zeit blieb. »Muss reichen«, murmelte er und stieg aus. Sie betraten das Museumsgebäude und zahlten an der Kasse.

»So, wo war jetzt dieser Wasserrohrbruch?«, fragte Peter, der sich wunderte, warum trotz dieses Zwischenfalls das Museum normal besucht werden konnte.
»Der war nur in einem Flügel des Museums«, erklärte Justus. »Ausgerechnet in der *Robert O. Anderson Gallery*, in der die zeitgenössische Kunst ausgestellt wird. Deshalb glaube ich auch nicht an einen Zufall. Anderson war übrigens ...«
»Erspar uns das!«, unterbrach Peter ihn. »Ich glaube nicht, dass es für unsere Ermittlungen wichtig ist, wer Robert O. Anderson war oder ist.«
Erstaunlicherweise fuhr Justus diesmal tatsächlich nicht mit seinen Erläuterungen fort, denn er hatte auf dem Wegweiser die Galerie entdeckt und ging nun schnurstracks darauf zu. Sie durchquerten einen Teil des Museums, ohne den ausgestellten Kunstwerken Beachtung zu schenken. Bob hätte sich gerne etwas umgesehen, doch die Zeit drängte. Der Zugang zur Galerie war durch ein Seil versperrt, an dem ein Schild mit der Aufschrift *Zurzeit leider geschlossen* hing. In der Nähe stand eine Aufsichtsperson in einer Uniform. Die drei ??? gingen auf die Frau zu.
»Entschuldigen Sie«, begann Justus, »wir würden uns gern die *Robert O. Anderson Gallery* ansehen.«
»Tut mir leid, die ist zurzeit geschlossen.«
»Das wissen wir«, fuhr Justus fort, »wir haben von dem Wasserrohrbruch gehört. Aber wir würden uns trotzdem gern einmal den Schaden ansehen, da wir zurzeit in der Schule an einem Projekt arbeiten, in dem wir durch äußere Einflüsse entstandene Schäden an Bauwerken untersuchen sollen. Wäre es vielleicht möglich, mal einen Blick in die Räume zu werfen?«

»Tja, ich weiß nicht«, antwortete die Frau zögernd. »Es sind bereits Handwerker drinnen, um den Schaden zu beheben.«
»Wir werden sie bestimmt nicht bei ihrer Arbeit stören«, griff Bob ein und setzte sein sympathischstes Lächeln auf.
»Eigentlich ist den Besuchern der Zutritt untersagt.«
»Aber wir sind ja keine Besucher«, erklärte Peter. »Wir sind sozusagen ... beruflich hier.« Diese Behauptung war nicht einmal eine Lüge, stellte Peter zufrieden fest.
Die Aufseherin überlegte noch, als sich ihnen ein Mann näherte. Peter nahm ihn zunächst nur aus den Augenwinkeln wahr, und er drehte sich um. »Oh, nein«, murmelte er leise.
»Was sucht ihr denn schon wieder hier?«, fragte Inspektor Kershaw barsch, als er die drei bemerkte.
»Herr Inspektor!«, rief Justus erfreut. »Schön Sie so schnell wiederzusehen. Wir sind für die Schule hier.«
»Ja«, mischte sich die Aufseherin eifrig ein. »Diese drei jungen Herren arbeiten an einem wichtigen Projekt und wollen sich die Wasserschäden ansehen. Vielleicht können Sie sie gleich mitnehmen, Herr Inspektor.« Offenbar waren ihre Zweifel plötzlich wie weggefegt.
Kershaw wandte sich ihnen zu. »Ich weiß zwar nicht, wie ihr darauf kommt, dass es dort etwas Interessantes zu sehen gibt«, sagte er eindringlich und sein rotes Gesicht wurde noch röter, »aber ihr lasst besser die Finger davon. Ich möchte euch nicht noch einmal begegnen.«
Die Hitze hatte kaum nachgelassen, als sie auf dem Rückweg nach Rocky Beach waren.
»Das war es ja wohl nicht«, brummte Bob. Seine gute Laune hatte ihn mittlerweile verlassen. »Was machen wir jetzt?«

»Aufhören«, sagte Peter schnell. »Justus hat selbst gesagt, dass wir uns noch eine Chance geben. Die hatten wir, aber offenbar ist die Polizei doch nicht so dumm, wie wir manchmal glauben. Dieser Kershaw hatte scheinbar den gleichen Gedanken wie wir. Ich möchte dem Typen nicht unbedingt in die Quere kommen.«

»Peter hat recht«, stimmte nun auch Justus zu, der es sich auf der Rückbank bequem gemacht hatte. »Es war einen Versuch wert, aber offenbar will man uns nicht ermitteln lassen. Schade, aber sei es drum, dann haben wir eben keinen neuen Fall. Ist nicht so schlimm, es wartet sowieso genug Arbeit auf uns.« Er schwieg und dachte über diesen Tag nach. Eigentlich war alles schiefgelaufen. »Dies ist einer der Tage, die man getrost aus dem Gedächtnis streichen kann«, seufzte er.

Tante Elenors Augapfel

Zwei Tage später erfuhren die drei ??? Neues über den Einbruch im Museum. Die Presse hatte Wind von der Sache bekommen und die *California News* berichtete ausführlich darüber. Tatsächlich war bei dem Einbruch nur ein einziges Bild gestohlen worden und gerade das galt als Meisterwerk des Künstlers: *Grüne Eisenfrau* nannte sich das Ölgemälde.
»Wie ich schon vermutet hatte, wusste der Dieb sehr genau, was er wollte«, sagte Justus, als er mit Bob zusammen in der Zentrale saß. Dieser war gerade von Sax Sandler zurückgekommen und hatte die Zeitung mitgebracht. »Ich bin immer mehr davon überzeugt, dass der Wasserrohrbruch kein Zufall war, sondern zu einem sorgfältig ausgetüftelten Plan gehörte.«
Bob verdrehte die Augen. »Hätte ich dir den Artikel doch bloß nicht gezeigt«, sagte er. »Du stürzt dich ja geradezu auf jede Information, die man dir zuwirft. Ich dachte, wir wollten den Fall ruhen lassen.«
»Was nicht heißt, dass ich mich nicht geistig betätigen darf«, fand Justus und studierte zum wiederholten Mal den Zeitungsartikel.
»Was ist nun?«, wollte Bob wissen. »Ich sollte doch unbedingt herkommen, um die Dateien zu aktualisieren.«
»Bitte«, murmelte Justus geistesabwesend, da er noch immer in die Zeitung vertieft war. »Nur zu.« Bob seufzte so laut, dass Justus aufsah. »Was ist?«
»Du sitzt auf dem Schreibtischstuhl.«
»Oh.« Justus räumte den Platz für Bob.

Bob schaltete den Computer ein. In diesem Moment öffnete sich die Tür zum Wohnwagen und mit einem Schwall frischer Luft kamen Peter, Kelly und Elizabeth herein. Kelly war mit Elizabeth zusammen gewesen, als sie sich mit Peter getroffen hatte. Sie hatten beschlossen, mal in der Zentrale vorbeizusehen.

»Da seid ihr ja«, sagte Bob und schaltete den Computer wieder aus.

»He!«, protestierte Justus. »Willst du dich schon wieder vor der Arbeit drücken?«

»Niemals!«, beteuerte Bob. »Aber hattest du nicht vorhin etwas von einem Kirschkuchen erzählt, den deine Tante Mathilda für uns hat? Den sollten wir essen, solange er noch ...« Bob fiel so schnell nichts ein, was ein Kirschkuchen jetzt sein könnte und in einer Stunde vielleicht nicht mehr war. »Solange die Sonne noch scheint.«

»Die Sonne wird noch den ganzen Tag scheinen, Bob«, erwiderte Justus.

»Wer weiß«, sagte Bob scheinheilig, stand auf und verließ den Wohnwagen.

Tante Mathildas Kirschkuchen war wie immer erste Klasse. Die fünf saßen auf der Veranda und ließen es sich schmecken. Justus bedauerte es, dass seine Freundin Lys nicht dabei sein konnte. Lys de Kerk war eine junge Schauspielerin, die die drei ??? – und besonders Justus – einmal bei einem Fall kennengelernt hatten. Mittlerweile ging das Mädchen aufs College, um sich neben der Schauspielerei noch ein zweites Standbein zu erarbeiten. Lys hatte bereits ein eigenes kleines Apartment.

Heute hatte sie keine Zeit, da sie für eine Prüfung lernen musste. Justus stellte sich vor, wie sie jetzt allein zu Hause über ihren Büchern schwitzte, während sie hier gemütlich in der Sonne saßen.
»Ich habe übrigens eine Neuigkeit für euch«, unterbrach Kelly seine Gedanken.
»Über den Einbruch?«, fragte Justus gleich.
»Nein, nicht über den Einbruch. Ich habe einen neuen Fall für euch.«
»He!«, unterbrach Elizabeth sie. »Was soll das heißen? Sie haben doch bereits einen Fall. Ich bin ihre Klientin.«
»Tut mir leid, Elizabeth«, sagte Bob. »Wir haben den Fall aufgegeben. Dieser Inspektor Kershaw kam uns zweimal in die Quere und war nicht an einer Zusammenarbeit interessiert. Und in diesem Fall wäre das schon notwendig gewesen.«
»Und was ist mit der Vernissage?«
»Die findet statt. In der Zeitung steht, dass sie in der nächsten Woche nachgeholt wird. Zwar ohne die *Grüne Eisenfrau*, aber immerhin.«
»Ohne wen?«, fragte Elizabeth verblüfft. Bob klärte sie über die Zusammenhänge auf. »Na schön«, lenkte sie ein. »Wenn die Vernissage stattfindet, bin ich dazu bereit, euch zu entlassen.«
»Also, Kelly, was hast du für uns?«, wollte Justus wissen.
»Nun ja«, begann sie zögernd, »es ist vielleicht nicht so spektakulär wie ein gestohlenes Gemälde, aber immerhin ist etwas verschwunden. Ein Medaillon. Es gehört meiner Großtante Elenor und sie vermisst es seit ein paar Tagen. Am Wochenende war bei uns ein großes Familienfest und Tante Elenor war

auch da. Ich kenne sie eigentlich gar nicht richtig, sie ist eine dieser Verwandten, die man höchstens einmal auf runden Geburtstagen in der Familie sieht. Sie erwähnte, dass ihr uraltes Familienerbstück, ein wertvolles Medaillon, abhandengekommen sei. Ich erzählte mehr so nebenbei, dass ich ein paar Detektive kenne, und sie bat mich, euch zu fragen, ob ihr nicht helfen wollt, den Anhänger wiederzufinden. Erst habe ich die Sache verdrängt, doch sie rief mich heute an, um zu fragen, ob ihr nun interessiert seid.«

»Hm«, machte Justus. »Ein verschwundener Anhänger ist tatsächlich nicht sehr spannend.« Er verzog das Gesicht und blickte in die Runde. Auch Peter und Bob sahen nicht gerade begeistert aus.

»Ich dachte, es wäre ein kleiner Trost für die Museumsgeschichte«, fuhr Kelly fort. »Und außerdem lautet euer Motto doch *Wir übernehmen jeden Fall.* Tja, da könnt ihr euch wohl schlecht drücken.«

Justus' Gesichtsausdruck verfinsterte sich noch ein bisschen mehr. »So habe ich das allerdings noch nie gesehen. Wo wohnt denn deine Großtante?«

»In Malibu. Sie hat ein eigenes Haus an der Küste.«

»Und ihr komisches Familienerbstück ist ihr wirklich so wichtig, dass sie Detektive anheuern will?«, fragte Bob.

Kelly nickte und lächelte, als wolle sie sich dafür entschuldigen, eine solche Großtante zu haben.

»Na, dann müssen wir wohl mit hinfahren«, sagte Bob.

»Ich habe ihr gesagt, dass ihr vielleicht sogar schon heute Nachmittag vorbeikommen könnt.« Wieder lächelte sie verlegen.

Überraschenderweise war Bob auf ihrer Seite. »Na gut, dann fahren wir nachher hin«, sagte er munter.
Justus warf ihm einen düsteren Blick zu. »Du willst dich doch nur vor der Arbeit drücken.«
Bob grinste. »Wie kommst du denn darauf? Ich richte mich nur nach unserem Motto: *Wir übernehmen jeden Fall.*«

Das Haus Elenor Madigans war viel zu groß für eine Person. Kelly hatte ihnen verraten, dass Tante Elenor unverheiratet war und allein lebte. Es lag in einer Reihe anderer großer Privathäuser direkt an der Straße, die an der felsigen Küste von Malibu entlangführte.
Die drei ??? saßen in Peters Wagen und sahen sich das Gebäude erst einmal von außen an. »Kelly hat mir bereits einiges über ihre Großtante erzählt«, berichtete Peter. »Sie scheint etwas ... merkwürdig zu sein. Angeblich sammelt sie allen möglichen Plunder und hat überhaupt einen komischen Geschmack. Ihr dürft euch also über nichts wundern.«
»Wo denkst du hin? Der Klient ist König«, antwortete Bob weltmännisch und öffnete die Wagentür.
Sie betraten den Vorgarten, der zwar sehr gepflegt, aber über und über mit Kuriositäten vollgestellt war. Ein Vogelhäuschen, das aussah wie ein chinesischer Tempel, stand direkt neben einer etwa einen Meter großen steinernen Figur, die sich als deutscher Gartenzwerg entpuppte. Die drei Detektive hatten solche merkwürdigen Figuren auf ihrer Europareise öfter zu Gesicht bekommen, jedoch nie erwartet, diesen Gartenschmuck auch in Kalifornien wiederzufinden.
»Ist das jetzt modern?«, fragte Bob.

»Mal was anderes«, fand Peter. »Aber was ist das da hinten für ein Müllhaufen? Ob Tante Elenor ausgemistet hat?« Er wies auf einen Stapel verrosteten Metalls, der seltsam deplatziert auf dem frisch gemähten Rasen wirkte.
Justus lachte. »Das ist eine Skulptur«, klärte er die beiden auf. »Tante Elenor hat wirklich einen ausgefallenen Geschmack. Aber jetzt reißt euch zusammen. Wir müssen seriös wirken. Oder willst du Kelly in Verlegenheit bringen, Peter?«
Peter biss sich auf die Lippen und ließ dann seine Mundwinkel nach unten sinken, während er eine Augenbraue hob. Jetzt sah er aus wie ein englischer Butler. »Ich bin die Seriosität in Person«, sagte er mit nasaler Stimme und unbewegter Miene, konnte sich das Lachen dann aber doch nicht verkneifen.
Justus wollte ihm einen vorwurfsvollen Blick zuwerfen, doch auch er musste grinsen. Schließlich zwang er sich zur Ernsthaftigkeit und ging die beiden Treppenstufen hinauf zur Tür. Er warf einen Blick auf das Klingelschild, dann klingelte er. Ein melodischer Gong, der gar nicht wieder aufhören wollte, ertönte im Inneren des Hauses. Die drei ??? erkannten die berühmte Melodie des *Big Ben* in London. Noch bevor das Glockenspiel zu Ende war, öffnete sich die Tür und eine beleibte Frau um die sechzig erschien. Sie trug einen glitzernden Hausanzug, der in grellen Rottönen gemustert war, hatte glänzende schwarze Haare und trug zentimeterdickes Make-up. Die Stimme, mit der sie nun sprach, passte zu ihrem Äußeren: Sie war laut und schrill.
»Ach, entschuldigt, dieser Gong ist immer so laut und dauert sehr lange.« Die Melodie verklang gerade mit ihrem letzten Ton. »Ha, seht ihr, schon ist er still.« Sie strahlte die drei an.

»Ihr müsst diese Detektive sein, die Kelly mir empfohlen hat, richtig?«
»Richtig, Mrs Madigan …«, begann Justus.
»Oh, Miss Madigan, bitte«, unterbrach ihn Kellys Großtante.
»Verzeihung. Wir sind die drei Detektive.« Justus reichte ihr eine der Visitenkarten, die sie stets bei sich trugen.

»Lasst mich raten«, schlug Elenor Madigan vor. »Du bist sicherlich Justus Jonas«, sagte sie und wies auf Justus. Dieser nickte. »Dann musst du Bob sein«, fuhr sie fort und streckte Peter ihren Finger entgegen, »und du bist bestimmt der Peter von meiner kleinen Kelly.« Sie lächelte Bob zu.
Der musste sich schwer zusammenreißen, um nicht loszulachen. Deshalb konzentrierte er sich in diesem Moment schnell auf etwas völlig anderes. Er dachte an das Pfannkuchenrezept seiner Mutter, während er sagte: »Nein; ich bin Bob.«
»Oh!«, rief Miss Madigan und klatschte in die Hände. »Ach, na ja, so was passiert. Kommt doch herein und trinkt einen Tee mit mir, dann kann ich euch alles erzählen.« Sie führte die

drei ins Wohnzimmer. Auf dem Weg dorthin gab es bereits einiges zu sehen. Direkt hinter der Eingangstür starrte sie eine hölzerne afrikanische Maske von gigantischen Ausmaßen an. Ihr dämonischer Blick fiel auf die Tür, deren Innenseite in einem schreienden Gelb gestrichen war. Vom kleinen Flur ging es in eine Eingangshalle, die vollgestopft war mit den verschiedensten Dingen. Weitere Masken, Bilder, Puppen, Statuen und Plastiken hingen, standen oder lagen überall herum. Doch nichts schien recht zusammenzupassen. Afrikanische Masken wechselten sich ab mit ägyptischen Wandbehängen, griechische Statuen standen unter deutschen Kuckucksuhren. Modernes und Altmodisches waren dicht gedrängt. Die Eingangshalle sah eher aus wie das Warenlager von Onkel Titus als ein bewohntes Haus.

»Die *Grüne Eisenfrau*!«, rief Bob erstaunt und zeigte auf ein großes gerahmtes Bild, das an einer Wand zwischen einem chinesischen Fächer und einem Spiegel mit goldenem, reich verziertem Rahmen hing.

Peter, der nicht sofort wusste, wovon Bob sprach, drehte sich verwirrt zu ihm um. »Was für eine Frau?«, fragte er.

Doch Miss Madigan kam ihm zuvor. »Ah, ein Kunstkenner. Sehr schön. Ihr habt sicher von dieser Tragödie gehört, die sich ereignet hat. Das großartigste Werk von Ed Stingwood ist für immer verloren.« Sie dehnte das Wort Tragödie unendlich in die Länge.

Nun begriff Peter. »Die *Grüne Eisenfrau*? Das ist dieses Bild?«

»Eine Reproduktion davon, ja«, erklärte Elenor Madigan. »Es gab einen Druck des Meisterwerks in limitierter Auflage und ich war in der glücklichen Lage, eines von tausend Exemplaren zu erstehen. Jetzt, da das Original gestohlen ist, wird der Druck vielleicht einmal richtig wertvoll werden.«

Peter sah sich das Bild an. Es war ein wildes Gekleckse in hellgrauen und mintgrünen Tönen. Hier und da schien der Maler das Bild mit dem Pinsel durchgestrichen zu haben, doch Peter ging davon aus, dass die breiten Farbstreifen dazugehörten. In den chaotischen Formen gelang es ihm mit einiger Fantasie, Objekte auszumachen. Er glaubte ein Haus zu erkennen und dieser Bogen dort konnte der Rücken eines Pferdes sein. Aber nirgendwo auf dem Bild entdeckte er eine grüne Eisenfrau. Was immer das überhaupt war. Doch er behielt seine Gedanken lieber für sich.

Sie gingen weiter in das Wohnzimmer, das eine breite Fensterfront Richtung Pazifik hatte. In diesem Raum herrschte ein ähnliches Chaos. Auch hier sah es so aus, als hätte sich ein verrückter Raumausstatter und Designer einmal richtig ausgetobt, keines der Möbelstücke passte zum anderen. In einer Ecke stand ein alter Sekretär aus reich verziertem Nussbaumholz, direkt daneben ein hochmodernes Regal aus Stahl und Glas.

Elenor Madigan bat die drei ???, Platz zu nehmen. Sie holte den Tee, und als sie sich zu den dreien setzte, begann sie mit ihrer Geschichte. »Das Medaillon ist ein uraltes Erbstück aus meiner Familie. Meine Urgroßmutter bekam es zur Verlobung von ihrem Mann geschenkt und seitdem ist es von Generation zu Generation gewandert. Ich habe es immer gehütet wie meinen Augapfel, es war mir stets das wichtigste Stück in meiner Sammlung.« Sie machte eine großzügige Geste, die den ganzen Raum einschloss. Dieses Durcheinander nannte sie offen-

bar eine Sammlung. »Und nun ist es verschwunden.« Mit einer weiteren übertriebenen Geste unterstützte sie diesen Satz und niedergeschlagen massierte sie mit Daumen und Mittelfinger ihre Schläfen.
»Was heißt das, es ist verschwunden? Glauben Sie, dass es gestohlen wurde?«, wollte Justus wissen.
»Gestohlen?« Kellys Tante sah erschrocken auf, als hätte man sie selbst eines Diebstahls verdächtigt. »Gott bewahre, nein! Nein, es ist sicher nicht gestohlen worden. Es ist ... verloren gegangen! Ich hatte es immer in meiner Schmuckschatulle aufbewahrt und eines Tages war es nicht mehr da. Ich muss es verlegt haben, ich weiß nicht. Ach, ich bin manchmal etwas zerstreut. Wisst ihr, dieses große Haus und meine Sammlung, all das bedarf so vieler Aufmerksamkeit und Pflege. Da passiert es schon mal, dass ich etwas an einen falschen Platz lege.«
Justus nickte. »Und wir sollen den Anhänger suchen?«
»Gesucht habe ich ihn schon selbst. Das ganze Haus habe ich auf den Kopf gestellt, aber ohne Erfolg.« Wieder seufzte sie schwer und griff sich ans Herz, als leide sie durch den Verlust ihres Erbstücks körperliche Schmerzen. »Aber ihr seid doch Detektive. Ihr könnt bestimmt nachforschen, wo mein Augapfel geblieben ist.«
Peter runzelte die Stirn. »Mehr als suchen können wir auch nicht«, sagte er und erntete dafür einen unauffälligen Fußtritt von Bob.
»Ich bin mir sicher, dass ihr das schafft. Kelly hat so von euch geschwärmt. Sie sagte, wenn jemand das Medaillon finden kann, dann Justus, Peter und Rob.«

»Bob«, sagte Bob.
»Ach ja, verzeih mir.« Miss Madigan lächelte Bob zu.
Obwohl damit bereits alles geklärt war, fuhr sie mit ihrer Geschichte fort. Sie erzählte von ihrer Familie, von ihrer Sammlung und immer wieder von ihrem *Augapfel* und wie sehr der Verlust sie schmerzte. Es dauerte eine ganze Weile, bis es Justus gelang, den Monolog höflich zu unterbrechen, um ihr zu sagen, dass sie jetzt gehen müssten.
»O ja, das verstehe ich natürlich. Ach, ich bin aber auch eine Plaudertasche.« Sie lachte leise und klatschte wieder in die Hände. Dann begleitete sie die drei zur Tür.
»Übrigens, wer ist Ethan Easton?«, wollte Justus wissen, als sie bereits draußen waren.
»Woher weißt du denn von Mr Easton?«, fragte Miss Madigan erstaunt.
»Der Name steht unter Ihrem auf dem Klingelschild«, sagte Justus und wies auf die kleine Messingtafel unter dem Klingelknopf.
»O ja, natürlich. Das ist mein Untermieter. Er bewohnt ein Zimmer in der oberen Etage. Wie habt ihr euch nun entschieden? Wollt ihr den Auftrag annehmen?«, fragte sie hoffnungsvoll.
»Wir müssen das besprechen«, erwiderte Justus und reichte Elenor Madigan die Hand. »Wir melden uns bei Ihnen.«
»O ja, bitte!«, flehte sie beinahe. »Ich muss das Medaillon einfach wiederhaben!«
Sie verabschiedeten sich und die drei ??? stiegen schnell in den Wagen.
»Meine Güte!«, stöhnte Peter. »Eine Frau wie ein Erdbeben!

Ich habe noch nie jemanden erlebt, der so oft *Oh* und *Ah* sagt und ständig seufzt.«

»Lass das bloß Kelly nicht hören«, feixte Bob. »Sonst beleidigst du womöglich noch ihre ganze Familie.«

»Ich weiß nicht«, sagte Justus. »So schlimm fand ich sie gar nicht. Sie ist etwas eigenwillig, das stimmt, aber alles in allem scheint sie doch recht liebenswürdig zu sein. Ich glaube, sie wäre wirklich dankbar, wenn wir ihr helfen. Und für uns dürfte es kein Problem sein, dieses Medaillon zu finden.«

Justus wusste noch nicht, wie falsch er damit lag.

Das Erdbeben

»Ich habe gleich gesagt, dass es keine gute Idee ist«, zischte Peter, als er zusammen mit Justus den schweren Teppich zusammenrollte, der in Miss Madigans Schlafzimmer vor dem Bett lag. »Ich komme mir vor wie eine Putzhilfe! Was hat das hier bitte noch mit detektivischer Arbeit zu tun?«
Er flüsterte, da Tante Elenor jeden Moment auftauchen konnte.
»Reg dich ab!«, zischte Justus zurück. »Wir haben den Auftrag nun einmal angenommen, nun müssen wir ihn auch durchführen!«
»Ich war dagegen!«, flüsterte Peter aufgebracht. Nun hatten sie den Teppich ganz zusammengerollt. »Kein Medaillon zu sehen«, stellte der Zweite Detektiv fest und sie rollten den Teppich wieder aus.
Am Abend vorher hatten die drei in ihrer Zentrale beschlossen Kellys Großtante zu helfen, auch wenn sie sich darüber im Klaren waren, dass dies kein sonderlich spannender Fall werden konnte. Doch nach einem längeren Vortrag von Justus über ihren Leitspruch und die damit verbundenen Verpflichtungen, die sie nicht einfach so ignorieren konnten, waren sie übereingekommen das Medaillon zu suchen. Wenn Justus ehrlich war, hatte auch er keine Lust dazu. Aber als Erster Detektiv fühlte er sich für die Moral ihres Unternehmens verantwortlich und er hielt es nicht für fair, einen Auftrag abzulehnen, bloß weil er langweilig zu werden versprach. Miss Madigan war eine Klientin wie alle anderen auch, es gab also keinen Grund, den Fall

nicht anzunehmen. Das zumindest hatte Justus am Tag zuvor noch geglaubt und die anderen damit überzeugt, obwohl besonders Peter sich zunächst sehr gesträubt hatte. Mittlerweile musste Justus eingestehen, dass auch er nicht mehr überzeugt war von seiner Entscheidung.

»Oh, seid bloß vorsichtig mit dem guten Stück!«, flötete Elenor Madigan, die plötzlich hinter ihnen in der Tür aufgetaucht war. »Das ist ein sehr kostbarer Teppich! Na ja, auch wenn er vielleicht nicht sehr wertvoll aussieht, für mich hat er sozusagen persönlichen Wert. Ich habe ihn von einer Asienreise mitgebracht, stellt euch vor, ich kaufte ihn damals bei einem türkischen Teppichhändler, der ihn mir zu einem horrenden Preis verkaufen wollte, aber ich …«

Peter schaltete seine Ohren auf Durchzug, um diese äußerst spannende Geschichte nicht mitzubekommen. Er stand auf und wandte sich einem der Bilder zu, die an der Wand hingen. Es war eine auf Seide gemalte Darstellung einer Taube, für Peters Geschmack eindeutig zu kitschig, und er hoffte nur, dass Kellys Großtante ihn mit der Geschichte dieses Stücks aus ihrer *Sammlung* verschonte. Er nahm gerade den Rahmen von der Wand, als Miss Madigan laut aufschrie. Vor Schreck ließ Peter das Bild beinahe fallen.

»Nein! Nicht die Bilder, um Himmels willen, nicht die Bilder!«, schrie sie.

Peter drehte sich verdutzt um. »Aber …«, begann er.

»Wenn einer der Rahmen beschädigt werden würde, könnte ich das nicht verkraften«, rief sie und hielt sich die beringten Hände an die Wangen. »Die meisten Bilderrahmen habe ich nämlich aus Europa, wo ich sie einer Galerie in Irland abkauf-

te, die schließen musste. Sie haben einen ganz besonderen Wert für mich!«
»Aber«, setzte Peter erneut an, »wir sollen doch das ganze Haus absuchen.«
»Nicht die Bilder!«, wiederholte Miss Madigan. »Und außerdem, junger Mann, glaubst du, ich würde mein Medaillon hinter einem Bild verstecken?«
Peter hätte am liebsten geantwortet, dass er ihr das durchaus zutrauen würde. Doch er verbiss sich die Bemerkung und hängte das Bild stattdessen wieder an seinen Platz. Dann ließ er sich auf die Knie nieder, um unter dem Bett nachzusehen.
Oft versteckten Leute etwas unter den Matratzen, doch die wollte er lieber erst hochheben, wenn Miss Madigan den Raum verlassen hatte. Sie würde bestimmt wieder laut aufschreien, wenn er den Bettbezug auch nur berührte.
Sie blieb noch eine ganze Weile in der Tür stehen und Peter tat so, als sei er unter dem Bett wahnsinnig beschäftigt. Als sie den Raum endlich verließ, kroch er darunter hervor. »Nicht die Bilder!«, zischte er wütend. »Und die Teppiche auch nicht und vermutlich auch nicht das Bett. Was sagt sie wohl, wenn wir anfangen, ihre Schränke zu durchsuchen?«
»Ihr liegt nun einmal sehr viel an ihren Reichtümern«, versuchte Justus ihn zu beruhigen. »Das musst du verstehen. Wir durchsuchen die Schränke einfach, wenn sie gerade nicht da ist.« In Wirklichkeit sah er die Sache genauso wie Peter, doch das konnte er natürlich nicht zugeben. Schließlich war er derjenige, der die beiden anderen dazu überredet hatte, den Fall zu übernehmen.
»Das Dumme ist nur, dass sie ständig wie aus dem Nichts auf-

taucht«, erwiderte Peter und fing missmutig an, die Bettdecke zurückzuschlagen und die Matratze anzuheben.
Bob ging es nicht viel besser. Während Justus und Peter in der obersten Etage das Schlafzimmer unter die Lupe nahmen, hielt er sich im Wohnzimmer auf, das sie von ihrem ersten Besuch bereits kannten. Als Miss Madigan das Schlafzimmer verlassen hatte, war sie direkt zu ihm gegangen. Bob war gerade dabei, mit einer Taschenlampe hinter einem Schrank nachzusehen.
»Das ist nicht nötig«, sagte Miss Madigan. »Da habe ich schon geguckt.«
»Haben Sie den Schrank von der Wand gerückt? Man kann nämlich kaum etwas sehen«, sagte Bob. Und als Elenor Madigan verneinte, fasste er den Schrank fest an, um ihn zur Seite zu ziehen.
»Halt!«, rief die Hausherrin hysterisch. »Das ist ein wertvoller Schrank! Den kleinsten Kratzer würde ich nicht überleben!«
Bob lächelte sie tapfer an. »Aber möglicherweise lag Ihr Amulett auf dem Schrank und ist dahinter gerutscht. Mit der Taschenlampe kann ich nur wenig erkennen, daher wäre es sinnvoll, wenn ich ihn ein wenig zur Seite rücke. Ich verspreche Ihnen, ich werde ganz vorsichtig sein.«
Elenor Madigan schien mit sich zu kämpfen und sah Bob verzweifelt an. »Nein«, entschied sie dann. »Nein, nein, das wird nicht nötig sein. Ich habe das Medaillon bestimmt nicht auf den Schrank gelegt, ich lege nie etwas auf diesen Schrank. Nein, nein, da ist bestimmt nichts dahinter.«
»Wie Sie meinen«, antwortete Bob und ließ vom Schrank ab, um sich einer der kleinen Plastiken zuzuwenden, die am Fens-

ter standen. Eine war aus Gips und stellte einen Tiger dar. Bob vermutete, dass der Sockel hohl war, sodass man darunter etwas verstecken konnte. Er griff nach dem Tiger, doch wieder funkte Miss Madigan ihm dazwischen.
»Oh, sei bloß vorsichtig! Dieses Stück ist sehr, sehr zerbrechlich! Also, so geht das wirklich nicht, Rob.«
»Bob«, sagte Bob.
»Verzeihung. Was wollte ich sagen? Ach ja, richtig, so geht das wirklich nicht. Hier sind wertvolle Stücke aus meiner Sammlung, und du und deine Kollegen, ihr geht damit um, als seien sie nicht weiter wichtig.«
»Aber, Miss Madigan«, versuchte Bob vorsichtig, »irgendwo müssen wir doch suchen.«
»Aber doch nicht an so unmöglichen Orten!«, fuhr Miss Madigan auf. »Glaubt ihr, ich hätte meinen Augapfel unter meinem indischen Tiger versteckt? Das ist doch absurd.«
Nun wurde Bob doch etwas wütend und es fiel ihm schwer, das zu verbergen. »Wir glauben gar nichts«, antwortete er kühl. »Tatsache ist nur, dass Sie das Medaillon verlegt haben und es nun nicht wiederfinden. Daher müssen wir die unmöglichsten Orte in Betracht ziehen. Mein Vater hat schon einmal seinen Autoschlüssel in den Hausschuhen wiedergefunden.« Er drehte sich um und hob den Tiger trotz Miss Madigans Einspruch hoch. Er hörte, wie sie scharf den Atem einsog und ihn dann anhielt. Unter der Gipsfigur befand sich nichts. Vorsichtig stellte er ihn wieder zurück und fuhr mit der Suche fort, Elenor Madigans stechenden Blick immer im Rücken.
Als Justus gerade den Heizkörper in der Eingangshalle untersuchte, öffnete sich die Haustür und herein kam ein großer,

schlaksiger Mann mit dunklen, kurzen Haaren. Verwundert sah er zu Justus hinunter, der auf dem Boden hockte. »Was hast du hier verloren?«, wollte er wissen. »Wer bist du überhaupt?«

»Mein Name ist Justus Jonas. Ich durchsuche das Haus im Auftrag von Miss Madigan. Sie müssen Mr Easton sein, Miss Madigans Untermieter.«

»Richtig«, antwortete der Mann etwas verwirrt. »Ethan Easton. Warum durchsuchst du das Haus?«

»Ich und meine Kollegen wollen ein verschwundenes Medaillon von Miss Madigan wiederfinden.«

»Ah ja, richtig. Sie hat mir davon erzählt. Und nun hat sie sich Medaillonschnüffler kommen lassen?« Er lachte.

»Detektive«, antwortete Justus knapp, während er fortfuhr, die einzelnen Rippen des Heizkörpers mit der Taschenlampe zu inspizieren. Er reichte Mr Easton eine ihrer Visitenkarten. Interessiert nahm der Mann sie entgegen. »Und ihr nehmt das ganze Haus unter die Lupe?«, fragte er. »Sogar die Heizung?«

Justus zuckte die Schultern. »Wir haben keinen konkreten Anhaltspunkt, also müssen wir es überall probieren. Vielleicht hat Miss Madigan ihr Schmuckstück verlegt, vielleicht aber auch verloren, daher kann es an den unmöglichsten Stellen wieder auftauchen.«

»Solange ihr mein Zimmer ausklammert, soll es mir recht sein«, erwiderte Mr Easton – eine Spur zu schroff, wie Justus fand. »Dort habt ihr nämlich nichts zu suchen.« Er ging zur Treppe und stieg in den ersten Stock hinauf.

»Das war ja schon fast eine Einladung«, bemerkte Peter, der die kurze Unterhaltung vom Nebenraum aus mitbekommen

hatte und plötzlich auftauchte. »Wenn mir jemand sagt, dass ich in seinem Raum nichts zu suchen habe, bedeutet das doch meistens das genaue Gegenteil.«
»Du meinst, Mr Easton hat das Medaillon gestohlen?«, fragte Justus leise, der nicht wollte, dass Miss Madigan sie hörte.
»Ist zumindest nicht gerade unwahrscheinlich«, fand Peter.
Justus zupfte an seiner Unterlippe. »Glaube ich nicht«, sagte er. »Warum sollte er das tun? Ich meine, warum ausgerechnet das Medaillon? Wir haben Tante Elenors Schmuckkästchen ja gesehen, dort gab es weitaus wertvollere Stücke als ein kleines, vergoldetes Medaillon.«
»Vielleicht war etwas drin versteckt«, mutmaßte Peter.
Doch Justus grinste nur. »Ich glaube, in diesem Fall siehst du Geheimnisse, wo es keine gibt.«

Es gab unendlich viele Ecken und Winkel im Haus von Elenor Madigan und die drei ??? waren während des ganzen Nachmittags beschäftigt, es zu durchsuchen. Am Abend waren sie noch längst nicht fertig. Elenor Madigan kam ihnen immer wieder in die Quere und sie begannen tatsächlich, die Schränke und Schubladen heimlich zu durchsuchen, wenn sie den Raum gerade verlassen hatte. Während dieser ganzen Zeit regte sie sich ständig über die Methode der drei ??? auf und tötete ihnen damit bald den letzten Nerv. Justus beschloss, am Abend mit ihr darüber zu reden.
Als sie schließlich gemeinsam im Wohnzimmer saßen und einen Tee tranken, wollte er damit herausrücken, doch Miss Madigan kam ihm zuvor. »Also, ich bin euch ja wirklich sehr dankbar, dass ihr mir bei der Suche helft. Aber manchmal glau-

be ich wirklich, dass ihr nicht ganz verstanden habt, worum es geht.«

Justus hob eine Augenbraue. »So?«, fragte er. »Worum geht es denn?«

»Na, ihr sollt das Medaillon finden!«, flötete sie. »Aber stattdessen sucht ihr zwischen Heizungsrippen und unter Bettvorlegern herum.«

»Aber irgendwo müssen wir doch anfangen, Miss Madigan.« Justus bemühte sich, freundlich zu sein.

»Aber doch nicht an diesen absurden Orten!«, erwiderte sie und sah ihn entrüstet an.

»Wo denn sonst?«, wollte Peter wissen. Er bemühte sich mittlerweile nicht mehr um Freundlichkeit.

»Woher soll ich das denn wissen? Ihr seid doch die Detektive!«, rief sie.

»Richtig.« Bob versuchte die Situation zu retten. »Wir sind die Detektive. Und eigentlich müssten wir als Erstes Ihre Schränke und Schubladen unter die Lupe nehmen. Das sind nämlich die naheliegendsten Orte für Ihr Medaillon.«

»Nein, ausgeschlossen!«, sagte Miss Madigan pikiert. »Die Schränke habe ich alle schon durchsucht und ihr lasst eure Finger davon.«

Nun standen sie wieder am Anfang ihrer Diskussion. Justus versuchte es daher von einer anderen Seite: »Sind Sie sich auch wirklich hundertprozentig sicher, dass der Anhänger hier im Haus ist? Vielleicht haben Sie ihn irgendwann einmal getragen und ihn unterwegs verloren oder liegen lassen.«

»Nein, nein, sicher nicht. Ich habe mit diesem Schmuckstück das Haus niemals verlassen!«

»Dann habe ich noch eine Frage bezüglich Mr Easton. Ist es nicht möglich, dass er mit dem Verschwinden in direktem Zusammenhang steht?« Justus drückte sich bewusst vorsichtig und gewählt aus, denn er hatte bemerkt, dass ein Gespräch mit Tante Elenor wie ein Minenfeld war: Ein falsches Wort, und eine Bombe konnte hochgehen. Oder wie Bob gesagt hatte: Sie war eine Frau wie ein Erdbeben.

»Was meinst du damit, Justus?«, fragte sie etwas verwirrt.

Nun musste er doch die Karten auf den Tisch legen: »Ich meine, er könnte das Medaillon gestohlen haben.«

Elenor Madigan riss die Augen auf und sog scharf Luft ein. »Justus!«, rief sie empört. »Dass du daran überhaupt denken kannst!«

»Ein guter Detektiv muss jede Möglichkeit in Betracht ziehen«, antwortete er kühl. »Und ich kenne Mr Easton nicht, kann daher also auch nicht beurteilen, ob er ein ehrenwerter Mann ist.«

»Aber ganz bestimmt ist er das!«, versicherte Miss Madigan ihnen, immer noch ein bisschen erschrocken über Justus' Verdacht. »Für Mr Easton würde ich meine Hand ins Feuer legen, er würde mich niemals bestehlen.« Sie beugte sich verschwörerisch vor und fuhr etwas leiser fort: »Oder glaubt ihr, dass ich ihn sonst als Untermieter genommen hätte?«

Allein die Tatsache, dass Mr Easton bei Miss Madigan lebte, schien ihn über jeden Zweifel erhaben zu machen. Justus seufzte, denn darauf fiel ihm keine passende Erwiderung mehr ein.

»Natürlich nicht, Miss Madigan«, sagte er schließlich resigniert.

»Also, was ist nun?«, wollte sie wissen. »Werdet ihr das Medaillon finden?«
»Wir werden uns alle Mühe geben«, antwortete Justus. »Vorausgesetzt, Sie lassen uns freie Hand bei unserer Suche.«
»Aber die habt ihr doch!«, rief sie fröhlich. »Ihr könnt suchen, wie und wo ihr wollt. Nur nicht in meinen Schränken!« Sie streckte oberlehrerhaft ihren Zeigefinger in die Luft und lächelte die drei Detektive an.
Und überall sonst auch nicht, dachte Justus. »Danke, Miss Madigan«, sagte er und versuchte, so freundlich wie möglich zurückzulächeln.
Dann verließen die drei ??? das Haus, so schnell sie konnten.

Zu viele Fälle verderben den Detektiv

Der nächste Tag lief ebenso unerfreulich ab. Gleich nach der Schule machten sich die drei ??? wieder auf den Weg nach Malibu, diesmal schon wesentlich lustloser als am Tag zuvor. Den ganzen Nachmittag verbrachten sie in Miss Madigans Haus, fuhren fort, es auf den Kopf zu stellen, und blieben auch diesmal nicht von der Hysterie der Hausherrin verschont. Besonders Peter ging das auf die Nerven, und als sie am frühen Abend in seinem Wagen zurück nach Rocky Beach fuhren, machte er seinem Ärger Luft.

»Also mal ehrlich«, begann er. »Sollen wir das wirklich weitermachen?«

»Was?«, fragte Bob.

»Sollen wir uns wirklich von dieser Frau behandeln lassen wie die letzten Idioten? Sollen wir wirklich unsere Zeit damit verschwenden, einen komischen Anhänger zu suchen, der erstens wahrscheinlich nicht einmal etwas wert ist und den Tante Elenor zweitens vermutlich irgendwann mal versehentlich in den Müll geworfen hat?« Sie waren dazu übergegangen, Miss Madigan in ihrer Abwesenheit Tante Elenor zu nennen.

»Sie ist immerhin die Großtante deiner Freundin Kelly«, warf Bob grinsend ein. »Um den Familienfrieden zu wahren, solltest du nicht so über sie reden. Wer weiß, vielleicht ist sie irgendwann auch deine Großtante.«

Peter schnitt eine Grimasse. »Was hat das damit zu tun? Ich habe einfach keine Lust mehr, auf dem Fußboden herumzukriechen und mir ständig vorhalten zu lassen, dass ich alles falsch mache, weil ich versehentlich mal ein Bild berührt habe.«

Er machte ein entsetztes Gesicht und verstellte die Stimme. »Nicht die Bilder!«, flötete er. »Aber ernsthaft: Das ist wohl der mieseste Fall, den wir je hatten. Ich weigere mich fast, diese alberne Sucherei als Fall zu bezeichnen. Normalerweise nehmen wir zwar kein Honorar, aber in diesem Fall würde ich mir das glatt noch mal überlegen.«

»Aber wir haben eine Verpflichtung«, warf Justus vom Rücksitz ein. »Wir können nicht einfach alles hinschmeißen.«

»Warum nicht?«, fuhr Peter auf. »Warum können wir nicht einfach alles hinschmeißen? Ich gebe zu, dass wir das noch nie gemacht haben, aber irgendwann ist immer das erste Mal.«

»Wir haben eine Verpflichtung«, wiederholte Justus. »Unserem Leitspruch dürfen wir nicht untreu werden. Und wir haben eine Klientin, die sich auf uns verlässt und uns vertraut.«

»Genau das tut sie eben nicht!«, ereiferte sich Peter. »Sie vertraut uns nicht so viel.« Er deutete mit Daumen und Zeigefinger der rechten Hand an, wie weit seiner Meinung nach das Vertrauen von Elenor Madigan reichte. »Sonst würde sie uns unsere Arbeit machen lassen, ohne ständig dazwischenzufunken.« Wieder imitierte er Miss Madigans Stimme: »Nein! Oh, nein! Bitte nicht! Fass das nicht an! Und dies auch nicht, und wie könnt ihr es wagen, mein Gott!«

»Ich gebe ja zu, dass sie etwas anstrengend ist«, versuchte Justus einzulenken.

»Etwas? Komm, Justus, du bist doch genauso frustriert und sauer wie ich. Aber da du der Chef bist, darfst du dir natürlich keine Blöße geben. Tief in deinem Inneren würdest du lieber jetzt als später den Fall wieder abgeben, auch wenn das hundertmal gegen unsere Prinzipien verstoßen würde.« Justus schwieg, was für Peter Antwort genug war. »Der Erste Detektiv ist sprachlos. Daher bin ich der Meinung, dass wir abstimmen sollten. Wer ist dafür, weiterhin Tante Elenors Wohnung auf den Kopf zu stellen?«

Justus hob die Hand.

»Und wer ist dafür, den Fall abzugeben?« Peter, der die Frage gestellt hatte, lenkte für ein paar Sekunden nur noch mit einer Hand und streckte die andere in die Luft. »Was ist mit dir, Bob? Nun liegt es an dir.«

»Ich habe es geahnt«, erwiderte der. »Ich will nicht der Sündenbock sein, daher enthalte ich mich der Stimme. Macht das unter euch aus.«

»Aber du wirst doch wohl eine Meinung zu diesem Thema haben!«

»Ich … bin unentschlossen«, antwortete Bob und schwieg dann.

Peter erreichte das Gebrauchtwarencenter T. Jonas und hielt an der Straße. Justus öffnete die Tür und stieg aus.

»Was ist?«, wollte Peter wissen. »Ich möchte das heute Abend noch geklärt haben, damit ich nicht von merkwürdigen Skulpturen und hässlichen Teppichen träumen muss.«

»Dann kommt noch mit rein«, schlug Justus vor und die beiden folgten ihm. Das Tor zum Innenhof, der als Verkaufsfläche diente, war bereits geschlossen und so benutzten sie einen ihrer alten geheimen Eingänge: das *Rote Tor*. Auf den Zaun, der das Gelände umschloss, war das große Feuer von San Francisco gemalt. In dem Bild war ein Mechanismus versteckt, mit dem

man von außen eine verborgene Tür im Zaun öffnen konnte. Sie betraten den Innenhof und gingen auf die Zentrale zu. Drinnen öffnete Bob erst einmal den kleinen Kühlschrank und trank einen Schluck Cola.
»Also? Machen wir nun weiter oder nicht?«, fragte Peter. »Nun sag doch mal was – Rob.« Er lachte und boxte Bob an die Schulter, doch der fand das gar nicht witzig.
»Ich habe doch schon gesagt, ich halte mich da heraus«, erwiderte er nur.
»Du bist immer so schrecklich diplomatisch.« Peter seufzte.
Justus hatte sich inzwischen an den Schreibtisch gesetzt. Die rote Lampe am Anrufbeantworter zeigte ihm, dass jemand auf das Band gesprochen hatte. Er spulte es zurück und spielte es ab. Für einen Moment unterbrachen die anderen beiden ihr Gespräch.
Erst kam Justus' Ansage, dann sprach eine ältere Frauenstimme. »Guten Tag. Mein Name ist Lydia Cartier. Ein alter Klient von euch hat mir eure Adresse gegeben. Ich habe einen Fall für euch. Es ist etwas schwierig, das so auf den Anrufbeantworter zu sprechen. Ich habe Probleme mit meinem Haus. Bei mir sind nämlich sozusagen ... unerwünschte Bewohner. Bitte ruft mich an, wenn ihr Interesse daran habt.« Sie gab ihre Nummer durch, dann piepste es und es blieb still.
»Aha«, sagte Justus. »Interessant. Schon wieder ein Fall.«
»Es kommt ja nicht gerade oft vor, dass wir einfach so per Telefon einen Auftrag bekommen.« Bob sah auf die Uhr. »Es ist noch nicht zu spät. Rufst du an?«
»Soll ich denn?«, fragte Justus scheinheilig.
»Denk an unser Motto«, ärgerte Peter ihn. »Wir überneh-

men jeden Fall. Wir sollten uns zumindest anhören, was diese Mrs Cartier zu sagen hat.«

Der Erste Detektiv zuckte mit den Schultern. »Hast recht.« Er wählte die angegebene Nummer. Während es in der Leitung tutete, schaltete er auf Lautsprecher um, damit Peter und Bob das Gespräch mitbekamen.

»Hallo?«, kam die Stimme aus dem Verstärker.

»Guten Abend, hier spricht Justus Jonas von den drei ???. Sie hatten uns angerufen.«

»Ja, genau. Vielen Dank, dass du dich heute noch bei mir meldest, Justus. Ich wusste mir nicht mehr zu helfen, ich musste euch einfach anrufen, obwohl es mir etwas unangenehm ist.«

»Worum geht es denn?«, wollte Justus wissen.

»Das ist schwierig zu sagen. Ich hoffe, du und deine Kollegen erklärt mich nicht für verrückt. In meinem Haus spukt es.«

»Es spukt?«, fragte Justus. Er drehte sich zu seinen Freunden um und hob die Augenbrauen.

»Ja, es spukt. Es ist mir wirklich unangenehm, das so zu sagen. Ihr müsst mich ja für verrückt halten, aber es ist nun einmal so.«

»Was genau passiert denn?«

»Nun, das ist unterschiedlich. Manchmal höre ich es klopfen. Es klopft im ganzen Haus, mal hier, mal da. Dann stelle ich plötzlich fest, dass Möbelstücke verrückt wurden, und manchmal sehe ich sogar, wie sich etwas direkt vor meinen Augen wie von Geisterhand bewegt.«

Justus hatte seine Augenbrauen noch immer oben. »Das ist in der Tat … bemerkenswert.«

»Du musst mir glauben. Könnt ihr mir helfen?«

»Schwer zu sagen«, antwortete Justus. »Wir müssten uns vor Ort einmal umsehen.« Wieder drehte er sich während des Gesprächs zu den beiden anderen um und Bob und Peter nickten begeistert.
»Ja, bitte, das wäre sehr nett von euch. Könntet ihr möglichst bald einmal vorbeikommen? Vielleicht schon morgen? Dieser Spuk raubt mir langsam den Verstand.«
»Morgen«, murmelte Justus. »Es ist zurzeit leider so, dass wir bereits einen Fall haben, Mrs Cartier. Wir müssen uns da erst absprechen.«
»Ja, das kann ich verstehen. Ist es denn ein sehr wichtiger Fall? Ich ... ich brauche wirklich eure Hilfe. Ich weiß sonst nicht mehr, was ich tun soll.« Die Stimme, die anfangs sehr gefasst klang, wurde nun brüchig und die drei ??? konnten hören, wie die Selbstbeherrschung der Frau langsam zerbröckelte. »Ich bin auch bereit euch ein Honorar nach euren Wünschen zu zahlen.«
»Wir nehmen kein Geld, Mrs Cartier, darum geht es nicht. Aber wir haben eben bereits einen Auftrag, und ...«
»Bist du verrückt!«, zischte Peter. »Natürlich nehmen wir an!«
»Moment bitte, Mrs Cartier«, sagte Justus und legte die Hand über die Sprechmuschel. »Was ist?«, fragte er Peter unwirsch.
»Wir nehmen diesen Auftrag an!«, wiederholte der Zweite Detektiv. »Das ist doch sonnenklar! Ich habe keine Lust mehr auf Tante Elenor!«
Justus runzelte unwillig die Stirn. »Bob?«, fragte er.
Dieser nickte. »Sehe ich genauso. Ein Spukhaus klingt hun-

dertmal interessanter als ein verschwundenes Medaillon. Man muss eben Prioritäten setzen.«

Der Erste Detektiv seufzte. Dann nahm er die Hand vom Hörer. »Mrs Cartier? Wir können morgen bei Ihnen vorbeikommen.«

Mrs Cartier bedankte sich herzlich, dann ließ Justus sich die Adresse geben. Als er aufgelegt hatte, wandte er sich an Bob und Peter. »So geht das nicht«, sagte er bestimmt.

»Was?«, wollte Peter wissen.

»Wir können nicht einfach so einen Fall abbrechen.«

»Fall? Ich sehe im Durchwühlen eines Hauses keinen Fall!«, begehrte Peter auf. »Außerdem haben wir schon zugesagt. Da muss Tante Elenor eben eine Weile ohne uns auskommen. Wie Bob schon sagte: Es gibt Dinge, die wichtiger sind.«

»Mag sein, dass diese Mrs Cartier unsere Hilfe eher braucht als Tante Elenor. Trotzdem können wir sie nicht einfach hängen lassen. Daher werden nur zwei von uns zum Spukhaus fahren, einer macht bei Tante Elenor weiter.«

»Fantastisch!«, rief Peter gut gelaunt. »Bob und ich fahren zu dieser Cartier und du wühlst weiterhin in Kleiderschränken herum.«

»Geht leider nicht«, wehrte Justus ab. »Ich habe kein Auto und mit dem Bus komme ich nicht nach Malibu. Also muss zwangsläufig einer von euch hinfahren.«

»Ach. Und an wen dachtest du da?«, fragte Peter gereizt.

»Ist mir egal«, erwiderte Justus. »Wenn ihr euch nicht einig werdet, müsst ihr es auslosen.«

»Das sehe ich anders«, begehrte Peter erneut auf. »Warum können wir uns nicht alle drei um den neuen Fall kümmern?

Tante Elenor ist eindeutig zu weit gegangen. Ich finde, es ist unser gutes Recht, die Sache fallen zu lassen. Schließlich haben wir keine Verpflichtung.«

»Doch«, widersprach Justus. »Eine moralische.«

»Du vielleicht. Ich nicht. Und deshalb werde ich keinen Fuß mehr in das Haus dieser Erdbebenfrau setzen.«

Justus seufzte. »Zu viele Fälle verderben den Detektiv«, meinte er.

»Was ist mit dir, Bob?«, wollte Peter wissen. »Du hältst dich immer so bewundernswert im Hintergrund. Bedeutet das, dass dir die Sache egal ist und du zu Tante Elenor fahren würdest?«

Bob schüttelte energisch den Kopf. »Nein. Ich möchte mich bloß nicht mit euch streiten. Aber ich bin auch eher dafür, Tante Elenor allein weitersuchen zu lassen.«

»Dann müsst ihr losen«, entschied der Erste Detektiv.

»Warum fährst du nicht hin, wenn es dir so wichtig ist?«, fragte Peter.

»Habe ich dir schon einmal gesagt: Weil ich kein Auto habe.«

»Und warum lassen wir es nicht einfach?«

»Habe ich dir auch gesagt: Weil wir einen Ruf zu verlieren haben.«

Wütend warf sich Peter in seinen Stuhl zurück und verschränkte trotzig die Arme. »Also gut«, brummte er. »Dann losen wir eben.«

Justus angelte nach der Streichholzschachtel, die neben der kleinen Herdplatte lag. Er nahm zwei Hölzer heraus und brach bei einem den Kopf ab. Dann versteckte er sie hinter seinem Rücken und streckte schließlich zwei Fäuste nach vorn. »Wer

das abgebrochene Streichholz wählt, geht zu Tante Elenor«, entschied er.
Peter und Bob sahen sich an. »Du zuerst«, meinte Bob und Peter tippte nach einigem Zögern auf Justus' rechte Hand.
Justus öffnete beide Fäuste. Das unversehrte Streichholz war in seiner linken.

Peter rastet aus

Mit quietschenden Reifen hielt Peter vor dem Haus in Malibu Beach. Er riss die Tür auf, sprang aus dem Wagen und schlug die Tür ebenso schwungvoll wieder zu. Etwas schneller als erlaubt war er hierher zur Küste gerast, da er seine Arbeit so rasch wie möglich erledigen wollte. Justus und Bob waren bereits auf dem Weg zu Lydia Cartier, womöglich waren sie schon dort, womöglich hatten sie den Spuk bereits miterlebt oder gar aufgeklärt. Und er war dazu verdammt worden, Tante Elenors bescheuertes Medaillon zu suchen. Peter beschloss, heute etwas rabiater bei der Suche zu sein, egal, was Tante Elenor dazu sagte. Außerdem würde er das Medaillon finden und den Fall zu den Akten legen, um dann sofort zurück nach Rocky Beach zu ihrer neuen Klientin zu fahren.

Der Zweite Detektiv klingelte. Elenor Madigan öffnete ihm. Sie sah übermüdet und verwirrt aus. »Kommen Justus und Rob nach?«, wollte sie wissen.

»Bob«, erwiderte Peter mechanisch. »Nein. Wir haben kurzfristig eine andere Angelegenheit zu bearbeiten, daher komme ich heute ausnahmsweise allein.« Dass es bei dieser Ausnahme nicht unbedingt blieb, musste Tante Elenor nicht wissen.

»Na, wie ihr meint«, antwortete sie etwas pikiert. Dann hob sie theatralisch ihre rechte Hand zur Stirn und stöhnte: »Ach, ich habe heute so stark Migräne, ich muss mich gleich wieder hinlegen.«

»Wie bedauerlich«, brummte Peter unfreundlich und schob sich an ihr vorbei ins Haus.

Miss Madigan folgte ihm. »Wenn du heute bitte etwas leiser sein könntest, ich brauche wirklich meine Ruhe. Ich werde mich in den Salon legen, der ist heute also deine Tabuzone.«

»Alles klar«, antwortete Peter knapp und stieg die Treppe hinauf. So war er wenigstens weit entfernt vom *Salon*, wie Miss Madigan ihr Wohnzimmer nannte. Er begann seine Suche im Gästezimmer, war aber nicht lange ungestört. Miss Madigan stand in der Tür und beschwerte sich über den Lärm, den er beim Verrücken des Bettes gemacht hatte. Dann war es ihr nicht recht, dass Peter die Abstellkammer untersuchte. Und schließlich wollte sie ihn nicht in den Keller lassen. Dabei wurde nicht nur sie immer gereizter. Auch Peters Laune verschlechterte sich von Minute zu Minute. Er spürte, dass er mit seiner Geduld an der Grenze angelangt war, und befürchtete, bald sehr ungehalten zu werden.

Am Ende konnte er das jedoch nicht vermeiden. Der Zweite Detektiv war gerade im Badezimmer, das wie eine Mischung aus Parfümerie und Strandcafé eingerichtet war, und durchsuchte die unzähligen Schränkchen, die mit ebenso unzähligen Fläschchen, Döschen und Flakons gefüllt waren, als Elenor Madigan zum wiederholten Mal in der Tür stand. Peter hatte gerade eine kleine Schale in der Hand, in der sich bunte Badeperlen befanden.

»Nein!«, rief sie. »Stell das sofort wieder hin! Weißt du, woher ich diese Schale habe? Ich habe sie von einem chinesischen Straßenhändler zu einem unglaublichen Preis gekauft!« Sie verschwieg, ob der Preis unglaublich hoch oder unglaublich niedrig gewesen war.

Peter stellte das angeblich so kostbare Kleinod gehorsam zurück.

»Was treibst du auch hier im Badezimmer? Ich habe doch mehrfach gesagt, dass ich es nicht wünsche, dass die Schränke durchwühlt werden.«

»Ich durchwühle Ihre Schränke nicht«, korrigierte Peter, »ich durchsuche sie. Deshalb bin ich schließlich hier.«

»Aber doch nicht im Badezimmer!«, widersprach Miss Madigan. »Das geht nun wirklich nicht!«

Peter holte tief Luft. Tief in seinem Inneren spürte er den Geduldsfaden endgültig reißen. »Wo soll ich denn suchen?«, fragte er scharf.

»Na, an irgendwelchen Orten, wo das Medaillon sein könnte«, sagte Miss Madigan und auch ihr war ihre Gereiztheit deutlich anzumerken.

»Und wo, bitte schön, soll das sein?«, fragte Peter.

»Na, das müsst ihr doch wissen!«

»Richtig. Und deshalb sollten Sie es auch uns überlassen, wo wir suchen. Ich jedenfalls bin der Meinung, dass Ihr Medaillon durchaus hier im Badezimmer sein könnte, daher durchsuche ich die Schränke.«

»Aber nein«, erwiderte sie.

»Aber doch!«, sagte Peter etwas zu laut. »Sie haben uns diesen Auftrag gegeben, aber Sie lassen uns nicht unsere Arbeit machen. Ständig heißt es, dass wir hier nicht suchen sollen und dort auch nicht und dass wir dies und das nicht anfassen dürfen. Wo sollen wir dann bitte suchen?«

»Jedenfalls nicht in meinen Schränken«, sagte Miss Madigan bissig.

»Gut«, erwiderte Peter knapp. »Dann können wir Ihr Medaillon leider nicht finden. Denn sonst haben wir schon überall nachgesehen.«

»Ach. Ich dachte, ihr seid so großartige Detektive.«

»Sind wir auch«, erwiderte Peter selbstsicher. »Vorausgesetzt, man pfuscht uns nicht in unsere Arbeit. Doch das tun Sie schon die ganze Zeit. Seit wir vorgestern hier angekommen sind, tun Sie nichts weiter, als uns zu maßregeln und uns zu sagen, was wir alles nicht dürfen. Haben Sie sich mal überlegt, woran es liegt, dass wir Ihr Medaillon immer noch nicht gefunden haben?«

Miss Madigan riss empört die Augen auf und holte tief Luft. »So lasse ich nicht mit mir reden!«

Ein weiterer Kopf erschien in der Tür zum Bad. Es war Ethan Easton. »Was ist denn hier los?«, fragte er.

»Gar nichts mehr«, sagte Peter schroff. Er wandte sich an Miss Madigan: »Wenn Sie so nicht mit sich reden lassen, dann eben nicht. Sie haben zwei Möglichkeiten: Entweder ich kann hier so viele Schränke durchsuchen, wie ich es für nötig halte, oder Sie beauftragen jemand anderen, Ihr Medaillon zu suchen.«

Erneut schnappte Elenor Madigan nach Luft. »Und Kelly hat so von euch geschwärmt!«, rief sie empört. »Da hat sie sich wohl gewaltig getäuscht. Dass sie auf Burschen wie euch – und speziell auf dich – hereingefallen ist! Ich kann es nicht glauben.«

Peter starrte sie finster an. »Die Erklärung ist ganz einfach«, sagte er. »Freunde kann man sich aussuchen. Verwandte leider nicht.«

Tante Elenor riss die Augen nun so weit auf, dass Peter glaubte, sie würden gleich aus den Höhlen plumpsen und sich unter die Badeperlen in der chinesischen Schale mischen. »Das reicht«, keuchte sie. »Hinaus!« Sie streckte herrisch ihren Arm aus und wies durch die Tür zur Treppe, die nach unten führte. Dabei hätte sie ihren Finger beinahe Mr Easton in die Wange gebohrt.

Ohne ein weiteres Wort zu sagen, ging Peter mit zwei langen Schritten an ihr vorbei und eilte die Treppe hinunter. Miss Madigan war offenbar so schockiert, dass sie im Bad blieb. Doch Ethan Easton folgte ihm. »Was war denn los?«, fragte er Peter, als der gerade die Haustür aufriss.

Peter sah ihn nur an und sagte: »Sie haben wirklich eine bemerkenswerte Vermieterin.« Er hatte keine Lust auf lange Erklärungen.

»Ist der Fall des verschwundenen Medaillons damit beendet?«, wollte Mr Easton noch wissen.

»Worauf Sie sich verlassen können.« Peter sah ein letztes Mal zurück in die Eingangshalle und sein Blick blieb an dem grüngrauen Druck hängen. »Auf Nimmerwiedersehen, Grüne Eisenfrau«, sagte er, dann trat er hinaus und schloss die Tür. Er lief zu seinem Wagen, stieg ein und ließ den Motor aufheulen, bevor er losfuhr. Bloß weg von hier!

Auf dem Weg zurück nach Rocky Beach gingen ihm tausend Gedanken durch den Kopf. Er war ausgerastet und das hätte ihm nicht passieren dürfen. Er hätte Tante Elenor niemals so anschreien dürfen. Justus würde ihm die Hölle heißmachen, wenn er das erfuhr. Ganz zu schweigen von Kelly. Doch andererseits hatte Elenor Madigan sich auch mehr als unverschämt

verhalten. So gesehen war Peters Reaktion nur ausgleichende Gerechtigkeit gewesen.
Peter verscheuchte vorläufig die Gedanken an diesen unangenehmen Auftritt. Mutig beschloss er, direkt zu Lydia Cartier zu fahren, wo er Justus und Bob noch anzutreffen hoffte. Dort konnte Justus ihn immerhin nicht zur Schnecke machen und vielleicht war seine Wut bereits verraucht, wenn sie das Haus wieder verließen.
Peter setzte den Blinker und bog nach Rocky Beach ab.

Das Haus von Lydia Cartier erinnerte ihn im ersten Moment an das von Elenor Madigan. Es war groß und prachtvoll und ließ erahnen, dass seine Bewohnerin nicht gerade arm war. Beim zweiten Blick stellte Peter fest, dass es doch gewaltige Unterschiede zum Domizil von Tante Elenor gab. Dieses Haus war alt und strahlte eine gewisse Würde aus, die dunkelgrauen Mauern und die schwere, braune Holztür verliehen ihm eine unheimliche Ausstrahlung. Bobs sonnengelber VW Käfer stand an der Straße, Peter parkte direkt dahinter.
Als er klingelte, ertönte ein dunkler Gong. Wenig später öffnete eine kleine, blonde Frau in einer weißen Schürze die Tür. »Ja, bitte?«, fragte sie.
»Guten Tag, mein Name ist Peter Shaw. Ich möchte zu Mrs Lydia Cartier, meine beiden Freunde sind bereits da.«
»Ich wusste nicht, dass noch jemand kommt«, erwiderte die Frau.
»Ich werde nicht erwartet, aber ich gehöre dazu«, versicherte Peter.
Die junge Frau ließ ihn herein und führte ihn durch einen lan-

gen, dunklen Flur, in dem einige ebenso dunkle Gemälde hingen, in ein großes Wohnzimmer. Hier saßen in einer klobigen Ledergarnitur Justus und Bob. Ihnen gegenüber saß eine Frau, die Peter auf Mitte sechzig schätzte. Ihre grauen Haare waren zu einem kunstvollen Knoten hochgesteckt und sie trug ein dunkles Kostüm, das ihn an das letzte Jahrhundert erinnerte. Auf einem großen Tisch standen Tassen und eine Teekanne. Seine beiden Freunde sahen überrascht auf, als Peter den Raum betrat.

»Peter!«, rief Justus. »Was tust du denn hier?« Er stellte ihn Lydia Cartier vor. Nachdem der Zweite Detektiv sich gesetzt hatte, fragte Justus schnell: »Warum bist du nicht bei Tante Elenor? Hast du das Medaillon etwa gefunden?«

Peter schüttelte den Kopf. »Ich bin vorzeitig gegangen. Zum Teil auch gegangen worden. Die Umstände waren, sagen wir mal, nicht länger zu ertragen.« Er warf Justus einen Blick zu, der bedeuten sollte, dass sie das ja nun nicht unbedingt hier besprechen mussten.

Justus verstand. »Wir reden später darüber«, beschloss er. Dann berichtete er seinem Freund schnell, was sie inzwischen von Mrs Cartier erfahren hatten.

Die alte Dame lebte schon seit vielen Jahren in diesem Haus. Seit ihr Mann gestorben war, war sie allein mit ihrem Hausmädchen Sigourney. Sie lebte vom Erbe ihres Mannes. Vor einigen Wochen hatte es dann begonnen, dass sie nachts Geräusche hörte, ein seltsames Pochen und Klopfen, das aus den Wänden oder aus der Decke zu dringen schien. Zunächst hatte sie das auf Bauarbeiten in der Nähe geschoben, auf das Heizsystem oder einfach auf das Alter des Hauses, dessen Holzböden zu arbeiten begonnen hatten. Doch dann wurden die seltsamen Geräusche immer lauter und ungewöhnlicher und sie hatte nicht herausfinden können, woher sie kamen. Eines Tages hatte plötzlich ein Stuhl in einer anderen Ecke des Raumes gestanden, wenige Tage später war sogar ein ganzer Schrank um ein gutes Stück verrückt worden.

»Und vor einer Woche hörte ich ein lautes Klirren aus dem Obergeschoss. Als ich nach oben lief, sah ich, dass eine meiner Vasen im Flur zerschellt war. Sie hatte immer ganz sicher auf einem Podest gestanden und nun war sie einfach heruntergefallen«, fuhr sie fort.

»Hören Sie diese Geräusche auch tagsüber?«, fragte Justus.

»Selten. Nur ab und zu habe ich auch schon am Tag ein merkwürdiges Scharren aus dem Obergeschoss gehört.«

»Sind die Geräusche jede Nacht da?«, wollte Bob wissen.

»Fast jede Nacht«, antwortete Mrs Cartier. Man merkte, dass ihr diese Geschichte ziemlich an die Nerven ging, trotzdem wirkte sie gefasst.

Kein Vergleich zu Tante Elenor, dachte Peter. Die beiden Frauen schienen nur ihr Alter und ihren Reichtum gemeinsam zu haben.

»Könnte es jemanden geben, der Sie aus Ihrem Haus vertreiben will?«, fragte Justus. Die drei ??? hatten es schon öfter mit Fällen zu tun gehabt, in denen geschickte Ablenkungs- oder Täuschungsmanöver eingesetzt wurden, um jemanden zu verjagen.

»Mich? Aus meinem Haus? Wie kommst du darauf?«

»Nun, es wäre möglich, dass jemand versucht, Ihnen Angst einzujagen, weil er Sie aus dem Haus haben will.«

Mrs Cartier war sichtlich überrascht. »Du glaubst also, es gibt gar keine übernatürlichen Phänomene hier, sondern es ist ein menschlicher Gegner, der das alles inszeniert?«

»Davon gehe ich aus. Entweder es ist ein menschliches oder ein natürliches Phänomen, aber bestimmt kein übernatürliches. Ich glaube nicht an Spuk.«

»Darüber habe ich noch gar nicht nachgedacht«, gestand Mrs Cartier. »Aber ich weiß niemanden, der mich hier vertreiben wollte. Ich kann mir auch nicht vorstellen, wie jemand diese unheimlichen Geräusche erzeugen sollte, ohne dass ich etwas davon mitbekomme.«

»Gibt es vielleicht jemanden, der das Haus kaufen wollte?«, fragte Bob.

Lydia Cartier schüttelte den Kopf.

Sigourney, das Hausmädchen, kam herein und brachte für Peter noch eine Tasse, dann schenkte sie ihm Tee ein und verschwand wieder.

»Hat Ihr Hausmädchen Sigourney etwas von den Vorfällen mitbekommen?«, fragte Justus, nachdem sie verschwunden war.

»Ich weiß es nicht genau. Sie ist nur tagsüber hier, nicht nachts, aber sie war bei einigen der Vorfälle im Haus. Wenn sie etwas mitbekommen hat, lässt sie sich nichts anmerken.«

Justus zupfte an seiner Unterlippe, was ein sicheres Zeichen dafür war, dass er angestrengt nachdachte. »Wir müssen uns ein Bild von der Sache machen«, überlegte er laut. »Am besten wäre es, wenn wir die Geräusche mal hören könnten.«

Lydia Cartier lächelte. »Ich habe sie leider nicht auf Tonband aufgenommen«, sagte sie.

Justus erwiderte das Lächeln. Ihm war die alte Dame auf Anhieb sympathisch. Wenn er sie ansah, fiel ihm als Erstes das Wort *anständig* ein und auch er ertappte sich bei einem direkten Vergleich mit Tante Elenor. »Wir müssten schon selbst dabei sein«, sagte er. »Vielleicht wäre es möglich, dass …«
In diesem Moment wurde er von einem lauten Rumpeln unterbrochen, das direkt von oben kam.

Ein klarer Fall

Die drei ??? und Mrs Cartier wandten ihre Köpfe zur Decke. Das Geräusch hielt an. Es klang, als würde ein schwerer Gegenstand über den Fußboden des darüberliegenden Zimmers geschoben. Bob musste daran denken, wie sein Vater einmal sein Arbeitszimmer im oberen Stockwerk umgeräumt hatte. Genau so hatte es unten geklungen.

»Da ist es wieder!«, flüsterte Mrs Cartier und Justus sah die Angst in ihren Augen. »Genau das ist das Geräusch!«

Peter reagierte als Erster. Er sprang auf und lief zur Tür. Die anderen beiden folgten ihm. Als er die breite Treppe hinaufstürmte, überlegte Peter, wo der Raum sein musste, der über dem Wohnzimmer lag. Er erreichte das obere Ende der Treppe und befand sich in einem langen Flur, in dem rechts zwei und links drei Türen waren. Die eine auf der rechten Seite war geöffnet und Sigourneys Kopf lugte heraus. Sie sah ängstlich aus.

»Haben Sie auch etwas gehört?«, wollte Peter wissen. Das Geräusch war verklungen.

Sie nickte.

»Welcher Raum liegt über dem Wohnzimmer?«, fragte er dann. Sie wies auf die gegenüberliegende Tür und Peter lief los und riss sie auf. Dunkle Vorhänge vor den Fenstern schluckten fast das gesamte Licht. Peter tastete vergeblich nach einem Lichtschalter, dann durchquerte er den Raum und riss die Vorhänge beiseite. Er drehte sich um. Niemand war hier. Abgesehen davon, dass in diesem Moment Bob und Justus in der Tür auftauchten.

»Und?«, fragte Justus etwas außer Atem. Er war der Beleibteste der drei ??? und obwohl er in letzter Zeit mächtig abgespeckt hatte, war seine Kondition nicht die Beste. »Hast du jemanden gesehen?«
Peter schüttelte den Kopf. Dies schien das Arbeitszimmer zu sein, ein großer Schreibtisch stand in einer Ecke. An der Wand dahinter hing eine große Tafel, die den Stammbaum der Familie Cartier zeigte. Lydia Cartier kam aus Frankreich, und Peter entdeckte viele französische Namen auf der Ahnentafel. Der Raum war recht spärlich eingerichtet: Außer dem Schreibtisch, ein paar Bücherregalen und einer großen Holztruhe gab es nichts, vor allem keinen Platz, um sich zu verstecken.
»Muss die Truhe gewesen sein«, bemerkte Justus fachmännisch. Dann ging er zurück zur Tür und sprach Sigourney an, die noch immer ihren Kopf durch die gegenüberliegende Tür streckte. »Haben Sie etwas gesehen?«, fragte Justus. Die junge Frau schüttelte ängstlich den Kopf. »Können Sie mir sagen, ob die Truhe immer an diesem Platz steht?«
Nun war Sigourney wohl oder übel gezwungen, ihr Versteck hinter der Tür zu verlassen. Zögernd trat sie heraus und warf vom Flur aus einen flüchtigen Blick in den Raum. »Ja«, sagte sie knapp und ging zurück in das Zimmer, aus dem sie gekommen war. Sie schloss die Tür.
Jetzt kam auch Mrs Cartier die Treppe herauf. »Was ist?«, wollte sie wissen.
Peter zuckte die Schultern. »Ich habe nichts gesehen. Und es scheint auch alles an seinem Platz zu sein.«
Mrs Cartier betrat den Raum und sah sich einmal um. »Ja«, sagte sie, »es ist alles wie gehabt.«

Justus knetete seine Unterlippe. »Und dieser Raum liegt wirklich über dem Wohnzimmer?« Die alte Dame nickte. »Dann kam das Geräusch aus diesem Raum. Was außer der Truhe könnte es sonst noch verursacht haben?«

»Es war ein schleifendes Geräusch«, sagte Bob. »Da muss schon jemand etwas über den Boden gezogen oder geschoben haben.«

»Genau so hörte es sich an«, stimmte Peter zu. Er ging zur Truhe hinüber und wollte versuchen, sie ein Stück von der Wand wegzuziehen. Im letzten Moment besann er sich eines Besseren und zog ein Taschentuch hervor, um eventuelle Fingerabdrücke an den Messinggriffen nicht zu verwischen. Die Truhe war nicht sehr schwer und schleifte laut über den Holzfußboden. »Geht doch mal nach unten und hört, ob es so klingt wie eben«, schlug er vor.

Bob verließ den Raum und lief die Treppe hinunter, kurze Zeit später schob Peter die Truhe noch einmal hin und her. Als Bob wieder nach oben kam, nickte er.

»Das gleiche Geräusch«, sagte er knapp.

Mrs Cartier, die dem Treiben schweigend zugesehen hatte, lächelte anerkennend. »Ihr seid echte Profis, wie?«, fragte sie. »Ich bin sehr beeindruckt. Meint ihr, dass ihr mir helfen könnt?«

Justus rieb sich das Kinn. »Wir können es zumindest versuchen. Wir wissen immerhin schon, dass jemand die Truhe verschoben hat, während wir unten waren.«

»Aber es ist doch niemand hier!«, widersprach Mrs Cartier.

»Vielleicht doch«, überlegte Justus, »und wir waren nur zu langsam, um den Täter zu erwischen.«

»Ihr meint, ich habe einen Einbrecher im Haus?«, fragte sie erschrocken.
»Das müssen wir herausfinden. Sie sagten, die Vorfälle würden sich hauptsächlich nachts ereignen. Wir müssen uns ein genaueres Bild davon machen. Wäre es möglich, dass wir hier einmal übernachten?«
Lydia Cartier nickte. »Selbstverständlich. Ich wäre euch sogar sehr dankbar dafür. Ich würde mich viel sicherer fühlen, wenn ich weiß, dass ich nicht allein im Haus bin. Ich habe auch ein Gästezimmer. Allerdings stehen dort nur zwei Betten.«
»Das macht nichts«, erwiderte Justus. »Mindestens einer von uns muss ohnehin wach sein.«
»Könnt ihr gleich heute Nacht hierbleiben?«, fragte sie.
Die drei ??? waren überrascht von dem schnellen Angebot.
Justus überlegte. Er dachte an seine Verabredung mit Lys an diesem Abend und dass sie ins Kino gehen wollten. Dann gab er sich einen Ruck. »Gut. Wenn ihr nichts dagegen habt.« Er wandte sich an Peter und Bob.
»Ich schreibe zwar in der nächsten Woche eine Erdkundearbeit und müsste noch ein bisschen lernen«, meinte Bob, »aber es ist ja Wochenende, da habe ich noch genug Zeit.«
Auch Peter war einverstanden.
»Dann schlage ich vor, dass wir jetzt nach Hause fahren und unsere Schlafsachen und die nötige Ausrüstung holen. Ich bitte Sie, Mrs Cartier, die Truhe nicht zu berühren, wir wollen sie noch auf Fingerabdrücke untersuchen.«
»Ich werde nichts anfassen«, versicherte die alte Dame.
Sie verließen den Raum und gingen hinunter zur Tür. »Es kann übrigens sein, dass noch jemand mitkommt«, sagte

Justus, als sie sich verabschiedeten, und dachte dabei an Lys. Vielleicht konnte er sie dazu überreden, den Abend mit ihm etwas anders zu gestalten als geplant. Er wäre zwar gerne mit ihr ausgegangen, doch jetzt wurden sein Scharfsinn und seine Spürnase gefordert. Er musste herausfinden, welche sonderbaren Dinge im Haus von Lydia Cartier passierten.

»Das soll mir recht sein«, antwortete Mrs Cartier.

»Ganz klarer Fall«, sagte Peter, als sie vor den Autos standen. Es dämmerte bereits und die Luft war angenehm kühl. »Es war das Hausmädchen, Sigourney. Sie hatte genug Zeit, den Raum wieder zu verlassen, bevor ich oben ankam. Außerdem stand sie noch in der Tür des Zimmers gegenüber.«

Bob nickte. »Sehe ich auch so. Der Fall scheint schnell gelöst zu sein.«

Justus sah die beiden vorwurfsvoll an. »Seit wann arbeiten wir mit vorschnellen Urteilen?«

»Wieso Urteil?«, fragte Peter scheinheilig. »Es war doch nur eine Theorie.«

»Du sagtest eben etwas von einem klaren Fall. Ich denke, wir sollten vorsichtiger sein. Schließlich gibt es zwei offene Fragen. Erstens: Welches Motiv hätte Sigourney, die alte Frau zu ängstigen?«

»Vielleicht will sie, dass Mrs Cartier das Haus verkauft, weil sie es selbst haben will«, überlegte Bob.

»Wenn sie so viel Geld hätte, würde sie nicht bei ihr den Haushalt führen«, widersprach Justus.

»Vielleicht hat sie ja einen reichen Freund«, sagte Peter und

grinste, als er sich die kleine, stille Frau im Arm eines Multimillionärs vorstellte.
»Zweitens«, fuhr Justus unbeirrt fort, »sagte Mrs Cartier, dass Sigourney nur tagsüber im Haus sei, die Vorfälle aber vorwiegend nachts stattfinden.«
»Als Haushälterin dürfte sie einen Schlüssel haben«, mutmaßte Bob.
»Richtig.« Justus nickte. »Aber wäre es nicht unsinnig, den Geist zu spielen, während wir im Haus sind? Ich an ihrer Stelle hätte damit gewartet, bis wir wieder verschwunden waren.«
»Da hast du allerdings recht«, gab Peter zu. Er ärgerte sich insgeheim, dass immer Justus die entscheidenden Gedanken hatte, die eine Theorie bestätigten oder widerlegten. Warum kam er nie auf diese Ideen?
»Aber nun mal zu etwas anderem«, wandte sich Justus an ihn. »Was war denn nun eigentlich mit Tante Elenor? Sehr geschickt übrigens, uns bei Mrs Cartier damit zu überfallen. Du wusstest, dass ich dort nicht auf das Thema eingehen konnte. Hätte ich dir gar nicht zugetraut.« Er sah ihn scharf an.
Peter grinste verlegen. »Hat doch geklappt, oder?«
»Raus mit der Sprache, was ist bei Tante Elenor passiert?«
»Na, was soll schon passiert sein? Nichts Neues eigentlich, bis auf die Tatsache, dass sie heute eindeutig zu weit gegangen ist. Ihr habt sie ja selbst erlebt, aber ihr hättet mal sehen sollen, was sie sich heute geleistet hat. Angeblich hatte sie Migräne.« Er dehnte das letzte Wort unendlich. Und dann berichtete er von seinem Nachmittag bei Tante Elenor. Dabei schmückte er das eine oder andere Detail etwas aus, damit seine Freunde ihm glaubten, dass er gar nicht anders reagieren konnte.

Justus' missbilligender Gesichtsausdruck blieb jedoch. »Das hättest du nicht tun sollen, Peter«, sagte er.
»Das sagst du, weil du nicht dabei warst«, gab dieser selbstsicher zurück. »An meiner Stelle hättest du genauso reagiert. Außerdem haben wir schließlich einen neuen Fall, und als Zweiter Detektiv habe ich das Recht, dabei zu sein, wenn ihr bei Ermittlungen seid.«
»Wir haben einen neuen Fall, ja, aber wir hatten auch noch einen alten.«
»Falsch«, gab Peter zurück. »Wir hatten eine überkandidelte Flohmarktlagerbesitzerin, die unsere kriminalistischen Fähigkeiten missbrauchen wollte, um einen wahrscheinlich völlig wertlosen Anhänger wiederzufinden.«
»Kriminologischen«, korrigierte Justus ihn besserwisserisch. »Kriminalistische Fähigkeiten bräuchten wir, wenn wir diesen Anhänger klauen wollten.«
Peter seufzte. Er hasste es, wenn Justus so mit seinem Wissen angab. Dass er ein wandelndes Lexikon war, hatte er schon oft genug unter Beweis gestellt, er musste es nicht bei jeder Gelegenheit zur Schau stellen. »Wie dem auch sei. Jedenfalls war das kein Fall, sondern ein Witz.«
»Peter hat recht«, eilte Bob ihm zu Hilfe. »Wir hätten uns von Anfang an gar nicht darauf einlassen sollen.«
Diesmal seufzte Justus. »Dann wäre das wohl der erste Fall, den die drei ??? nicht aufklären«, meinte er betrübt, doch Peter hörte heraus, dass seine Trübsal nicht ernst gemeint war und er ihm bereits verziehen hatte. Vermutlich musste er in seiner Rolle als Anführer der drei ??? manchmal ein bisschen übertrieben ehrgeizig sein, ob er wollte oder nicht. »Dafür

werden wir den nächsten mit Bravour lösen«, sprach Justus gut gelaunt weiter. »Also, lasst uns unsere Ausrüstung holen.«
Sie stiegen in die Autos und fuhren zurück zum Gebrauchtwarencenter T. Jonas. Als sie den alten Campinganhänger betraten, sah Bob sofort, dass erneut das Lämpchen am Anrufbeantworter leuchtete. Er spulte das Band zurück und spielte es ab.
»Ich bin's, Kelly«, klang die Stimme von Peters Freundin aus dem Lautsprecher. »Wenn Peter irgendwann auftaucht, soll er mich sofort anrufen!« Es piepste.
»Die hat aber ganz schön sauer geklungen.« Bob grinste Peter hämisch an. »Dann ruf mal sofort zurück, bevor du ihren heiligen Zorn zu spüren bekommst.«
Peter schnitt eine Grimasse. »Sehr witzig.«
In diesem Moment klingelte das Telefon erneut. Justus schaltete den Verstärker ein und hob ab. »Justus Jonas von den drei Detektiven?«
»Kelly. Endlich geht mal jemand ran. Ist Peter da?«
»Steht neben mir.« Justus reichte den Hörer weiter. »Für dich«, sagte er und grinste ebenso hämisch wie zuvor Bob.
Peter verdrehte die Augen und nahm den Hörer entgegen. »Ja?«
»Hallo«, sagte Kelly mit eiskalter Stimme. »Tante Elenor hat heute Nachmittag bei mir angerufen. Was fällt dir eigentlich ein –« Peter schaltete geistesgegenwärtig den Verstärker aus und hörte sich regungslos Kellys Predigt an.
Hinter seinem Rücken machten Justus und Bob schmerzverzerrte Gesichter und Bob schüttelte seine rechte Hand, als hätte er sich verbrannt.

Poltergeister

»Kelly hat dich also doch noch überzeugt«, stellte Justus fest, als sie auf dem Weg zurück zu Mrs Cartier waren. Nachdem Kelly und Peter sich am Telefon eine Weile gestritten hatten, hatte sie ihn dazu überredet die Suche nach dem Medaillon ihrer Großtante fortzusetzen, sobald der Fall bei Lydia Cartier erledigt war. »Oder war es eher ein großzügiges Einlenken, um dir weiteren Ärger zu ersparen?«

Peter zog es vor, nicht zu antworten.

Sie saßen zu viert in Bobs engem VW Käfer. Justus hatte Lys angerufen, die überraschend schnell damit einverstanden war, den Abend anders zu verbringen. Sie hatte erzählt, dass sie schon in einem Gruselfilm mitgespielt habe, und nun finde sie es spannend, einmal echten Spuk mitzuerleben. Bob und Peter hatten nichts dagegen, dass Lys mitkam. Sie war sehr intelligent und vielleicht konnte sie ihnen in dieser Nacht sogar weiterhelfen. Vorausgesetzt, es ereignete sich überhaupt etwas.

Lydia Cartier schien sie bereits erwartet zu haben. Sie öffnete die Tür und begrüßte die drei ??? und ihre Begleiterin. »Ich bin ja so froh, dass ihr gekommen seid. Ich fühle mich gleich viel sicherer. Vor allem bin ich froh, dass ihr mich nicht für verrückt haltet. Ich hätte nicht gewusst, an wen ich mich wenden sollte, wenn ihr nicht gewesen wärt.«

»Da fällt mir gerade etwas ein«, begann Bob. »Wie kamen Sie eigentlich auf uns? Sie sprachen von einem unserer alten Klienten, der Sie auf uns aufmerksam gemacht hat. Wer war dieser Klient?«

Lydia Cartier lächelte: »Es war eine Klientin: Mrs Smith, eine langjährige Freundin von mir. Sie war ganz begeistert von euch und erzählte mir ausführlich, wie ihr ihr damals geholfen habt.«
Bob überlegte. Wer war Mrs Smith? Smith war ein Allerweltsname und er konnte sich beim besten Willen nicht daran erinnern, bei welchem ihrer vielen Fälle, die sie bereits gelöst hatten, eine Mrs Smith dabei gewesen war.
Doch Justus mit seinem unfehlbaren Gedächtnis wusste sofort, um wen es ging. »Mrs Smith, natürlich.«
Auch Bob dämmerte es jetzt. »Die Sache mit dem schreienden Wecker? Meine Güte, das ist schon ewig her. Das war einer unserer ersten Fälle!« Vor langer Zeit hatten die drei ??? den Mann von Mrs Smith vor einer Gefängnisstrafe bewahrt, da er unschuldig verdächtigt worden war, wertvolle Gemälde gestohlen zu haben. Ein seltsamer Wecker hatte damals eine wichtige Rolle gespielt.
»Ja, Mary Smith.« Lydia Cartier nickte. »Durch sie bin ich zu euch gekommen.«
Dann zeigte sie den vieren erst mal das ganze Haus, wozu sie am Nachmittag noch keine Gelegenheit gehabt hatte. Es war sehr stilvoll eingerichtet. Überall standen fantastische alte Möbel, an denen Lys sich gar nicht sattsehen konnte. Im oberen Stockwerk gab es ein kleines Atelier, denn die Hausherrin war eine leidenschaftliche Malerin.
Nach dem Rundgang machten sie es sich im Esszimmer bequem. Sigourney hatte kurz vor ihrem Feierabend noch einen kleinen Imbiss vorbereitet. Nun saßen sie zu fünft an einem kleinen, runden Tisch und aßen Sandwiches.

»Wie lange arbeitet Sigourney eigentlich schon für Sie?«, wollte Bob wissen.
»Seit drei Jahren. Sie ist wirklich ein liebes Mädchen. Wenn ich sie nicht hätte, wüsste ich gar nicht, was ich machen sollte. Das Haus ist so groß, eine alte Frau wie ich würde es allein nie schaffen, es in Schuss zu halten.«
Justus gab sich einen Ruck. »Mrs Cartier, wir haben einen Verdacht. Wir glauben, Sigourney könnte diejenige sein, die diese Vorfälle verursacht hat. Es wäre zumindest möglich, da sie oben war, als wir das Rumpeln gehört haben.«
Mrs Cartier sah ihn erstaunt an. Hoffentlich reagiert sie nicht so wie Tante Elenor es tun würde, dachte Justus. Doch die alte Dame war wesentlich sanfter. »Nein, das glaube ich nicht. Sigourney ist so nett zu mir und sie hilft mir, wo sie nur kann. Sie hätte überhaupt keinen Grund so etwas zu tun.«
»Sind Sie sich da sicher? Könnte es für sie nicht vielleicht doch einen Grund geben Ihnen Angst machen zu wollen?«
Sie überlegte und schüttelte dann den Kopf. »Nein.«
»Möchte sie vielleicht das Haus haben?«, fragte Peter geradeheraus.
Lydia Cartier lachte. »Nein, bestimmt nicht. Wir haben ein paarmal darüber gesprochen, doch Sigourney sagt, sie würde zwar sehr gerne hier arbeiten, aber wohnen wollte sie in einem so großen Haus nicht, das sei ihr zu unheimlich.«
»Hat sie denn einen eigenen Schlüssel?«, fragte Peter weiter.
»Ja, den hat sie. Aber nachts ist sie ja nicht hier, sie kann es also nicht gewesen sein. Außerdem würde ich es hören, wenn jemand unten die Tür öffnet.«

Lys, die noch nicht so gut informiert war wie die drei ???, fragte nach, was genau passiert sei.

Mrs Cartier berichtete erneut von den einzelnen Vorkommnissen. »Ich bin erstaunt, dass ihr von vornherein glaubt, es sei ein Fremder in meinem Haus, der das alles inszeniert«, fuhr sie dann fort. »Könnte es nicht sein, dass es tatsächlich ein Geist ist?« Die vier sahen ihr an, dass ihr die Frage unangenehm war, so als hätte sie immer noch Angst, sie könnten sie für verrückt halten.

»Wir glauben nun einmal nicht an Geister, Mrs Cartier«, sagte Bob. »Es muss für alles eine logische Erklärung geben. Aber wir werden das schon herausfinden. Und anfangen können wir gleich mit der Truhe. Wir haben unsere Ausrüstung mitgebracht, um Fingerabdrücke zu nehmen.«

Nach dem Essen begannen Lys und Peter mit dem Abwasch, während Justus und Bob nach oben gingen. Bob war der Experte für solche Untersuchungen und so fiel ihm die Aufgabe zu, zu überprüfen, ob jemand Fingerabdrücke auf den Messinggriffen der Truhe hinterlassen hatte. Er zog das Päckchen mit dem feinen, weißen Pulver aus der Tasche und trug den Staub mit einem Pinsel auf das Metall auf. Dort, wo die Hände die Griffe berührt hatten, blieb das Pulver kleben. Doch er wurde enttäuscht. Zwar waren deutlich Linien zu erkennen, aber es waren die Linien einer Handfläche, nicht die von Fingerkuppen.

»Eigentlich logisch«, beurteilte Bob das Ergebnis, »man zieht so eine schwere Truhe schließlich nicht mit spitzen Fingern weg, sondern fasst richtig an. Fingerabdrücke sind daher natürlich nicht zu sehen.«

Justus zuckte mit den Schultern. »Einen Versuch war es wert«, fand er. »Komm, gehen wir hinunter und helfen den anderen beim Abtrocknen.«
Sie traten in den Flur und Bob hielt Justus am Arm zurück. »Vielleicht sollten wir uns kurz in Sigourneys Zimmer umsehen«, schlug er vor und war schon an der gegenüberliegenden Tür. Sie war nicht verschlossen. Der Raum war spärlich eingerichtet. Es gab ein paar Regale, in denen Putzmittel und andere Haushaltsdinge standen. Außerdem gab es ein kleines Sofa und einen Tisch, auf dem ein aufgeschlagenes Buch lag. Es war die Taschenbuchausgabe eines Thrillers von Stephen King.
»Hm«, machte Bob. »Hier hält sie sich wohl während ihrer Mittagspause auf. Nicht sehr aufregend.«
»Was hast du erwartet?«, fragte Justus.

Ein wenig später verabschiedete sich Mrs Cartier von den vieren. Sie ging zu Bett, während die drei ??? und Lys es sich im Gästezimmer bequem machten. Peter und Bob streckten sich auf den Gästebetten aus, Lys und Justus lümmelten sich auf den Fußboden.
»Jetzt können wir nichts weiter tun als warten«, meinte Justus. »Wir haben die nötigen Vorkehrungen getroffen. An allen Türen kleben Haare, die abreißen, wenn die Türen geöffnet werden.«
Bob strich sich über den Kopf und dachte an die schmerzhafte Prozedur, nachdem er dazu auserkoren worden war, die Haare zu spenden.
»So wissen wir, ob jemand im Haus herumgegeistert ist, wenn wieder etwas passieren sollte«, fuhr Justus fort. »Ich habe Mrs

Cartier eingeschärft, sie solle ihr Zimmer nicht verlassen, sondern notfalls um Hilfe rufen, damit die Haarfallen zuschnappen können.«

»Herumgeistern ist das Stichwort«, sagte Bob. »Ich habe mir die Sachen, die Mrs Cartier erzählt hat, mal durch den Kopf gehen lassen. Alles, was passiert ist, deutet tatsächlich auf einen Geist hin. Einen sogenannten Poltergeist.« Bob war nicht nur musikbegeistert, sondern auch sehr belesen. Früher hatte er aushilfsweise in der Stadtbücherei von Rocky Beach gearbeitet und dort zwischendurch viel geschmökert. Besonders angetan hatten es ihm Gespenstergeschichten, daher kannte er sich aus mit Geistern und Sagengestalten.

»Poltergeist? Ist das nicht ein Film?«, fragte Peter und gähnte.

»Auch, allerdings kein sehr realistischer, sofern man hier überhaupt davon sprechen kann. In dem Film waren die Poltergeister richtig sichtbare Wesen, aber wenn man sich die angeblich wahren Zeugenaussagen von Menschen ansieht, die Poltergeister erlebt haben wollen, dann sind diese Geister wohl eher unsichtbar. Sie gehören in die Kategorie ortsgebundener Spuk, also halten sie sich immer an einem Ort auf. Es gibt auch personengebundenen Spuk, aber die Poltergeister gehören nicht dazu. Sie leben – oder besser gesagt existieren – meistens in alten Häusern und machen dort in erster Linie Krach. Bei besonders hartnäckigen Poltergeistern kommt es auch vor, dass sie Dinge bewegen oder zerstören. Eigentlich sind sie harmlos, denn sie können Menschen nichts antun, außer ihnen einen höllischen Schrecken einzujagen.«

»Das reicht ja auch«, fand Lys.

»Du redest, als würdest du diese Geschichten wirklich glauben, Bob«, bemerkte Justus und hob zweifelnd eine Augenbraue.
»Ich habe nicht gesagt, dass ich daran glaube. Das ist bloß die Theorie. Es gibt eben Leute, die sich ganz ernsthaft mit Spukphänomenen beschäftigen. Nach ihren Aussagen handelt es sich bei dem, was in diesem Haus vor sich geht, eindeutig um einen Poltergeist. Oder mehrere.«
»Beziehungsweise um jemanden, der sich genauso gut auskennt wie du und die Poltergeistlegenden dazu benutzt, Lydia Cartier Angst einzujagen«, überlegte Justus.
»Ganz genau.«
»Vielleicht ist es ja wirklich ein Geist«, sagte Lys. »Wäre doch spannend.«
Justus wischte die Idee mit einer Geste fort. »Unsinn. Ich glaube nicht an Poltergeister.«
»Ich auch nicht«, verteidigte sich Lys. »Aber spannend wäre es trotzdem.«
»Was machen wir denn jetzt?«, wollte Peter wissen. »Sollen zwei von uns sich schlafen legen, während die anderen beiden wach bleiben? Oder reicht eine Wache?«
»Zwei sind besser«, fand Bob. »Dann schläft wenigstens keiner ein. Sollen wir Streife durchs Haus gehen?«
»Gar keine schlechte Idee«, meinte Justus. »Aber leise, sonst glaubt Mrs Cartier noch, wir seien der Geist.«
Justus und Lys übernahmen die erste Wache, während Bob und Peter schliefen. Sie gingen ins Esszimmer, um sich unterhalten zu können und die beiden nicht zu stören. Justus genoss es, mit Lys allein zu sein und endlich mal wieder ungestört mit

ihr reden zu können. Eigentlich war das sogar besser, als ins Kino zu gehen: Beim Schein einer kleinen Lampe im Esszimmer eines fremden Hauses zu sitzen, während alle anderen schliefen, hatte etwas Romantisches, wie er sich eingestehen musste. Anfangs sprachen sie noch über Bobs Geistergeschichten, doch schon bald schweiften sie von diesem Thema ab und redeten über alles Mögliche. Sie merkten gar nicht, wie die Zeit verging. Erst als die große Standuhr im Wohnzimmer nebenan eins schlug, sahen sie überrascht auf.

»Schon so spät«, sagte Lys. »Wir können gleich mal einen Schichtwechsel machen.«

»Warum bleiben wir nicht so lange hier, bis wir müde werden? Dann können wir immer noch die anderen wecken. Im Moment bin ich hellwach.«

»Ich auch.«

Plötzlich hörten sie ein lautes Rumpeln. Sie schraken auf. Das Rumpeln wiederholte sich, ein Poltern folgte. Es klang so ähnlich wie das Geräusch am Nachmittag, nur lauter und bedrohlicher. Und es kam wieder von oben.

»Los!«, rief Justus. »Du weckst die anderen, ich laufe nach oben!« Er sprang auf und rannte in den Flur und die Treppe hinauf. Es rumorte immer noch. Nun hörte er Mrs Cartier laut schreien. Beides kam aus ihrem Schlafzimmer. Justus lief auf die Tür zu und wollte sie öffnen, doch sie war verschlossen. Er rüttelte daran. »Mrs Cartier, machen Sie auf!«, rief er. Das Poltern nahm kein Ende, es klang, als würde das ganze Zimmer verwüstet. Wieder schrie die alte Dame.

»Mrs Cartier!«

»Ich kann nicht! Der Schlüssel!«, rief sie von innen.

Justus rüttelte nun fester an der Tür und war kurz davor, sie einzutreten. Da drinnen war die Hölle los. Vielleicht schwebte Mrs Cartier in Gefahr! In diesem Moment kamen Lys, Bob und Peter angelaufen. »Peter! Schnell! Dein Werkzeug!«
Peter riss das kleine Etui mit Dietrichen auf, das er immer bei sich trug. Mit flinken Fingern suchte er den passenden Metallhaken. Gerade wollte er versuchen, das Schloss zu öffnen, als der Lärm ganz abrupt aufhörte. Mit einem Mal war es vollkommen still.
»Mrs Cartier?«, rief Justus. In der plötzlichen Stille hörte er sein Herz laut schlagen. Er spürte, wie eine Schweißperle seine Schläfe herunterrann.
Sekunden verstrichen, dann wurde ein Schlüssel von innen ins Schloss gesteckt und herumgedreht. Einen Augenblick später öffnete sich langsam die Tür. Eine schneeweiße Gestalt stand vor ihnen.
Erst einen Moment später begriff Justus, dass es Mrs Cartier war, die ein weißes Nachthemd trug. Ihre hellgrauen Haare trug sie offen und sie starrte die vier verstört an. Das Schlafzimmer war völlig verwüstet: Eine Kommode stand mitten im Raum, der Nachttisch war umgestürzt. Ein Stuhl lag auf dem Bett und Kleider waren im ganzen Raum verstreut.
»Himmel!«, flüsterte Peter, als er das Chaos sah. Langsam gingen sie in den Raum und sahen sich das Durcheinander genauer an.
»Was ist passiert, Mrs Cartier?«, fragte Justus. Er musste sich zusammenreißen, um seiner Stimme einen festen Klang zu verleihen.
Die alte Dame war vollkommen aufgelöst. »Es war schreck-

lich!«, schluchzte sie. »Ich erwachte von einem Poltern. Dann machte ich das Licht an. Alles … die Kommode, der Stuhl, der Nachttisch, alles bewegte sich plötzlich. Ich rief um Hilfe, da wurde es noch schlimmer. Die Möbel … sie wurden wie von selbst durch den ganzen Raum geschoben. Ich sprang aus dem Bett und wollte raus. Aber die Tür war abgeschlossen und als ich nach dem Schlüssel griff, flog er aus dem Schloss und landete unter dem Bett. Ich konnte nicht öffnen.«

»Und dann?«, fragte Justus atemlos.

»Dann war es vorbei. Ganz plötzlich war alles still, einfach so.«

»Haben Sie irgendetwas gesehen?«, fragte Bob.

»Das reicht ja wohl«, antwortete Mrs Cartier und wies auf das Chaos um sie herum. Bob bewunderte sie insgeheim, weil sie sich in diesen paar Sekunden schon wieder halb gefasst hatte. Dann bemerkte er, dass ihre Hände noch zitterten.

»Ich meine, haben Sie irgendeine Gestalt gesehen? Oder etwas anderes?«

Sie schüttelte den Kopf.

Mit einem lauten Knall schlug die Tür hinter ihnen zu.

Eine schlaflose Nacht

Sie fuhren herum. Eine Sekunde lang starrten sie regungslos auf die geschlossene Tür, dann war Peter mit einem Satz an der Klinke, drückte sie herunter und riss die Tür auf. Er hatte schon damit gerechnet, dass sie sich nicht öffnen ließ, doch sie schwang auf und Peter blickte hinaus in den Flur. Niemand war zu sehen. Er atmete auf.

»Vielleicht war es nur ein Luftzug«, versuchte er die anderen und sich selbst zu beruhigen und wies auf das im Schlafzimmer geöffnete Fenster.

»Das Fenster!«, rief Justus und ging darauf zu. Warum hatte er nicht gleich daran gedacht! Es stand offen – weil Mrs Cartier sonst nicht schlafen könnte, wie sie sagte. Er blickte hinaus auf die Straße, sie lag wie ausgestorben da. »Wäre es nicht möglich, dass jemand durch das Fenster eingestiegen ist? Wann haben Sie das Licht eingeschaltet?«

Mrs Cartier zuckte die Schultern und seufzte. Dann setzte sie sich erschöpft auf das Bett. »Ich weiß nicht. Vielleicht habe ich es nicht sofort angemacht«, gab sie zu. »Ich habe den Lichtschalter nicht gefunden, ich war so erschrocken. Aber ich habe im Halbdunkel genau gesehen, wie die Möbel sich bewegten.«

»Haben Sie noch etwas gesehen? Eine Person? Einen Schatten?«, bohrte Justus nach.

»Nein. Ich ... ich glaube jedenfalls nicht.«

»Ich bin mir fast sicher, dass jemand durch das Fenster eingestiegen ist und dann das Zimmer verwüstet hat. Bob, Peter, wir müssen unsere Haarfallen kontrollieren und draußen nachsehen, ob wir Spuren finden. Direkt unter dem Fenster ist ein kleines Blumenbeet, dort müssten Fußabdrücke gut zu sehen sein.« Justus warf Lys einen Blick zu und sie verstand. Während die drei ??? den Raum verließen, setzte sich Lys neben Mrs Cartier auf das Bett. Das Chaos ließ sie vorerst Chaos sein, wichtiger erschien es ihr jetzt, sich um die alte Dame zu kümmern und sie zu beruhigen. Außerdem wollten die anderen drei die Möbel später noch auf Fingerabdrücke untersuchen.

Während Peter im ganzen Haus nachsah, ob die Haare noch an ihren Stellen klebten, gingen Justus und Bob mit Taschenlampen bewaffnet nach draußen. »Vorsichtig, wir dürfen keine Spuren zerstören.«

»Wenn welche da sind«, meinte Bob und leuchtete den Boden unterhalb des Schlafzimmerfensters ab. Das Blumenbeet war frisch geharkt, Fußabdrücke waren nicht zu sehen.

»Sigourney ist wirklich sehr gründlich«, murmelte Justus.

»Nun meinst du also doch, dass sie hinter der Sache steckt?«, fragte Bob erstaunt.

Der Erste Detektiv schüttelte den Kopf. »Nein, ich meine das Blumenbeet. Es ist sehr ordentlich angelegt und die Erde ist so sorgfältig geharkt, dass man hier sogar Vogelspuren sehen müsste. Aber es sind keine da.« Er sah nach oben zum Fenster. »Möglich wäre es trotzdem, nach oben zu kommen, ohne Spuren zu hinterlassen. Mit einem Seil und einem Haken, den man zur Fensterbank oder zum Dach hinaufwirft, könnte man das Beet überspringen und hochklettern.« Sie suchten noch den kleinen Vorgarten ab, fanden jedoch auch hier keinerlei

Anhaltspunkte. Dann kehrten sie ins Haus zurück, wo Peter sie erwartete.

»Es gibt Neuigkeiten. Das Haar an der Tür zur Küche und zum Esszimmer ist weg«, verkündete er.

Justus' Gesicht erhellte sich, doch dann seufzte er enttäuscht. »Das waren Lys und ich, wir waren im Esszimmer. Aber durch die Tür ist bestimmt niemand gekommen, wir waren ja die ganze Zeit drinnen.«

»Tja, sonst sind leider alle Haarfallen intakt«, fuhr Peter fort. »Also muss er schon durch das Fenster gekommen sein.«

»Oder sie«, überlegte Bob.

»Oder sie«, gestand Peter ihm zu. Er seufzte. »Lasst uns nach oben gehen und die Möbel auf Fingerabdrücke untersuchen.«

Sie kehrten zurück in das Schlafzimmer, wo Bob sich ans Werk machte. Mrs Cartier saß noch immer auf dem Bett, doch sie schien ihre Fassung bereits wiedergewonnen zu haben. Jedenfalls gab sie sich alle Mühe, sich nichts anmerken zu lassen. »So schlimm war es noch nie«, sagte sie. »Ich bin froh, dass ihr hier wart.«

»Meinen Sie, dass Sie gleich wieder schlafen können?«, fragte Lys besorgt.

Mrs Cartier nickte. »Es geht schon wieder, danke.«

Es dauerte eine Weile, bis Bob mit seiner Arbeit fertig war. Am Ende hatte er eine ganze Reihe recht guter Fingerabdrücke. Er hob sie mit einer Klebefolie ab und bannte sie auf ein Stück Papier, das er sorgfältig in eine Plastikhülle steckte. »Würde es Ihnen etwas ausmachen, wenn ich Ihre Fingerabdrücke nehme, Mrs Cartier? Dann können wir gleich sehen, welche von den Spuren ausscheiden.« Sie war sofort dazu bereit und Bob holte sein Stempelkissen, um die Abdrücke zu nehmen. Danach verschwand Mrs Cartier nach nebenan ins Bad, um sich die Hände zu waschen, während die drei ??? und Lys das Zimmer wieder in Ordnung brachten.

»Wir werden weiterhin wach bleiben«, versicherte Justus ihr, als sie zurückkehrte. »Und in der Nähe. Aber ich glaube, dass heute nichts mehr passieren wird. Schlafen Sie gut!«

Sie verabschiedeten sich zum zweiten Mal in dieser Nacht von Mrs Cartier und gingen ins Gästezimmer.

»Ich bin hellwach«, sagte Bob. »Und ich glaube auch, dass das so bleiben wird. Bloß gut, dass wir Wochenende haben.«

Den anderen erging es genauso. Niemand konnte jetzt an Schlaf denken.

»Das hat mir einen ganz schönen Schrecken eingejagt«, meinte Lys.

»Nicht nur dir«, sagte Peter.

»Und ihr meint wirklich, dass jemand durch das Fenster gekommen ist?«, fragte sie.

»Das ist die einzige Möglichkeit«, antwortete Justus. »Mrs Cartier gibt ja zu, dass sie das Licht erst sehr spät angemacht hat. Da hätte der Täter schon wieder weg sein können.«

»Das nächste Mal müssen wir einfach besser aufpassen. Und schneller sein«, sagte Bob.

»Das nächste Mal?«, fragte Lys irritiert. »Das nächste Mal werde ich aber bestimmt nicht mehr dabei sein. Das hat mir gereicht. Ich beneide euch wirklich nicht um euer Hobby.«

»Manchmal tue ich das auch nicht«, murmelte Peter.

»Morgen werde ich auch von Sigourney die Fingerabdrücke nehmen«, beschloss Bob. »Schließlich putzt sie für Mrs

Cartier, daher sind wahrscheinlich auch ihre Abdrücke auf den Möbeln. Damit können wir natürlich nicht mehr beweisen, dass sie es war.«

Justus runzelte die Stirn. »Traust du dieser zierlichen Person wirklich zu, an der Hauswand hochzuklettern?«

Bob zuckte die Schultern. »Auf jeden Fall werde ich die Abdrücke gleich morgen in der Zentrale unter die Lupe nehmen. Mal sehen, was dabei herauskommt.«

Sie redeten noch sehr, sehr lange. Als die Sonne aufging, waren die vier dann doch so müde, dass sie beschlossen noch ein paar Stunden zu schlafen. Lys und Justus bekamen diesmal die beiden Betten, während Bob und Peter sich in Decken auf den Boden legten. Doch ihr Schlaf war unruhig und voller verwirrender Träume.

Am nächsten Tag wurde Justus unsanft von Bob geweckt. »He, Just, aufwachen! Es ist gleich zehn Uhr, Sigourney hat Frühstück für uns gemacht.«

Justus wälzte sich schlaftrunken zur Seite, dann machte er versuchsweise die Augen auf. Bob und Lys standen neben ihm. Schlagartig war er wach. Es war ihm peinlich, dass Lys ihn beim Schlafen beobachtet hatte. »Schon da«, sagte er und schwang sich aus dem Bett.

Beim Frühstück musste Bob Sigourney darum bitten, ihre Fingerabdrücke nehmen zu dürfen. Sie sah im ersten Moment etwas erschrocken aus, stellte jedoch keine weiteren Fragen. Sie war so zurückhaltend und einsilbig wie schon am Tag zuvor.

Nach dem Frühstück verabschiedeten sich die Besucher von Mrs Cartier und versprachen, am Abend wiederzukommen. Bis dahin mussten sie einige Dinge erledigen.

»Kannst du mich erst nach Hause bringen, Bob?«, bat Lys.
»Klar. Kommst du eigentlich heute Abend auch wieder mit?«
Lys schüttelte ihren Kopf so heftig, dass ihre weißblonden Haare hin und her flogen. »Sicher nicht. Diese eine schlaflose Nacht hat mir gereicht. Außerdem bin ich mit Kelly und Elizabeth verabredet.«
»Aha. Einer eurer Frauenabende«, spottete Bob.
»Ganz genau. Irgendwann müssen wir uns ja mal über euch auslassen.« Sie lächelte.
Bob setzte Lys bei ihrem Apartment ab und fuhr dann zur Zentrale. Er stöhnte, als er ausstieg. »Irgendwann muss ich auch mal nach Hause«, beschwerte er sich.
»Erst die Arbeit«, sagte Justus bestimmt. »Du musst die Fingerabdrücke überprüfen. Wir wollen Mrs Cartier heute Abend schließlich erste Fortschritte melden.«
»Komisch«, murmelte Peter. »Vor ein paar Tagen warst du noch so schlecht gelaunt wegen der ganzen liegen gebliebenen Arbeit und jetzt lässt du dich nur zu gern von dieser Poltergeistsache ablenken. Was ist mit deinem Ehrgeiz, die Zentrale aufzuräumen, sauber zu machen und die Computerdateien zu aktualisieren?«
»Man muss Prioritäten setzen«, sagte Justus weltmännisch. »Die Zentrale läuft uns nicht weg, die angeblichen Geister vielleicht schon.«
»Warum gibt es eigentlich Poltergeister?«, wollte Peter wissen und wandte sich damit an Bob, der bereits über das Mikroskop gebeugt war und die Fingerabdrücke auswertete. »Ich meine, wenn man davon ausgeht, dass es sie gibt, was sagt die Geisterwissenschaft dann über die Ursachen?«

Bob zuckte nur mit den Schultern. »Geister sind meistens Tote, die nicht zur Ruhe kommen. Warum sie herumspuken, weiß niemand.«

»Könnte der Geist bei Mrs Cartier vielleicht ihr verstorbener Mann sein?«, wollte Peter wissen.

»Möglich«, antwortete Bob. »Oder ein früherer Bewohner des Hauses. Das lässt sich schwer sagen.«

Justus runzelte die Stirn. »Ihr hört euch an, als würdet ihr wirklich daran glauben.«

»Tun wir nicht«, versicherte Peter ihm. »Aber wenn du recht hast und jemand benutzt die Informationen über Poltergeister, um Mrs Cartier zu vertreiben, dann wäre es sinnvoll, die Motive zu kennen. Will er ihren verstorbenen Mann darstellen oder einfach nur irgendeinen Geist oder was?«

»Aber reine Spekulationen bringen uns nicht weiter. Es reicht auch nicht mehr, dass wir einfach nur im Haus sind, das haben wir ja gestern gesehen. Wir müssen uns für heute Abend einen Plan machen. Ich habe mir auch schon etwas ausgedacht.«

Alleingänge

»Hat die anderen beiden die letzte Nacht so abgeschreckt, dass ihr jetzt nur noch zu zweit kommt?«, fragte Mrs Cartier verwundert, als Justus und Bob von Sigourney ins Esszimmer geführt wurden.

»Lys gehörte eigentlich gar nicht dazu«, erklärte Justus, »und Peter lässt sich entschuldigen. Er kommt vielleicht später nach.«

»Setzt euch und trinkt eine Tasse Tee mit mir. Ich bin gespannt auf eure Ergebnisse.«

Sie setzten sich an den kleinen, runden Tisch, der bereits gedeckt war, und Bob berichtete: »Es gibt leider keine guten Nachrichten. Alle Fingerabdrücke stammen entweder von Ihnen oder von Sigourney. Der Einbrecher muss Handschuhe benutzt haben.«

»Wenn es ein Einbrecher war«, bemerkte Mrs Cartier.

»Wie verhält sich Sigourney eigentlich Ihnen gegenüber?«, fragte Justus. »Sie muss doch mitbekommen, was hier passiert, spätestens seitdem wir hier aufgetaucht sind und Bob ihre Fingerabdrücke haben wollte.«

Lydia Cartier nickte. »Ich habe heute Nachmittag mit ihr darüber geredet. Sie hat natürlich selbst bemerkt, dass etwas in diesem Haus nicht stimmt, doch sie wollte nicht darüber sprechen, da sie Angst hatte. Genau wie ich.« Sie schwieg eine Weile, dann fuhr sie etwas leiser fort: »Ihr merkt es mir vielleicht nicht immer an, aber ich sterbe vor Angst. Heute ...« Ihre Stimme versagte für einen Moment. Sie schluckte einmal und sprach dann weiter: »Heute Mittag, kurz nachdem ihr weg wart, begann die Vitrine im Wohnzimmer zu wackeln. Sie wackelte so stark, dass einige Gläser umfielen und kaputtgingen. Ich saß direkt daneben und konnte nur hilflos zusehen. Auch diesmal bin ich mir sicher, dass niemand im Raum war. Es war schließlich helllichter Tag. Es ist ein Geist, das steht für mich jetzt fest. Vielleicht seid ihr mittlerweile mit dem Fall überfordert. Einem Geist ist der beste Detektiv nicht gewachsen. Ich sollte vielleicht eine Wahrsagerin engagieren, die versucht, mit dem Geist Kontakt aufzunehmen, um zu erfahren, was er von mir will.«

»Lassen Sie es uns noch eine Weile versuchen«, bat Justus. »Wir müssen einfach herausbekommen, was hier gespielt wird. Vielleicht können wir nach dieser Nacht bereits mit Ergebnissen aufwarten.«

Die Dame nickte. »Also gut. Aber wenn sich der Spuk nicht legt und ihr keine Lösung findet, dann werde ich mich in der nächsten Woche an eine Wahrsagerin wenden.«

In diesem Moment begann sich der Tisch, an dem Justus, Bob und Mrs Cartier saßen, zu bewegen. Erst war es nur ein leichtes Rucken, doch dann zitterte und wackelte er so stark und schnell hin und her, dass das Geschirr klirrte und die Tassen umkippten. Wie gebannt starrten die drei auf den Tisch und konnten es nicht glauben: Direkt vor ihren Augen, direkt unter ihren Armen, die sie auf die Platte gelegt hatten, zitterte der Tisch, als sei er lebendig!

Sigourney, die gerade mit einem Tablett den Raum betrat, stieß einen spitzen Schrei aus und ließ es fallen, die Teekanne ging mit einem lauten Bersten zu Bruch und verspritzte ihren heißen Inhalt auf den Teppichboden. In diesem Moment hörte der Spuk auf und der Tisch stand wieder still, als sei nichts gewesen. Bob erholte sich als Erster von dem Schrecken und beugte sich hinunter, um unter den Tisch zu sehen. Dort war nichts Ungewöhnliches zu sehen. Sigourney wimmerte leise und lief aus dem Raum. Einige Augenblicke später kam sie wieder herein, ein Tuch und einen Eimer in der Hand, um den verschütteten Tee aufzuwischen.

»Tut mir leid, Mrs Cartier«, murmelte sie und schrubbte zitternd den Boden.

»Schon gut«, erwiderte die alte Dame mit brüchiger Stimme und erhob sich von ihrem Stuhl. »Entschuldigt mich.« Sie ging aus dem Raum.

Justus und Bob sahen sich groß an. »Unglaublich«, sagte Bob. Damit meinte er nicht nur den wackelnden Tisch, sondern auch die Tatsache, dass sowohl Lydia Cartier als auch ihr Hausmädchen immer darum bemüht waren, Haltung zu bewahren und sich nichts anmerken zu lassen.

Justus straffte sich und versuchte, sich zusammenzureißen. Er stand auf und ließ sich auf die Knie nieder, um den Tisch zu untersuchen. »Wir sollten ihn umdrehen«, schlug er vor und begann, das Geschirr abzudecken. Bob half ihm. »Irgendwo muss es einen versteckten Mechanismus geben. Haben Sie etwas gesehen, Sigourney?«, fragte er die junge Frau, die gerade die Scherben der zerbrochenen Teekanne einsammelte. Doch sie schüttelte nur den Kopf und fuhr eilig mit ihrer Arbeit fort.

Justus und Bob drehten den Tisch um. Es war ein runder Holztisch auf drei Beinen, der kaum Möglichkeit bot, einen Mechanismus an die Beine oder die Tischplatte zu montieren.

»Wenn es eine Apparatur war, müsste sie schon ziemlich groß sein, um den Tisch derartig wackeln zu lassen«, bemerkte Bob. »Aber hier ist nichts, gar nichts.«

Justus knetete seine Unterlippe. Er dachte über eine neue Theorie nach. Wie konnte man einen Tisch noch wackeln lassen? Fäden? Magnete, die auf einen Metallkern im Holz wirkten? Doch das hätte allenfalls gereicht, um den Tisch leicht zu bewegen, nicht jedoch, ihn so stark durchzuschütteln, dass die Tassen umkippten.

Frustriert stellten sie den Tisch wieder richtig hin. Sigourney stand auf und half ihnen beim Decken.

»Ist Ihnen sonst einmal etwas aufgefallen, Sigourney?«, wollte Justus wissen. »Etwas Ungewöhnliches? Ein Geräusch vielleicht oder eine Gestalt?«

»Nein«, sagte das Hausmädchen. »Nicht mehr als das, was Mrs Cartier euch schon erzählt hat.«

Justus überlegte, ob sie jemals zuvor einen so langen Satz gesprochen hatte. »Haben Sie denn keine Angst?«, fragte er sie.

»Doch. Aber Mrs Cartier braucht mich hier«, antwortete sie und deckte weiter den Tisch.

Justus dachte darüber nach, was er sie noch fragen könnte, ob es überhaupt Sinn hatte, ihr weiterhin alles einzeln aus der Nase zu ziehen. Ratlos sah er zu Bob hinüber, doch der zog auch nur die Augenbrauen hoch.

In diesem Moment klirrte es direkt hinter Justus' Kopf. Er wirbelte herum und sah gerade noch die letzten Scherben auf den Boden fallen.

»Justus!«, rief Bob. »Ist dir was passiert?«

»Nein«, sagte dieser. »Was war eigentlich?«

»Eine Tasse. Sie flog einfach durch die Luft und knallte an die Wand.«
Sigourney starrte abwechselnd von Justus zu Bob und zu den Scherben auf dem Boden. Ihre Augen waren riesengroß, doch sie sagte nichts.
»Von wo kam die Tasse?«, wollte Justus wissen.
»Ich weiß nicht, ich habe sie auch erst im letzten Moment gesehen. Irgendwo von da.« Er wies zur gegenüberliegenden Wand. Justus ging hinüber zur Anrichte. Von den Teetassen, die dort standen, fehlte eine.
»Und sie flog einfach so durch die Luft?«, fragte er ungläubig.
Bob nickte. »Haarscharf an deinem Kopf vorbei.«
In diesem Moment betrat Mrs Cartier den Raum. »Was ist passiert?«, fragte sie. »Ich hörte es klirren.«
»Schon wieder ein Anschlag Ihres Poltergeistes«, sagte Justus und wies auf die Scherben, die die fleißige Sigourney bereits aufsammelte. »Diesmal fast mit Personenschaden.« Er setzte sich auf den Stuhl und rieb sich die Augen. Wie schon letzte Nacht merkte er erst jetzt, dass die Angst in ihm hochkroch. Wackelnde Tische und herumfliegende Tassen und nicht der geringste Anhaltspunkt. Was kam als Nächstes?
Auch Mrs Cartier ließ sich auf einen Stuhl sinken. Sie vergrub das Gesicht in ihren Händen. »Ich ertrage das nicht mehr«, sagte sie tonlos. »Gleich am Montag werde ich nach jemandem suchen, der sich mit übernatürlichen Phänomenen auskennt.«
Dann bleiben uns noch zwei Tage, dachte Justus. Er wollte diesen Fall unbedingt aufklären, da die letzten beiden schon so unbefriedigend geendet hatten. Erst ließ man sie den Gemäl-

dediebstahl nicht untersuchen, dann gab Peter eigenmächtig einen Fall ab. Diesmal wollte er mehr Erfolg haben. Auch wenn er noch nicht die geringste Idee hatte, wie er das schaffen sollte. Doch vielleicht konnte Peter an diesem Abend etwas erreichen.

Sigourney verabschiedete sich bald für diesen Tag. Sie verließ das Haus geradezu fluchtartig, was Justus und Bob ihr nicht verübeln konnten. Vorausgesetzt, sie war unschuldig. Um das herauszufinden, war nun Peter am Zug.

Peter legte das Buch weg. Es war zu dunkel zum Lesen geworden, und um die Batterie zu schonen, wollte er das Licht im Wagen nicht einschalten. Er überlegte, ob er ein Stück vorfahren und unter einer Straßenlaterne halten sollte, doch dann hätte man ihn womöglich entdeckt. Er hatte hinter einer kleinen Baumgruppe am Straßenrand geparkt und konnte durch die Bäume hindurch das Haus von Mrs Cartier sehen. Nun wartete er darauf, dass Sigourney es verließ.

Das Außenlicht ging an und die Haushälterin kam heraus. Sie ging auf ihren Wagen zu, stieg ein und fuhr los. Peter startete seinen Wagen und fuhr langsam an. In ihrer Detektivlaufbahn hatten die drei ??? schon so manches Mal jemanden mit dem Auto verfolgen müssen, doch Peter war jedesmal sehr nervös. Es war immer ein Drahtseilakt, zum einen den Wagen nicht zu verlieren, zum anderen aber auch weit genug zurückzubleiben, um nicht aufzufallen.

Sigourneys Wagen bewegte sich in Richtung Innenstadt. Es war nicht viel Verkehr und so ließ Peter sich von zwei anderen Autos überholen, da er es riskieren konnte, diesen Abstand zu bewahren. Sigourney durchquerte die Innenstadt und fuhr dann in ein Wohngebiet. Peter kannte die Gegend, denn in der Nähe wohnte Lys. Er folgte dem Auto weiter durch die engen Straßen, bis es vor einem großen Apartmenthaus hielt. Peter bog mit seinem MG schnell in eine Seitenstraße ein, hielt, stieg aus und lief zur Straßenecke zurück. Sigourney stand gerade vor dem Gebäude, holte einen Schlüssel aus der Tasche, schloss die Tür auf und verschwand. Peter schlich zur Tür und warf einen Blick auf die Klingelschilder. Er entdeckte ihren Namen und ging wieder zurück zu seinem Wagen. Sigourney war also nach Hause gefahren, wie er erwartet hatte. Justus' Plan war es gewesen das Hausmädchen zu verfolgen, um zu sehen, ob sie irgendetwas unternahm, was man mit den mysteriösen Vorgängen im Hause Cartier in Verbindung bringen konnte. Bis jetzt hatte sie das noch nicht getan. Peter beschloss, noch eine Weile zu warten. Er fuhr sein Auto zurück zur Straße und parkte dort an einer geschützten Stelle, von der aus er die Haustür im Auge behalten konnte. Nun hieß es wieder Geduld haben.

Zur gleichen Zeit hielt Bob sich nahe der Baumgruppe, wo auch Peters Wagen anfangs gestanden hatte, versteckt. Justus war nun allein bei Mrs Cartier und Bob sollte beobachten, ob sich jemand dem Haus näherte oder etwas anderes Verdächtiges geschah. Glücklicherweise war es recht warm, sodass er wenigstens nicht frieren musste, während er tatenlos hinter den Bäumen stand. Hin und wieder fuhr ein Auto vorbei oder ein paar Spaziergänger schlenderten über die Straße, doch das war schon alles. Bob dachte an Elizabeth und daran, dass er

diesen Abend auch angenehmer hätte verbringen können. Doch die Pflicht rief nun einmal. Gleichzeitig war er aber auch ganz froh, sich nicht im Haus aufzuhalten. Noch immer geisterten ihm wackelnde Tische und herumfliegende Tassen im Kopf herum und der Schreck saß ihm noch tief in den Knochen. Er hatte sich schon vergeblich den Kopf darüber zerbrochen, wie man das, was geschehen war, mit dem Verstand erklären konnte. Justus gegenüber hatte er zwar behauptet, nicht an Geister zu glauben, doch nach dem, was er gestern und heute erlebt hatte, war er fast bereit, diese Haltung zu ändern. Das durfte er dem Ersten Detektiv gegenüber natürlich niemals zugeben. Justus hätte ihm einen längeren Vortrag über Vernunft und Aberglauben gehalten, doch vielleicht ging in seinem Kopf Ähnliches vor.
Bob sah auf die Uhr. Es war fast neun und sie hatten vereinbart, sich jede halbe Stunde über Funk zu melden. Bob beschloss, die paar Minuten nicht mehr zu warten, und hob sein Walkie-Talkie, das er bei sich trug, an den Mund. Er drückte auf die Sendetaste und sprach leise in das Gerät. »Bob an Erster, bitte kommen!«
»Hallo, Bob. Gibt es was Neues?«, ertönte Justus' quäkende Stimme aus dem Lautsprecher.
»Leider nicht. Bei dir?«
»Auch nicht. Ich patrouilliere durch das ganze Haus, doch es ist nichts weiter geschehen. Mrs Cartier sitzt in ihrem Arbeitszimmer, sie will noch ein paar Briefe schreiben, bevor sie zu Bett geht.«
»Na gut. Melde dich, wenn etwas passiert«, antwortete Bob.
»Klar, mache ich. Erster Detektiv Ende.«

Bob ließ das Funkgerät sinken und blickte wieder hinaus zur Straße und hinüber zum Haus. Nichts rührte sich. Dann sah er plötzlich einen kleinen, dunklen Schatten durch den Vorgarten von Mrs Cartiers Haus huschen. Doch es war nur eine Katze aus der Nachbarschaft, die auf einen nächtlichen Streifzug ging. Bob entspannte sich. Ob sich heute Abend noch etwas ereignete? Eigentlich hatte er wenig Lust, die ganze Nacht hier draußen zu verbringen. Er gab sich noch eineinhalb Stunden, die er bereit war, hier auszuharren. Dann würde er Justus bitten seinen Job zu übernehmen. Wenn bis dahin nichts passiert war.
Aber so lange sollte er gar nicht mehr warten müssen.

Justus war allein und nutzte die Gelegenheit, sich in allen Räumen einmal gründlich umzusehen. Mrs Cartier war in ihrem Arbeitszimmer, Sigourney wurde hoffentlich gerade von Peter verfolgt und Bob bewachte das Haus. Er konnte sich also frei in allen Räumen bewegen: Bald hatte er sich davon überzeugt, dass niemand außer Lydia Cartier und ihm im Haus war. Ihm war selbst nicht klar, was er eigentlich suchte. Vielleicht gab es irgendwo versteckte Apparaturen, die für die Spukvorfälle verantwortlich gemacht werden konnten. Vielleicht gab es Lautsprecher, die die unheimlichen Geräusche nur vortäuschten. Vielleicht fand er sonst einen Hinweis, der ihn weiterbrachte. Justus musste sich eingestehen, dass er selten so ratlos gewesen war wie jetzt. Die drei ??? hatten schon öfter mit vermeintlichen Spukphänomenen zu tun gehabt, doch jedes Mal ließen sich diese rational erklären. Nun aber war er vollkommen ratlos. Er weigerte sich nach wie vor, daran zu glauben, dass es sich hier tatsächlich um einen Poltergeist handelte. Wenn er ganz ehrlich zu sich selbst war, musste er sich aber eingestehen, dass diese feste Überzeugung langsam ins Wanken geriet. Natürlich durfte er das vor Bob und Peter nicht zugeben, damit hätte er seinen Ruf als geniales Superhirn, das nur auf seinen Verstand vertraute, sofort verspielt. So konnte er nur hoffen, dass er das nächste Mal, wenn etwas Ungewöhnliches geschah, rechtzeitig am Tatort war, um den Täter zu erwischen. Dann erinnerte er sich daran, dass er erst vor einigen Stunden direkt vor dem wackelnden Tisch gesessen und keinen Täter gesehen hatte. Justus wischte den Gedanken verärgert beiseite. Er musste sich zusammenreißen und logisch denken, sonst kam er zu keinem Ergebnis.

Justus sah sich gerade im Atelier von Mrs Cartier um und betrachtete ihre Ölbilder, als er ein lautes Scheppern hörte. Es kam von unten. Blitzschnell lief er hinaus auf den Flur und zur Treppe. Das Scheppern hörte nicht auf, es wurde begleitet von einem lauten Krachen, das klang, als würde ein ganzes Zimmer verwüstet. Justus lief die Treppe hinunter, immer drei Stufen auf einmal nehmend, und hörte gerade noch ein letztes lautes Poltern, als er den Treppenabsatz erreichte. Dann war es still. Unschlüssig sah er sich um. Woher war das Geräusch gekommen? Plötzlich setzte ein dumpfes Pochen ein, das wie Schritte klang. Es kam direkt aus der Wand neben ihm. Justus riss die Tür auf, die ihm am nächsten war, und schaltete das Licht ein. Es war der Abstell- und Vorratsraum. Wie angewurzelt blieb er stehen und starrte hinein. Das Geräusch wurde langsam leiser und nach einem lauten Knall, der wiederum direkt aus der Wand zu kommen schien, war es still.

Justus nahm sein Walkie-Talkie, das er am Gürtel trug, und schaltete es ein. »Erster an Bob«, sagte er leise.
»Was ist, Justus? Ist etwas passiert?«
»Bob, du solltest besser sofort herkommen.«

Gefangen!

Mrs Cartier kam die Treppe herunter, als Justus Bob die Haustür öffnete. »Was war das? Was ist passiert?«, fragte sie. »Ich hörte ein schreckliches Scheppern direkt unter mir.«

»Das ist passiert«, sagte Justus und wies auf die geöffnete Tür zur Abstellkammer. Mrs Cartier und Bob näherten sich ihr vorsichtig und spähten in den Raum. Ein absolutes Chaos bot sich ihnen dar: Besen und Schrubber waren umgestürzt, Blecheimer lagen auf dem Boden, ein Wandregal hatte sich gelöst und war mitsamt seinem Inhalt heruntergekracht. Eingemachte Früchte und Pfützen aus Obstsaft breiteten sich langsam auf dem Fußboden aus. Ein anderes Regal, das zuvor noch an der Wand gelehnt hatte, stand nun mitten im Raum.

»Hast du etwas gesehen?«, wollte Bob sofort wissen.

»Nein, nur gehört«, gestand Justus. »Ich war im Atelier, da hörte ich diesen furchtbaren Lärm.«

»Wo waren Sie, Mrs Cartier?«, fragte Bob weiter.

»In meinem Arbeitszimmer. Es liegt direkt über uns. Ich habe auch nur den Lärm gehört, sonst nichts.«

»Verflixt!«, fluchte Justus und stampfte wütend mit dem Fuß auf dem Boden auf. »Warum bin ich auch immer zur falschen Zeit am falschen Ort!«

»Das ist nicht deine Schuld«, versuchte Bob ihn zu beruhigen.

»Wie man es nimmt«, brummte Justus. »Hast du etwas bemerkt?«

Bob schüttelte den Kopf. »Nichts bis auf eine Katze und ein paar Fußgänger.«

Mrs Cartier seufzte. »Vielleicht solltet ihr euch damit abfinden, dass man Geister nicht beobachten kann«, sagte sie niedergeschlagen. »Ich bin froh, dass euch nichts zugestoßen ist, aber langsam glaube ich, dass ihr mir nicht helfen könnt. Das soll kein Vorwurf sein, ihr macht eure Arbeit sehr gut, aber mit detektivischen Leistungen kann man Poltergeistern leider nicht auf die Schliche kommen.«

»Sie sind also wirklich davon überzeugt, dass es sich um einen Geist handelt? Oder um mehrere?«, fragte Justus.

»Mir bleibt doch keine andere Möglichkeit. Wenn ich akzeptieren kann, dass ein Geist in meinem Haus sein Unwesen treibt, weiß ich vielleicht besser damit umzugehen.« Sie betrat den Raum und begann, das Regal wieder an die richtige Stelle zu rücken.

»Lassen Sie doch, Mrs Cartier«, kam Bob ihr zu Hilfe, »wir machen das schon.«

Mrs Cartier lächelte: »Das ist wirklich sehr nett von euch. Ich bin sehr müde und würde gern schon zu Bett gehen. Ich hoffe nur, dass ich einschlafen kann. Schon in der letzten Nacht habe ich kaum ein Auge zugetan.«

Lydia Cartier verschwand nach oben und Bob und Justus machten sich daran, das Chaos ein wenig zu beseitigen. Bob holte Wasser, um die klebrige Soße aus den kaputten Einmachgläsern aufzuwischen. »Ich werde langsam mürbe«, sagte er plötzlich, während er mit dem Putzlappen über den Boden wischte und Justus das Regal wieder einräumte. »Wir hatten nun genügend Gelegenheiten, zu ermitteln, und sind trotzdem noch keinen Schritt weitergekommen.«

»Die gleichen Gedanken hatte ich eben auch«, gab Justus zu.

»Vielleicht hat wenigstens Peter Erfolg. Wir müssen langsam Ergebnisse vorweisen, sonst können wir diesen Fall auch vergessen. Am Montag will Mrs Cartier irgendeinen Wunderheiler oder Wahrsager oder sonst wen aufsuchen, dann sind wir aus dem Rennen.«

»Fällt deinem Superhirn nicht auf die Schnelle eine Theorie ein?«, wollte Bob wissen. »Du bist doch sonst unschlagbar in solchen Dingen.«

»Momentan fällt mir überhaupt nichts ein. Das ist ja das Frustrierende.«

Schweigend fuhren sie fort, die Abstellkammer aufzuräumen, was mehr Arbeit war, als sie gedacht hatten. Als Justus fertig war mit Einräumen, half er Bob beim Wischen und ließ sich auf die Knie nieder, um ein paar Glasscherben vom Boden aufzusammeln. Sein Blick fiel unter ein weiteres Lagerregal.

»Seltsam«, murmelte er. »Diese Fußleiste hier ... sie sieht ganz anders aus als die anderen Leisten im Raum.«

»Na und?«, fragte Bob. »Was soll daran denn schon wieder seltsam sein?«

»Dass es gar keine Fußleiste ist, es sieht nur so aus«, konterte Justus.

»Aha«, machte Bob unbeeindruckt. »Und was ist es?«

»Keine Ahnung«, antwortete Justus und berührte die Holzleiste. Er versuchte sie wegzuziehen, doch sie war in der Wand befestigt. Eher zufällig drückte er dagegen. Plötzlich hörten sie ein leises Knarren und ein Teil der holzgetäfelten Wand schwenkte zurück.

»Wow!«, machte Bob und starrte auf die etwa türgroße Öffnung, die sich direkt vor seinen Augen aufgetan hatte. »Eine Geheimtür! Justus! Du bist ein Genie!«

Der Erste Detektiv sah überrascht auf das dunkle Loch in der Wand. »Prinzipiell stimme ich dir ja zu«, meinte er und grinste, »aber in diesem Fall war es wohl eher Zufall, dass ich den Mechanismus entdeckt habe.«

Bob steckte vorsichtig seinen Kopf durch die Öffnung. Das Licht der Kammer reichte nicht weit und so konnte er nur etwa zwei Meter weit in einen schmalen Gang hineinsehen. »Ob Mrs Cartier von dieser Tür weiß?«

»Am besten wir fragen sie morgen danach, jetzt schläft sie vielleicht schon. Ich hole mal eine Taschenlampe, dann gucken wir uns das Ganze ein bisschen genauer an.« Justus verließ den Raum und kehrte schon bald mit einer Lampe zurück. »Du bleibst lieber erst mal draußen, zur Sicherheit«, sagte er und verschwand in der Öffnung. Der Gang führte nach rechts und war vollkommen kahl. Die Wände waren aus dem gleichen dunklen Stein wie die Außenmauer des Hauses. Nach drei Metern knickte der Tunnel erneut nach rechts ab und endete an einer Holztür. »Hier ist eine Tür«, rief Justus und versuchte sie zu öffnen. »Allerdings ohne Griff. Vielleicht kann man sie einfach aufschieben.« Er versuchte es.

Bob hörte ihn keuchen und unheimlich hallte das Geräusch von den dunklen Wänden wider. »Ich schaffe es nicht. Hilf mir mal!«, keuchte Justus. »Aber leg am besten etwas zwischen die Wand und die Tür, damit sie nicht zufällt.«

Bob sah sich um, nahm den Besen, der in der Ecke stand, und legte ihn in die Türöffnung. Dann folgte er Justus, der im Schein der Lampe vor der Holztür stand.

»Los, wir versuchen es gemeinsam«, schlug Justus vor und zusammen stemmten sie sich dagegen. Mit einem Ruck gab die Tür nach und flog auf. Dahinter begann eine Wendeltreppe, die nach oben führte. »Aha«, murmelte Justus. »Dann gehen wir mal rauf.«
In diesem Moment hörten sie ein schnarrendes Geräusch, dann einen lauten Knall. Es war noch dunkler geworden. »Die Tür!«, rief Bob erschrocken und lief den Gang zurück, doch die Geheimtür war nicht mehr da. Zumindest sah er sie nicht, weil sie geschlossen war.
Justus erreichte ihn. »Du solltest doch etwas dazwischenlegen!«, herrschte er Bob an.
»Habe ich doch!«, verteidigte sich Bob. »Aber der Besen ist weg! Na ja, keine Panik, wir werden die Tür schon wieder aufkriegen.« Doch er täuschte sich. Selbst mit vereinten Kräften gelang es den beiden nicht, die Geheimtür zu öffnen. Auch einen Mechanismus wie auf der anderen Seite konnten sie nicht finden.
»Klasse«, meinte Justus. »Dann nehmen wir eben die andere Richtung.« Sie gingen zurück und erklommen die Wendeltreppe, die nach etwa einem Stockwerk Höhe an einer Luke in der Decke endete. Sie stemmten sich gegen die Luke, doch auch sie rührte sich nicht einen Zentimeter.
»Und jetzt?«, fragte Bob.
»Jetzt«, antwortete Justus, »machen wir Lärm«. Sie hämmerten gegen die Luke und riefen, so laut sie konnten, um Hilfe. »Wir müssen direkt unter Mrs Cartiers Arbeitszimmer sein«, sagte Justus zwischendurch keuchend. »Vielleicht hört sie uns.« Doch auch nachdem sie zwei Minuten lang ununter-

brochen Lärm geschlagen hatten, rührte sich über ihnen nichts. »Sie hört uns nicht«, stöhnte Bob. »Die Falltür scheint sehr dick zu sein. Und die Mauern auch. Es hilft nichts. Wir sind gefangen.«

Es dauerte eine Stunde, bis Sigourney das Haus wieder verließ. Peter hatte gerade schon aufgeben und zurückfahren wollen, als die junge Frau in der Haustür erschien. Ihre blonden Haare trug sie nun offen. Sie hatte sich umgezogen und sah in dem schicken, kurzen Rock und dem dunklen Blazer gar nicht mehr wie ein stilles, verschüchtertes Mauerblümchen aus. Peter hätte sie fast nicht wiedererkannt. Sie stieg in ihren Wagen und fuhr los, Peter hinterher.

Die Fahrt ging zurück in die Innenstadt von Rocky Beach. Vor dem Hotel *Savoy* hielt Sigourney und stieg aus. Peter wartete fünf Minuten, dann verließ er ebenfalls den Wagen und ging hinterher. Er hatte überlegt, ob er sich tarnen sollte, falls Sigourney noch in der Eingangshalle war. Doch dann beschloss er, sich eine Ausrede einfallen zu lassen, falls er ihr begegnen sollte.

Er betrat das Foyer, das bis auf eine junge Frau hinter der Rezeption leer war. Auch in der nebenan liegenden Bar waren nur drei Leute, wie Peter mit einem raschen Blick feststellte.

Das Hotel war nicht sehr groß. Er sah sich um, Sigourney war nirgends zu entdecken. Entschlossen ging Peter auf die Dame an der Rezeption zu.

»Guten Abend, ich suche eine Freundin von mir. Sie muss eben das Hotel betreten haben. Sie ist klein, hat lange, blonde Haare.«

»Ja, die junge Frau habe ich gesehen«, sagte die Dame. »Sie ging zum Aufzug.«

»Hat sie gesagt, wohin sie wollte?«, fragte Peter weiter.

»Nein, sie schien den Weg zu kennen«, war die Auskunft.

»Hm. Danke«, murmelte er und verließ das Hotel. Er hätte Sigourney suchen können, doch sie war bestimmt in einem der Zimmer verschwunden, um jemanden zu treffen. Eine Suche hätte also nicht viel Sinn gehabt. Peter überlegte, was er nun tun sollte. Vielleicht besuchte Sigourney nur einen Bekannten, der gerade in der Stadt war, und möglicherweise blieb sie Stunden in dem Hotel. Aber vielleicht hatte ihr Besuch im *Savoy* etwas mit dem Spuk zu tun. Peter dachte daran über das Walkie-Talkie einen Rat von Justus einzuholen. Doch die Reichweite war nicht groß genug, er konnte Bob und Justus von hier aus vermutlich nicht erreichen.

Er sah auf die Uhr. Es war fast elf. Peter beschloss, bis Mitternacht vor dem Hotel zu warten. Wenn Sigourney bis dahin nicht wieder herausgekommen war, würde er zurück zu Mrs Cartier fahren. Er stieg in seinen Wagen und probierte dann doch das Funksprechgerät aus. Wie erwartet blieb es still. Ob seine Freunde auch gerade einem so langweiligen Job nachgingen?

Gehirnzellengymnastik

Die Dunkelheit war vollkommen, die Stille ebenfalls. Nur die gleichmäßigen Atemzüge des anderen waren zu hören. Justus war beklommen zumute. Eigentlich hatte er keine Angst vor der Dunkelheit, aber dies war wirklich absolute Schwärze, er sah nicht einmal die Hand vor Augen. Sicher, sie hatten noch die Taschenlampe, doch Justus hielt es wegen der Batterien für besser, die Lampe so lange auszuschalten, bis sie sie wirklich brauchten. Jetzt bereute er seine Entscheidung fast. Ein bisschen Licht hätte ihm jetzt gutgetan. Nach und nach vergaß er die Dimensionen dieses Raumes, er wusste nicht mehr, ob die Wand nun direkt neben ihm war oder ob noch zehn Meter Luft dazwischenlagen. Oder hundert. Er verscheuchte diese beängstigenden Gedanken und wandte sich an Bob, der neben ihm auf der Treppe saß.

»Und du bist wirklich sicher, dass du einen Besen in die Tür gelegt hast?«

»Ja doch, hundertprozentig sicher. Jemand muss ihn weggenommen und die Tür zugeschlagen haben. Dummerweise lässt sie sich offenbar nur von außen öffnen, genauso wie die blöde Falltür über uns.«

»Aber wer soll den Besen weggenommen haben? Es war doch niemand im Haus.«

»Außer Mrs Cartier. Vielleicht war sie es ja und wollte uns ein bisschen Angst einjagen.« Bob lachte leise auf, obwohl ihm gar nicht nach Lachen zumute war.

»Daran habe ich auch schon gedacht«, sagte Justus ganz ernst.

»Ich kann dein Gesicht leider nicht sehen«, sagte Bob. »Kannst du mir sagen, ob du gerade grinst?«

»Ich grinse nicht. Ich meine das vollkommen ernst.«

»Du glaubst also, Mrs Cartier steckt hinter der ganzen Angelegenheit?«

»Es ist nur so eine Vermutung. Aber im Moment erscheint sie mir nicht unwahrscheinlich.«

»Du spinnst«, meinte Bob. »Warum sollte sie uns hier einsperren?«

»Keine Ahnung. Aber wer soll es sonst gewesen sein? Es ist ja niemand im Haus«, antwortete Justus.

»Und was würdest du sagen«, begann Bob zögernd, »wenn es nun wirklich ein Geist war?«

»Fang nicht schon wieder damit an«, ermahnte Justus ihn. »Du weißt, was ich davon halte.«

»Hast du eine bessere Erklärung?«

»Noch nicht so ganz. Aber wir können versuchen, eine zu finden«, schlug der Erste Detektiv vor. »Schade, dass wir nichts zu schreiben haben, sonst könnten wir jetzt die Fakten notieren, um sie zu ordnen.«

»Wir könnten sowieso nichts sehen«, meinte Bob. »Außerdem ist mir ohnehin nicht nach Rätselraten. Ich will erst mal hier raus.«

»Aber wir haben doch schon alles versucht«, sagte Justus. »Die Türen können wir weder öffnen noch einschlagen. Und hören tut uns auch niemand, also müssen wir warten, bis uns jemand befreit.«

»Und wer soll das sein?«

»Entweder Peter oder Mrs Cartier.«

»Und wie sollten die beiden uns hier finden?«, fragte Bob zweifelnd.
»Wir machen noch einmal Lärm«, schlug Justus vor. »Mrs Cartier hat uns vermutlich nur deshalb nicht gehört, weil sie schon schläft und am anderen Ende des Hauses ist. Aber spätestens morgen früh wird sie in ihr Arbeitszimmer gehen und dann wird sie uns hören. Außerdem haben wir noch die Walkie-Talkies. Ich jedenfalls.« Er klopfte an seinen Gürtel, um sich davon zu überzeugen, dass das Gerät noch dort hing. »Ich habe mit Peter vereinbart, dass er, statt zu klingeln, das Funkgerät benutzt, wenn er von seiner Verfolgung zurückkommt. Durch die dicken Wände muss er zwar unmittelbar vor dem Haus stehen, um mit uns Kontakt aufzunehmen, aber das reicht ja. Wir können ihn dann hierher lotsen. Ich hoffe nur, er meldet sich bald mal. Aber bis dahin können wir die Zeit nutzen und uns ein paar Theorien zurechtlegen.«
»Na, du hast Nerven«, murrte Bob. »Wir werden vom Poltergeist eingesperrt und du übst dich schon wieder in Gehirnzellengymnastik.«
Justus ging nicht weiter darauf ein. »Wir müssen uns überlegen, was genau bisher passiert ist und wer oder was dafür verantwortlich gewesen sein könnte. Nehmen wir erst mal nur die Fälle, bei denen wir dabei waren. Da wäre zunächst das rumpelnde Geräusch aus dem Arbeitszimmer, als wir mit Mrs Cartier Tee tranken. Offenbar wurde die Truhe verschoben. Das hätte leicht Sigourney gewesen sein können.«
»Stimmt. Aber was ist mit dem Spuk in Mrs Cartiers Schlafzimmer in der letzten Nacht? Das war sicher nicht Sigourney. Oder traust du ihr zu, die Hauswand emporzuklettern und das

Schlafzimmer zu verwüsten, immer in der Gefahr, von Mrs Cartier entdeckt zu werden? Immerhin lag die direkt daneben und hat nur zu spät das Licht eingeschaltet.«

»Unmöglich ist auch das nicht. Sie ist recht klein und drahtig und könnte schon eine gute Kletterin abgeben, wenn man sie sich in anderer Kleidung vorstellt.«

»Aber warum sollte sie dann ausgerechnet Mrs Cartiers Schlafzimmer nehmen? Um etwas Spuk zu veranstalten, hätte sie hundert andere Möglichkeiten, so gut, wie sie sich im Haus auskennt«, überlegte Bob.

»Stimmt. Gehen wir also zumindest in diesem Fall davon aus, dass es nicht Sigourney war. Dann könnte es noch Mrs Cartier selbst gewesen sein.«

»Theoretisch ja. Aber warum sollte sie ihr eigenes Schlafzimmer in ein Schlachtfeld verwandeln? Das ergibt doch keinen Sinn.«

»Vielleicht, um sich wichtig zu machen«, mutmaßte Justus. »Sie ist möglicherweise einsam und möchte Menschen um sich herum haben und inszeniert deshalb diese Spukgeschichte.«

Bob hätte seinem Freund jetzt gerne einen vorwurfsvollen Blick zugeworfen, doch es war ja stockfinster. Also versuchte er, seine Missbilligung in seine Stimme zu legen. »Das ist nun wirklich etwas fadenscheinig. Erstens macht Mrs Cartier auf mich nicht den Eindruck einer einsamen alten Frau, zweitens müsste sie schon eine sehr gute Schauspielerin sein, um ihren Schrecken so gekonnt darzustellen, und drittens erklärt das auch nicht den Fall mit der verschobenen Truhe. Schließlich war sie da bei uns.«

»War ja auch nur eine Theorie«, verteidigte sich Justus. »Machen wir mal weiter. Was ist mit heute Nachmittag? Der wackelnde Tisch?«
»Da kommen weder Sigourney noch Mrs Cartier infrage«, meinte Bob. »Schließlich waren beide dabei.«
»Ja, aber Sigourney betrat das Esszimmer gerade erst. Vielleicht hatte ihre Anwesenheit etwas damit zu tun.«
»Was denn?«, wollte Bob wissen.
»Keine Ahnung.«
»Und was ist mit der fliegenden Tasse, die fast an deinem Dickschädel zerschellt wäre? Sigourney war direkt neben uns und Mrs Cartier im anderen Raum. Dann haben wir noch die verwüstete Abstellkammer und die Tatsache, dass wir hier nun gefangen sind. Auch hier kommen die beiden nicht in Frage. Es muss also doch ein Fremder gewesen sein. Oder ein Geist.«
»Aber ich habe das ganze Haus abgesucht, unmittelbar bevor ich den Lärm in der Kammer gehört habe. Es ist kein Fremder im Haus. Und auch kein Geist.«
»Na toll«, seufzte Bob. »Dann haben wir also vier mögliche Verdächtige: Sigourney, Mrs Cartier, einen noch Unbekannten und einen Geist. Und alle vier sind sehr unwahrscheinlich. Wir sind also wieder am Anfang.«
Darauf wusste Justus nichts mehr zu sagen. Er war sich sicher, dass ihm nur eine winzige Information fehlte oder dass er etwas Wichtiges übersehen hatte. Er kam aber nicht darauf, was das sein könnte. Während er noch überlegte, vernahm er plötzlich ein leises, pochendes Geräusch. Er sah auf, doch vor ihm war immer noch absolute Schwärze. »Hast du das auch gehört?«, fragte er Bob.

»Ja«, sagte dieser leise. »Was war das?«
Sie lauschten und das Pochen wiederholte sich. »Da ist jemand«, vermutete Justus. »Los, wir schlagen noch mal Lärm.« Sie kletterten die Treppe hinauf, hämmerten gegen die hölzerne Falltür über ihnen und schrien, so laut sie konnten. Dann verstummten sie und lauschten angestrengt. Das Geräusch erklang diesmal lauter. Wieder hämmerten sie gegen die Falltür und plötzlich pochte es direkt über ihnen. Erschrocken wichen sie zurück. »Hallo?«, rief Justus, doch niemand antwortete. Stattdessen pochte es weiter.
»Just!«, flüsterte Bob. »Das ist weder Peter noch Mrs Cartier. Das ist …«, ein lautes Hämmern unterbrach ihn, »… der Poltergeist!«
Plötzlich war es still. Justus und Bob hielten den Atem an. Es hatte aufgehört. Sie warteten. Erst nach einer Minute atmete Bob aus. Genau in diesem Moment erklang das Pochen direkt neben ihm. Bob zuckte zusammen. Das Geräusch war so laut, als käme es aus der Wand selbst. Unheimlich hallte es in ihrem steinernen Gefängnis wider. »Mach Licht!«, bat Bob.
Der Erste Detektiv tat nichts lieber als das. Er schaltete die Taschenlampe ein, die ihn im ersten Moment blendete, dann aber beruhigte ihn das Licht ungemein. Er leuchtete die Wände ab. Es war nichts zu sehen, obwohl das Pochen anhielt. Er sah Bobs kalkweißes Gesicht, doch vermutlich sah er selbst nicht besser aus. »Ich will hier raus«, hörte er sich sagen.
»Ich auch.« Wie auf Kommando rannten die beiden die Treppe hinunter. Mit aller Kraft warfen sie sich gegen die Tür. Sie hielt. Trotzdem versuchten sie es erneut. So mussten sie wenigstens dieses grauenerregende Pochen nicht mehr hören.

»Verdammt!«, keuchte Bob nach einer Weile. »Es hat keinen Zweck!« Er lauschte. Die Geräusche hatten aufgehört. Doch Bob traute dem Frieden nicht.
Er sah zu Justus hinüber. Sein Freund sah ziemlich mitgenommen aus. »Vielleicht ist es ja doch ein Geist«, murmelte der Erste Detektiv. »Wer oder was sonst könnte Geräusche machen, die direkt aus der Wand kommen?«
Bob sah ihn groß an. »Justus! Was ist aus deinen eisernen Prinzipien geworden?«
»Die sind mir jetzt egal. Vielleicht will der Geist mich durch seinen Schabernack ja nur davon überzeugen, dass es ihn gibt, und lässt uns dann in Ruhe. Okay, meinetwegen glaube ich daran. Wenn wir hier nur herauskommen.«
In diesem Moment hörten sie ein seltsames Rauschen. Dann erklang eine Stimme direkt neben Justus. Er wirbelte herum.

Ein Poltergeistesblitz

Peter hatte das Warten langsam satt. Es war kurz vor Mitternacht und er überlegte, ob er nicht jetzt schon fahren sollte. In den paar Minuten würde wahrscheinlich ohnehin nichts mehr passieren. Dann sah er plötzlich Sigourney im Eingang zum Hotel auftauchen. Sie ging zügig auf ihr geparktes Auto zu, stieg ein und fuhr los. Peter hoffte, die Frau an der Rezeption hatte Sigourney nicht gesagt, dass er da gewesen war. Er ließ seinen MG an und wieder verfolgte er Sigourney durch Rocky Beach. Bald wurde ihm klar, wohin sie fuhr: zurück nach Hause. Tatsächlich hielt sie vor ihrem Haus, stieg aus und verschwand in der Tür.

»Toll«, brummte Peter. »Sie hat sich mit einem Freund im Hotel getroffen und ist wieder nach Hause gefahren. Justus wird begeistert sein von dieser sehr ergiebigen Beschattung.«

Wütend, den Samstagabend mit sinnloser Warterei verbracht zu haben, fuhr er zurück zu Mrs Cartier. Ein Blick auf seine Tankanzeige machte ihn noch wütender. Jetzt hatte er auch noch eine Menge Benzin verfahren, dabei war in seiner Kasse ohnehin schon seit geraumer Zeit Dauerebbe!

Als er das große, dunkle Haus von Lydia Cartier erreicht hatte, stieg er aus und nahm sein Funkgerät zur Hand. Er schaltete das Gerät ein und sprach in das Mikrofon: »Peter an Justus und Bob, bitte kommen!«

»Das Walkie-Talkie«, rief Justus erleichtert, als er bemerkt hatte, dass die Stimme aus dem Lautsprecher seines Funkgerätes gekommen war. »Endlich! Ich dachte schon ...« Er behielt für sich, was er dachte, und zückte das Walkie-Talkie. »Justus an Peter, endlich! Wir befürchteten schon, du kommst nie mehr. Wir stecken in der Klemme.«

»Was ist passiert?«, wollte Peter wissen.

»Wir haben einen Geheimgang entdeckt und sind nun darin gefangen. Du musst uns hier herausholen!«

»Geheimgang? Wo?«

»Geh erst mal ins Haus«, sagte Justus. »Dann erklären wir dir alles. Aber ich glaube, es hat keinen Zweck, zu klingeln. Mrs Cartier hat uns nicht gehört, dann wird sie dich auch nicht hören. Entweder sie schläft tief und fest, sie hat Watte in den Ohren oder sie will uns ganz einfach nicht hören. Hast du dein schwarzes Etui dabei?«

»Immer!«, tönte es aus dem Lautsprecher.

»Dann geh am besten durch den Garten und versuch, die Hintertür zu knacken«, gab Justus Anweisungen.

»Alles klar. Bis später.«

Bob atmete auf. »Das wurde aber auch Zeit«, fand er. »Meinst du, Peter schafft es?«

»Hast du ihn jemals versagen sehen?«, entgegnete Justus.

Es dauerte eine Weile, dann erklang Peters Stimme erneut aus dem Walkie-Talkie. »Ich bin drinnen. Wo seid ihr?«

»In der Abstellkammer«, erklärte Justus. »Beziehungsweise dahinter.«

»Da bin ich aber mal gespannt«, meinte Peter und wieder dauerte es ein paar Sekunden, bevor er sich meldete. »Wo seid ihr?«, hörten sie die Stimme des Zweiten Detektivs durch die dicke Wand nahe der Geheimtür.

»Hier!«, riefen Justus und Bob gleichzeitig und hämmerten gegen die Tür. »An der rechten Wand ist unter dem Regal eine merkwürdig aussehende Fußleiste. Du musst dagegendrücken!«
Einen Augenblick später schwang die Tür nach innen auf und Justus und Bob waren befreit. »Endlich!«, stöhnte Bob. »Peter, du hast bei mir was gut.« Sie kletterten aus dem Geheimgang und atmeten erst mal tief durch.
Peter sah nur erstaunt von einem zum anderen. »Wie seid ihr überhaupt da hineingekommen? Und was ist das eigentlich? Ein Geheimgang?« Neugierig steckte er seinen Kopf durch die Öffnung.
»Lass es besser«, warnte Justus. »Sonst sperrt der Poltergeist dich gleich auch noch ein.«
Sie setzten sich in das Gästezimmer und berichteten sich gegenseitig, was sie erlebt hatten. Peter hörte staunend zu und war insgeheim dann doch sehr froh, unterwegs gewesen zu sein. Er wusste nicht, wie er sich in dieser Situation verhalten hätte. »Meint ihr nicht, wir sollten Mrs Cartier wecken und ihr Bescheid sagen?«, fragte er, nachdem sie geendet hatten.
»Wozu?«, wollte Justus wissen. »Entweder sie schläft friedlich, dann ist das nicht nötig. Oder sie war diejenige, die uns eingesperrt hat. Daher sollten wir ihr diesen Vorfall vielleicht ganz verschweigen. Sie würde morgen erstaunt sein, wenn wir ihr nichts zu berichten haben.«
»Wenn du meinst«, sagte Peter. »Aber was machen wir heute Nacht noch? Wir kommen ja hier nicht weiter und ich weiß auch nicht, was wir noch unternehmen könnten. Wir haben ja nicht einmal eine Spur, die wir verfolgen können.«

»Ehrlich gesagt bin ich fertig«, sagte Bob. »Die letzte Nacht war schon sehr kurz für uns und die Stunden in dem dunklen Geheimgang haben mich ganz schön mitgenommen. Ich hätte nichts dagegen, wenn wir den Geist Geist sein lassen und uns aufs Ohr legen. Ich kann einfach nicht mehr.«
Justus nickte. »Ich muss dir zustimmen. Wenn etwas passiert, werden wir vermutlich ohnehin wach. Und momentan hat mein Denkapparat ein paar Funktionsstörungen.«
»Das muss ich mir rot in meinem Kalender anstreichen. Funktionsstörungen in Justus' Gehirn«, feixte Peter.
Justus schnitt eine Grimasse. »Bevor wir uns hinlegen, können wir uns aber noch einmal in Mrs Cartiers Arbeitszimmer umsehen. Ich möchte wenigstens wissen, wohin die Geheimtreppe führt.«
Sie gingen leise ins obere Stockwerk, betraten den Raum und sahen sich um. Bob ging zielstrebig auf die schwere Holztruhe zu. »Ich tippe auf dieses Ding«, sagte er. »Fasst mal mit an, ich will nicht zu viel Lärm machen.« Sie hoben die Kiste an und trugen sie zur Seite. Darunter war normaler Holzfußboden, doch als sie genauer hinsahen, entdeckten sie kaum wahrnehmbare Rillen im Holz, die sich als Begrenzung der Falltür entpuppten. Es gab aber keinen Griff, um die Tür anzuheben.
»Es muss einen versteckten Mechanismus geben, ähnlich wie unten«, vermutete Bob. »Seht euch mal um.« Sie traten gegen die Holzleisten, doch nichts tat sich. Dann probierten sie andere Möglichkeiten aus, drückten gegen die Holzpaneele an der verkleideten Wand, untersuchten die stuckverzierte Decke und nahmen die vielen Bücherregale genau unter die Lupe. Bob hob die große Ahnentafel von der Wand über dem

Schreibtisch. »Aha!«, rief er. Unter der Tafel befand sich ein Paneel, das etwas herausragte. Er drückte darauf und kaum hörbar schwang die Falltür nach oben auf. »Gut versteckt. Aber natürlich nicht gut genug für die drei ???.« Er grinste. »Damit ist also klar, dass jemand vom Arbeitszimmer aus nach unten in die Abstellkammer gegangen sein könnte, um dort das Chaos zu veranstalten, ohne dass ich es mitbekommen habe«, sagte Justus. »Mrs Cartier war im Arbeitszimmer, als die Kammer verwüstet wurde. Doch das ist natürlich kein Beweis dafür, dass sie es getan hat. Vielleicht gibt es noch mehr Geheimgänge hier im Haus. Wir sollten morgen einmal jeden Raum nach ähnlichen Mechanismen abklappern, denn dann wäre es doch möglich, dass sich ein Fremder im Haus bewegt, ohne dass wir es merken. Aber das hat alles Zeit bis morgen.« Er gähnte. »Ich bin reif fürs Bett.« Justus ging zur Falltür und schloss sie wieder, dann hängte er die Tafel mit dem Stammbaum der Familie Cartier zurück an die Wand. Er warf einen kurzen Blick darauf und runzelte für einen Moment die Stirn. Doch als er merkte, dass die beiden anderen den Raum schon verlassen hatten, folgte er ihnen schnell.

Justus wurde unsanft geweckt. Jemand rüttelte ihn. Er schlug die Augen auf und sah in Peters Gesicht. Er wirkte aufgeregt. »Just!«, flüsterte er. »Wach auf! Die Geräusche haben wieder angefangen!« Mit einem Mal war Justus hellwach. Jetzt hörte er es auch. Ein dumpfes Klopfen dröhnte aus den Wänden. Er richtete sich auf. Auch Bob war schon wach und stand neben dem Bett. Beide waren bereits fertig angezogen, worüber sich Justus wunderte, doch er hatte keine Gelegenheit nachzufra-

gen. In diesem Moment erschütterte ein gewaltiger Knall das Haus, so laut, dass der Boden erzitterte. Justus schwang sich aus dem Bett.
»Woher kommt das?«, fragte er.
»Von überall her«, flüsterte Peter. Wieder erbebte das ganze Haus und das Poltern setzte sich nun rhythmisch fort. »Der Poltergeist scheint ziemlich sauer zu sein.«
»Los!«, entschied Justus. »Wir müssen herausfinden, wo das Geräusch seinen Ursprung hat!« Er ging entschlossen auf die Tür zu, öffnete sie und wollte gerade hinaustreten, als sie mit einem schnellen Ruck direkt vor seiner Nase wieder ins Schloss fiel. Er rüttelte an der Klinke. Die Tür ließ sich nicht wieder öffnen. »He!«, rief er. »Was soll das? Peter, Bob, helft mir!« Die beiden liefen herbei und gemeinsam warfen sie sich gegen die Tür. Die gab keinen Zentimeter nach.
Geistesgegenwärtig griff Peter nach seinem Dietrichetui und machte sich an dem Schloss zu schaffen. Nach ein paar Augenblicken sagte er verblüfft: »Die Tür ist gar nicht verschlossen! Sie lässt sich nur nicht öffnen!«
»Das Fenster!«, entschied Bob und wollte quer durch den Raum laufen. Plötzlich bewegte sich das Bett, in dem er eben noch gelegen hatte, wie von selbst und schob sich blitzschnell unter das Fenster. Er schien vor Schreck zu erstarren. »Was …«, begann er. In diesem Moment fiel ein Bild von der Wand, das Glas des Rahmens zersprang in tausend Scherben. Das andere Bett setzte sich in Bewegung und steuerte direkt auf ihn zu, als würde es auf Rollen von jemandem geschoben. Bob schrie auf und sprang zur Seite, um dem angreifenden Bett zu entkommen. Es prallte gegen die Wand.

»Bob!«, rief Justus. »Was ist das?« Die Glasscherben des kaputten Bilderrahmens bewegten sich, als wären sie lebendig, dann erhoben sich zwei von ihnen in die Luft und schossen auf Justus zu. Er konnte sich gerade noch zu Boden werfen, um nicht von ihnen aufgespießt zu werden. Als er wieder aufsah, wirbelte die gesamte Zimmereinrichtung durch die Luft. Das dritte Bett drehte sich wie ein Kreisel auf dem Boden. Bob und Peter schrien und liefen auf der Flucht vor dem Mobiliar wild durch den ganzen Raum.
Das dritte Bett?, schoss es Justus durch den Kopf. Aber es gab in diesem Raum doch nur zwei Betten! »Justus!«, rief eine bekannte Stimme. Es war Tante Mathilda. Sie klebte an der Decke und winkte ihm zu. Justus' Gedanken überschlugen sich. Drei Betten? Herumfliegende Möbel? Tante Mathilda? Das musste ...
»... ein Traum sein«, murmelte er und erwachte. Er riss die Augen auf und fand sich auf dem Fußboden wieder. War er aus dem Bett gefallen? Doch dann erinnerte er sich, dass Bob und Peter die Betten genommen und er sich ein Lager auf dem Boden eingerichtet hatte. Zwei Betten, stellte er zufrieden fest. Und keine Tante Mathilda an der Decke. Er atmete erleichtert auf und sah aus dem Fenster. Ein heller, runder Mond schien herein. »Vollmond«, murmelte Justus und kratzte sich am Kopf. »Kein Wunder.«
»Was?«, kam eine verschlafene Stimme aus dem Bett. Es war Peter. »Hast du was gesagt?«
»Nein. Schlaf weiter.«
Am nächsten Morgen saßen sie gemeinsam beim Frühstück mit Mrs Cartier. Sigourney brachte den Tee.

»Ich war so müde gestern Abend«, sagte Lydia Cartier, »ich habe mir extra Watte in die Ohren gesteckt und eine Schlaftablette genommen, damit ich endlich einmal richtig durchschlafen konnte. Ich habe auch nichts um mich herum mitbekommen. Ist euch denn etwas passiert?«
Justus schüttelte den Kopf. »Es war eine ruhige Nacht.« Er sah Mrs Cartier scharf in die Augen und glaubte, eine kleine Unsicherheit darin zu entdecken, doch er konnte sich auch getäuscht haben. »Aber wir haben etwas entdeckt. Beim Aufräumen in der Abstellkammer fanden wir zufällig eine Geheimtür, die zu Ihrem Arbeitszimmer führt. Wussten Sie davon?«
Mrs Cartier war einen Moment lang überrascht. »Der Geheimgang! Natürlich, daran habe ich seit Jahren nicht gedacht. Als mein Mann dieses Haus kaufte, ließ er es von oben bis unten renovieren. Dabei entdeckte er, dass die Außenmauer extrem dick war, und beschloss, einen Geheimgang zu bauen. Ich habe damals nie so ganz verstanden, warum er das tat, aber er sagte, das sei für ihn die Verwirklichung eines Kindheitstraums. Wir haben ihn allerdings nie benutzt, wozu auch, und so geriet er in Vergessenheit. Ich habe wirklich seit Jahren nicht an die verborgene Tür gedacht. Und die habt ihr entdeckt?«
Justus nickte. »Durch Zufall. Es steckt ein sehr ausgeklügeltes System dahinter, man kann nämlich beide Türen nicht von innen öffnen.« Wieder beobachtete er Mrs Cartier genau, doch die hatte entweder nichts zu verbergen oder sie ließ sich nichts anmerken.
»Richtig«, erinnerte sie sich. »Die Falltür kann nur vom Arbeitszimmer aus geöffnet werden, die untere Tür sowohl von der Abstellkammer als auch vom Arbeitszimmer aus.«

»Das hatten wir gar nicht bemerkt«, sagte Justus. »Man kann also den Gang von oben nach unten benutzen, andersherum aber nicht.« Mrs Cartier nickte. »Gibt es noch andere Geheimgänge im Haus? Oder versteckte Türen?«

»Nein.« Sie lächelte. »Jedenfalls nicht, dass ich wüsste.« Dann wurde sie wieder ernst. »Ihr habt also nichts herausfinden können?«, fragte sie. »Ihr spracht gestern Abend von besonderen Maßnahmen, die ihr vornehmen wolltet.«

Justus schüttelte bedauernd den Kopf. »Leider nicht. Aber wir müssen noch einige Theorien besprechen. Eventuell kommen wir heute Nachmittag noch einmal vorbei.«

Mrs Cartier nickte. »Wie ihr wollt. Aber morgen werde ich mich an jemanden wenden, der mit übersinnlichen Dingen Erfahrung hat. Seid mir nicht böse, aber so kann es nicht weitergehen.«

Nach dem Frühstück verabschiedeten sich die drei ??? von Mrs Cartier und fuhren zur Zentrale.

»Den Fall sind wir wohl auch los«, murmelte Peter niedergeschlagen. »Wir haben keinen einzigen Fortschritt gemacht.«

»Das würde ich nicht sagen«, widersprach Justus. »Ich bin mir ziemlich sicher, dass Mrs Cartier etwas zu verbergen hat. Ist euch aufgefallen, wie wichtig es ihr war, uns mitzuteilen, wie tief sie geschlafen hatte? Als hätte sie sich dafür rechtfertigen wollen, dass sie unser Rufen und Klopfen nicht gehört hat, als wir eingesperrt waren, obwohl sie davon gar nichts wusste.«

»Stimmt«, sagte Bob. »Außerdem stellte sie eine seltsame Frage. Sie sagte: ›Ist euch denn etwas passiert?‹ Als hätte sie bereits gewusst, dass etwas passiert ist, sonst hätte sie die Frage anders formuliert. Aber leider ist das kein Beweis. Wir haben ja nicht einmal eine Theorie, die wir beweisen wollen. Wir tappen völlig im Dunkeln. Denn dass Mrs Cartier nur Aufmerksamkeit sucht, kann auch nicht stimmen. Dann würde sie uns nicht so schnell wieder entlassen.«

Justus nickte. »Das ist ja das Vertrackte. Aber irgendetwas ist da faul, da bin ich mir sicher.«

»Ach, was du nicht sagst«, sagte Peter. »Ich finde es auch ziemlich faul, wenn es in einem Haus spukt. Wie dem auch sei, ich muss jetzt nach Hause. Meine Mutter wird sich ohnehin beschweren, dass sie mich nun schon seit zwei Tagen nicht mehr gesehen hat. Ganz zu schweigen von Kelly.«

»Ist sie noch sauer wegen Tante Elenor?«, wollte Bob wissen.

Peter zuckte die Schultern. »Wird sich schon wieder einrenken. Also, ich verschwinde dann mal. Ruft an, wenn es etwas Neues gibt.«

Auch Bob verabschiedete sich bald, er musste noch für seinen Erdkundetest lernen. Justus blieb alleine in der noch immer unaufgeräumten Zentrale zurück und knetete seine Unterlippe. Irgendetwas nagte die ganze Zeit an seinem Unterbewusstsein. Etwas stimmte nicht. Seit gestern Abend hatte er das Gefühl, etwas Wichtiges zu übersehen. Er hatte einen entscheidenden Hinweis erhalten, der sich nun irgendwo in seinem Gedächtnis vergraben hatte. Justus wusste nicht, wo er diesen Hinweis suchen sollte.

Es klopfte an der Tür. Tante Mathilda kam herein. »Hallo, Justus. Schön, dich mal wieder zu sehen. Arbeitet ihr gerade wieder an einem aufregenden Fall oder warum bist du ständig unterwegs?«

Justus nickte. »So ist es. Und es ist mal wieder sehr knifflig.«
»Wenn du irgendwelche Fragen hast, wende dich vertrauensvoll an mich.« Sie lächelte. »Heute habe ich übrigens einen schönen Anruf bekommen. Hope, eine alte Freundin von mir, hat sich seit langer Zeit mal wieder bei mir gemeldet! Sie war ein Jahr lang in Europa und hat dort gearbeitet, in Frankreich. Nächste Woche will sie mich besuchen.«
»Wie schön«, murmelte Justus abwesend. Dann sah er plötzlich auf. »Was hast du gesagt?«
Er erntete einen vorwurfsvollen Blick. »Wenn du in Grübeleien versunken bist, kann die Welt untergehen und du würdest nichts davon merken, was? Ich sagte, dass Hope mich angerufen hat und ...«
»In Frankreich?«, unterbrach Justus seine Tante. Sie nickte nur stumm. Justus sprang auf. Er ging auf seine Tante zu und drückte ihr einen dicken Schmatzer auf die Wange. »Tante Mathilda, du bist genial!«, sagte er und drängelte sich an ihr vorbei. »Ich muss mal kurz weg!«, rief er ihr noch zu, dann war er schon bei seinem Fahrrad, schwang sich auf den Sattel und fuhr los.
Tante Mathilda sah ihm verwundert nach und schüttelte langsam den Kopf.

Justus radelte wie ein Besessener. Er hätte Bob oder Peter anrufen können, doch er wollte seinen Verdacht erst selbst überprüfen. Er hätte auch Onkel Titus bitten können, ihm seinen Lastwagen zu leihen, doch das dauerte ihm zu lange. Es war zwar ein gutes Stück bis zu Mrs Cartiers Haus, aber ein bisschen Bewegung konnte ihm nicht schaden.

Keuchend und nassgeschwitzt kam er bei Mrs Cartier an und überlegte, dass er wirklich mehr für seine Kondition tun sollte. Er war froh, dass Peter und Bob ihn jetzt nicht sahen, sie hätten ihn wegen seiner Unsportlichkeit nur wieder aufgezogen. Er klingelte und einen Augenblick später öffnete ihm Sigourney. Sie sah überrascht aus. »Ja?«, fragte sie.

»Mir ist noch etwas eingefallen«, sagte Justus schnell. »Ich würde mich gerne noch einmal rasch in Mrs Cartiers Arbeitszimmer umsehen.«

»Mrs Cartier hat sich gerade hingelegt«, antwortete Sigourney.

Seltsam, dachte Justus, da sie doch angeblich die ganze Nacht tief und fest geschlafen hat. »Sie hat bestimmt nichts dagegen«, sagte er knapp und drängelte sich an Sigourney vorbei ins Haus. Ohne eine Erwiderung abzuwarten, ging er die Treppe hinauf nach oben. Das Arbeitszimmer war so, wie sie es am Abend zuvor verlassen hatten. Schnurstracks ging Justus auf den Schreibtisch zu und sah sich den Familienstammbaum an, der den geheimen Öffnungsmechanismus für die Falltür versteckte. Er studierte die Ahnentafel einen Augenblick lang, murmelte ein kurzes »Ja!« und verließ den Raum. Sigourney kam ihm entgegen, als er bereits wieder hinunterging.

»Was ...«, begann sie.

»Das war's schon«, unterbrach Justus sie und verließ das Haus so schnell, wie er gekommen war. Er setzte sich auf sein Fahrrad und fuhr zurück nach Hause. Zum zweiten Mal an diesem Tag sah ihm jemand kopfschüttelnd nach.

In der Zentrale angekommen, setzte er sich an das Telefon, schnappte sich das Telefonbuch und suchte die Nummer des

Savoy Hotels heraus, bei dem Peter am gestrigen Abend auf Sigourney gewartet hatte. Er wählte die Nummer und wartete.
»Hotel Savoy?«, meldete sich eine freundliche Stimme.
»Guten Tag, ich möchte mich gern nach einem Gast bei Ihnen erkundigen«, sagte Justus. Dann nannte er einen Namen. Einen Augenblick später sagte die Stimme: »Ja, der Herr wohnt hier. Soll ich Sie durchstellen?«
»Nicht nötig«, antwortete Justus. »Bitte sagen Sie ihm auch nicht, dass jemand für ihn angerufen hat. Es soll eine Überraschung sein.« Er hängte ein und sprang sofort wieder auf, um zum Haus hinüberzugehen, in dem er mit seiner Tante und seinem Onkel wohnte. Nun musste er Onkel Titus doch um den Lastwagen bitten. Nach Malibu war es ihm bei der Hitze zu weit. Er musste Tante Elenor einen Besuch abstatten.

Der Kreis schließt sich

»Bob Andrews«, meldete sich Bob am Telefon.

»Hi, Bob, ich bin's Justus. Was hältst du davon, heute Nachmittag vorbeizuschauen? Tante Mathilda hat einen tollen Kirschkuchen für uns.«

Bob überlegte kurz. »Eigentlich muss ich ja noch für den Erdkundetest lernen. Und Elizabeth kommt gleich vorbei.«

»Bring sie einfach mit. Es gibt nämlich nicht nur Kirschkuchen, sondern auch noch etwas anderes«, versprach Justus.

»Was denn?«, wollte Bob wissen.

»Einen fast gelösten Fall«, antwortete Justus geheimnisvoll. »Und das wird Elizabeth auch interessieren.«

»Wir sind schon unterwegs«, sagte Bob schnell. Justus hatte in diesem Tonfall gesprochen, der versprach, dass es spannend wurde.

Justus, Lys und Peter saßen bereits auf der jonasschen Veranda, als Elizabeth und Bob ankamen. Peter erzählte gerade, dass Kelly noch immer sauer auf ihn war und daher am Telefon behauptet hatte, keine Zeit zu haben.

Tante Mathildas Kirschkuchen war wie immer fantastisch und sie machten sich erst mal darüber her.

»Was gibt es denn nun so Wichtiges?« Bob hatte gehofft, Justus würde von selbst mit der Sprache herausrücken. Doch nun platzte er fast vor Neugierde. »Was meintest du mit dem fast gelösten Fall?«

»Möchte noch jemand Orangensaft?« Justus wich der Frage aus.

»Justus!«, ermahnte Peter ihn. »Du weißt genau, dass es uns alle in den Wahnsinn treibt, wenn du dieses Spielchen spielst.«
»Welches Spielchen?«, fragte der Erste Detektiv scheinheilig.
»Dieses Ich-spanne-euch-noch-ein-bisschen-auf-die-Folter-damit-ihr-mir-dankbar-seid-wenn-ich-endlich-mit-der-Sprache-herausrücke-Spielchen«, sagte Peter gereizt. »Also los, erzähl schon!«
Justus griff über den Tisch und nahm sich noch ein Stück von dem Kuchen. Da wackelte plötzlich der Tisch und Justus starrte überrascht auf die bebende Tischplatte.
Peter warf einen raschen Blick unter den Tisch. »Sehr witzig«, sagte er, als er entdeckte, dass Justus die Bewegung mit seinen unter die Platte geklemmten Knien verursachte. »Was soll das, willst du uns Angst machen?«
»Keineswegs«, erwiderte Justus. »Ich will euch nur die Lösung von Rätsel Nummer eins präsentieren.« Wie um seine Worte zu unterstreichen, ließ er den Tisch noch einmal wackeln.
Auch Bob sah ihn verständnislos an. »Was möchtest du uns damit sagen?«, fragte er.
»Ganz einfach«, behauptete Justus. »Eine unserer vielen Fragen im Poltergeist-Fall war, wie der Tisch in Mrs Cartiers Haus plötzlich wackeln konnte. Und das war die Antwort.«
»Das ist doch nicht dein Ernst«, sagte Peter. »Du meinst, du hast den Tisch wackeln lassen? Mit deinen Beinen?«
»Nicht ich!«, widersprach Justus und sah den Zweiten Detektiv missbilligend an. »Mrs Cartier! Sie ließ den Tisch wackeln!«
Bob lachte auf. »Soll das ein Witz sein?«

»Überhaupt nicht. Es ist sogar ganz logisch. Einen Tisch wackeln zu lassen ist ganz einfach. Wir sind nur nicht darauf gekommen, da anfangs niemand von uns Mrs Cartier verdächtigt hat. Wäre ja auch unlogisch gewesen, schließlich hat sie uns den Auftrag gegeben, die mysteriösen Vorfälle in ihrem Haus zu untersuchen. Die Lösung lag also direkt vor uns, aber wir haben sie nicht gesehen, weil wir sie gar nicht erst in Betracht gezogen haben. Der Spuk war kein Spuk, sondern ein alberner Streich, an dem überhaupt nichts Übernatürliches ist.«

»Aha«, sagte Peter wenig überzeugt. »Und wie kommst du darauf? Und was ist mit den anderen Vorfällen?«

»Die lassen sich ebenso einfach erklären. Das Chaos in Mrs Cartiers Schlafzimmer hat sie selbst angerichtet. Sie zog den Schlüssel aus dem Schloss, machte ein bisschen Lärm und schrie dazu, sodass wir dachten, sie stünde Todesängste aus. Und danach hat sie die völlig verzweifelte Poltergeistgeplagte gespielt. Sie hat auch die Abstellkammer verwüstet, indem sie den Geheimgang vom Arbeitszimmer aus benutzte und sich dann schnell wieder nach oben schlich.«

»Und was ist mit der Truhe, die hin und her geschoben wurde?«, wollte Bob wissen. »Das kann nicht Mrs Cartier gewesen sein, die befand sich schließlich mit uns im Wohnzimmer.«

»Stimmt. Das war Sigourney, ihre Komplizin«, erwiderte Justus ungerührt.

Nun lachte Peter. »Das ist wirklich dein Ernst, was? Lydia Cartier und ihr Hausmädchen Sigourney sind Komplizen? Sie stecken unter einer Decke? Nur wobei, frage ich dich. Halt, nein, bevor du antwortest, erklär mir doch bitte noch schnell, wie sie die Teetasse durch den Raum fliegen ließen.«

»Das weiß ich leider noch nicht«, gestand Justus. »Aber ich bin mir sicher, dass auch das ein ganz einfacher Trick war.«

»So, so, ein Trick«, sagte Peter. »Dann erklär uns doch jetzt mal, wozu das alles gut sein sollte. Wenn Mrs Cartier und Sigourney zusammenarbeiten, weißt du doch bestimmt auch, woran sie arbeiten, oder? Ich meine, wo ist das Motiv? Ach was, Motiv, wir haben ja noch nicht einmal ein Verbrechen! Nur ein paar Möbel, die angeblich hin und her geschoben wurden.«

»Da bin ich jetzt allerdings auch gespannt«, meldete sich Lys in einem etwas versöhnlicheren Tonfall. Sie fand es ungerecht, dass Peter Justus so anfuhr, auf der anderen Seite fand sie seine angebliche Beweisführung bisher auch sehr zweifelhaft.

»Das Motiv sind wir«, verkündete Justus selbstsicher. »Es ging von Anfang an überhaupt nicht um irgendwelche Spukgeschichten. Auch nicht um Mrs Cartiers Geltungsbedürfnis. Es ging um uns. Lydia Cartier und Sigourney haben sich mächtig ins Zeug gelegt, um uns einen Fall zu liefern, den wir unmöglich ablehnen konnten und der uns fesselte, sodass wir an nichts anderes mehr denken konnten.«

»Und warum?«, wollte Peter wissen. »Um unsere –«, er hielt inne und überlegte einen Augenblick, »kriminologischen Fähigkeiten zu testen?«

»Nein. Um uns abzulenken. Das war das Motiv!«

»Ablenken? Wovon?«, wollte Bob wissen.

»Von unserem letzten Fall. Von Tante Elenors Medaillon.«

»Jetzt bist du völlig übergeschnappt!«, sagte Peter. »Die letzte Nacht, in der du im Geheimgang gefangen warst, hat wohl bleibende Schäden hinterlassen. Tante Elenors Medaillon, ja?

Was ist damit, sollten wir es nicht finden und wollte Mrs Cartier uns deshalb ablenken?«

»Das Medaillon ist unwichtig«, erklärte Justus. »Aber wir sollten etwas anderes nicht finden. Oder besser gesagt, nicht bemerken.«

»Und was?«, fragte Bob. Nun sahen alle Justus erwartungsvoll an und dieser genoss diesen Moment und zögerte ihn noch ein paar Sekunden lang hinaus, bevor er antwortete.

»Die *Grüne Eisenfrau*. Das Bild, das in Tante Elenors Flur hängt. Es ist kein Druck, es ist das Original. Es ist genau das Bild, das vor einer Woche in der *Rocky Beach Art Gallery Hall* gestohlen wurde.«

»Was?«, riefen alle gleichzeitig.

»Wie kommst du darauf?«, fragte Elizabeth.

»Ich habe es mir angesehen, ich war heute dort. Ich bin zu Tante Elenor gefahren, unter dem Vorwand, dass ich zu wissen glaubte, wo sich das Medaillon befindet, und dabei habe ich mir das Bild noch einmal genau angesehen. Unter dem Glas ist es schwer zu sehen, doch wenn man genau hinsieht, erkennt man, dass es keineswegs ein Druck ist, sondern das Original.«

»Ach so. Tante Elenor ist also eine Kunsträuberin und hat die *Grüne Eisenfrau* geklaut und bei sich zu Hause aufgehängt. Dann fiel ihr auf, dass ihr Medaillon verschwunden ist, und sie hat uns engagiert, um es zu suchen. Dann fiel ihr auf, dass wir vielleicht bemerken könnten, dass sie die echte *Grüne Eisenfrau* zu Hause hat, und sie sagte ihrer alten Freundin Lydia Cartier, sie solle sich etwas Spannendes einfallen lassen, um uns abzulenken«, sagte Peter sarkastisch. »Justus, ich schätze zwar deine intellektuelle Begabung, aber diesmal redest du wirklich vollkommenen Unsinn!«

»Ich bin ja noch nicht fertig«, erwiderte Justus etwas gekränkt. »Tante Elenor ist natürlich nicht die Diebin. Ich tippe eher auf ihren Untermieter, diesen Ethan Easton. Ich weiß noch nicht genau, warum das Bild ausgerechnet für jeden sichtbar im Flur hing, aber Mr Easton wollte uns aus dem Haus haben und hat daher über Lydia Cartier die Poltergeistgeschichte in die Wege geleitet.«

»Wie um alles in der Welt kommst du darauf?« Bob sah den Ersten Detektiv erwartungsvoll an.

»Tante Mathilda hat mich darauf gebracht«, erklärte Justus. »Sie sagte mir heute, dass eine alte Freundin sie besuchen wolle, die ein Jahr lang in Frankreich gelebt hat. Das erinnerte mich daran, dass Lydia Cartiers Familie ja auch aus Frankreich kommt. Und dann hatte ich einen Geistesblitz. Endlich fiel mir ein, was mich schon die ganze Zeit über gestört hatte. Ich hatte nämlich einen Blick auf ihre Ahnentafel geworfen, die in ihrem Arbeitszimmer hängt, und dabei war mir etwas komisch vorgekommen. Ich wusste bloß nicht, was das war. Also bin ich heute noch einmal zu ihr gefahren und habe mir den Stammbaum genau angesehen. Und dabei bin ich auf einen Namen gestoßen, der mir die Augen geöffnet hat.« Wieder schwieg er eine Weile, um die Spannung für einen Augenblick zu genießen. Er hatte schon immer eine Schwäche für theatralische Auftritte gehabt. Schließlich sagte er: »Victor Hugenay.«

»Hugenay?«, fragte Peter verständnislos. Dann hellte sich sein Gesicht plötzlich auf. »Hugenay!«, rief er. »Du meinst den Hugenay?«

»Ganz genau«, sagte Justus und lehnte sich zufrieden zurück. Nun war auch bei seinen Kollegen der Groschen gefallen.
»He!«, rief Lys. »Könntet ihr Elizabeth und mich bitte mal aufklären? Wir verstehen nämlich kein einziges Wort! Wer ist Victor Hugenay?«
»Sozusagen ein alter Bekannter von uns«, erklärte Bob. »Vor Jahren hatten wir einmal einen Fall, bei dem es um einen verschwundenen Papagei ging. Es war einer unserer ersten Fälle. Ein gestohlenes Bild spielte dabei eine Rolle. Hugenay war unser Gegenspieler. Er ist Kunsträuber, der vor allem in Europa schon in viele große Diebstähle verwickelt war. Aber damals entwischte er uns. Einige Zeit später hatten wir erneut mit ihm zu tun, es ging dabei um einen seltsamen Wecker und wieder um verschwundene Gemälde. Und obwohl wir wussten, dass Hugenay hinter der Sache steckte, konnten wir ihm nichts nachweisen. Er begeht die Diebstähle nämlich fast nie selbst, sondern lässt für sich einbrechen. Allen war klar, dass er der Drahtzieher war, doch man hatte nichts gegen ihn in der Hand, und die Polizei musste ihn laufen lassen. Es waren die einzigen Male, dass uns ein Dieb und Betrüger entwischt ist.«
»Genau, Bob. Und ich erinnere mich noch genau an das, was Hugenay damals zu uns gesagt hat. Er sagte, es habe ihm Spaß gemacht, mit uns zusammenzuarbeiten – wobei er allerdings wohl eher gegen uns meinte – und er sei sicher, dass wir uns noch einmal begegnen würden. Tja, dieses Versprechen hat er jetzt wohl gehalten«, sagte Justus.
»Ich fasse es nicht!«, rief Peter. Er war völlig aus dem Häuschen und seine Zweifel waren wie weggewischt. »Hugenay hat also die *Grüne Eisenfrau* gestohlen beziehungsweise stehlen

lassen und durch Zufall gerieten wir ausgerechnet in das Haus, wo das Gemälde aufbewahrt wurde. Hugenay muss davon erfahren haben, und da er weiß, was für schlaue Burschen wir sind«, er grinste breit, »hat er jemanden engagiert, um uns abzulenken, und zwar mit einem Fall, den wir nicht ablehnen konnten.«

»Richtig. Und dieser jemand war seine Großtante«, sagte Justus.

»Lydia Cartier ist Hugenays Großtante?«, fragte Bob verblüfft. »Das gibt es nicht!«

»Doch, zumindest wenn man dem Stammbaum glauben darf. Wisst ihr noch, dass Mrs Cartier sagte, ihr wäre unser Unternehmen von einer alten Freundin, von Mrs Smith, empfohlen worden? Mrs Smith hatte damals auch mit dem Wecker-Fall zu tun! Wenn wir etwas schlauer gewesen wären, hätten wir schon da den Braten riechen können.«

»Nun übertreib mal nicht, Justus«, sagte Peter. »Diesen Braten hätte ich nie im Leben gerochen«, gab er offen zu. »Auch wenn man mir tausend Tipps gegeben hätte.« Er klopfte seinem Freund auf die Schulter. »Alle Achtung, Herr Erster Detektiv. Das war eine Meisterleistung!«

»Wie gehen wir denn jetzt vor?«, fragte Bob. »Gehen wir zur Polizei? Oder versuchen wir, Hugenay ausfindig zu machen? Oder was?«

»Hugenay habe ich schon ausfindig gemacht«, sagte Justus beiläufig. »Er ist zurzeit in Rocky Beach, wohl um die *Grüne Eisenfrau* irgendwann in Empfang zu nehmen. Er wohnt im *Hotel Savoy*.«

Wieder fielen Peter fast die Augen aus dem Kopf. »Im *Hotel*

Savoy? Aber da war ich doch gestern! Dann hat Sigourney sich also mit Hugenay getroffen!«

»Genau, vermutlich, um ihm zu berichten, dass wir nach wie vor keine Fortschritte gemacht haben. Aber das hat sich ja jetzt geändert.«

»Na, worauf warten wir dann noch?«, fragte Bob. »Wir müssen hin!«

»Ist das nicht viel zu gefährlich?«, warf Elizabeth ein. »Ihr könnt doch diesem Hugenay nicht einfach einen Besuch abstatten! Immerhin ist er ein gefährlicher Verbrecher.«

Doch Bob schüttelte den Kopf. »Ein Verbrecher vielleicht, aber nicht gefährlich. Er ist ein Gentleman. Er würde uns niemals etwas antun, so weit geht er nicht. Sein Spezialgebiet ist Kunstraub, nichts weiter. Zumindest war das damals so«, fügte er mit leichtem Zweifel in der Stimme hinzu.

»Also, fahren wir sofort los?«, fragte Peter unternehmungslustig und stand auf.

»Nicht so schnell«, ermahnte Justus ihn. »Wenn wir jetzt etwas überstürzen, können wir die ganze Sache noch vermasseln. Wir müssen genau überlegen, was wir als Nächstes tun. Aber wir haben einen entscheidenden Vorteil: Weder Mrs Cartier noch Hugenay haben eine Ahnung davon, dass wir Bescheid wissen.«

Ein alter Bekannter

»Guten Tag, Inspektor Cotta, hier ist Justus.« Die drei ??? saßen in der Zentrale und umringten das Telefon.

»Justus Jonas«, kam die Stimme des Polizeiinspektors aus dem Verstärker. »Dass ich deine Stimme als erste hören würde, sobald ich zu Hause bin, hätte ich nicht erwartet. Ich habe gerade eben meine Koffer abgestellt.«

»Ich freue mich, dass Sie aus dem Urlaub zurück sind. Ihr Dienst beginnt bestimmt erst morgen wieder, aber ich habe auch nur eine kleine Bitte«, sagte Justus.

»So? Worum geht es denn diesmal? Wie viele Fälle habt ihr aufgeklärt, während ich am Lake Tahoe geangelt habe?«

»Erstaunlicherweise nur einen«, sagte Justus unbescheiden. Doch bei Inspektor Cotta konnte er sich diesen Ton erlauben, er war ihnen mittlerweile so etwas wie ein Freund geworden. »Aber der ist ziemlich dringend, daher rufe ich Sie auch zu Hause an. Sie haben vielleicht von dem Gemälde gehört, das letzte Woche in der *Art Gallery Hall* gestohlen wurde?«

»Ja, habe ich.«

»Wir wissen, wo es ist. Ich hätte das auch Ihrem Kollegen, Inspektor Kershaw, sagen können, doch der würde uns das nicht abnehmen. Wenn Sie dafür sorgen könnten, dass die *Grüne Eisenfrau* sichergestellt wird ...«

»Wer?«, unterbrach der Inspektor Justus.

»Die *Grüne Eisenfrau*. Das Gemälde. Also, wenn Sie es sicherstellen lassen und den Dieb verhaften, wäre ich Ihnen sehr dankbar.« Justus gab die Adresse von Elenor Madigan durch. »Miss Madigan ist jedoch unschuldig, der Täter ist vermutlich ihr Untermieter, Mister Ethan Easton.«

»Wenn du das alles weißt, kannst du mir vermutlich auch sagen, wo das Gemälde ist«, vermutete Cotta.

»Ja, kann ich. Es hängt an der Wand im Flur.«

Eine Weile herrschte Schweigen am anderen Ende. »Ich würde mir gerne mal die ganze Geschichte von dir erzählen lassen, Justus.«

»Gern, Sir, aber jetzt haben wir einen dringenden Termin.«

Cotta seufzte. »Willkommen daheim.«

»Da sind wir.« Peter stoppte den Wagen vor dem *Hotel Savoy*. »Habt ihr eure Ausrüstung?« Justus und Bob nickten. »Dann los!«

Sie stiegen aus und betraten das Hotel. An der Rezeption fragten sie nach der Zimmernummer von Mr Victor Hugenay. »Mr Hugenay bewohnt das Zimmer 105«, gab ein freundlicher Herr Auskunft. »Soll ich Sie anmelden?« Er griff bereits zum Telefonhörer.

»Nicht nötig«, sagte Justus schnell. »Es ist eine Überraschung.«

»Verstehe«, erwiderte der Mann und wies zum Fahrstuhl.

Die drei ??? betraten die Kabine und fuhren in den ersten Stock. »Ich bin ganz schön nervös«, sagte Peter. »Ob wir ihn wiedererkennen?«

»Die Frage ist, ob er uns wiedererkennt«, entgegnete Justus.

»Hoffentlich geht das gut.« Peter hatte so seine Bedenken.

»Was soll schon passieren? Wir sind bestens gewappnet«,

meinte Justus. Die Fahrstuhltür öffnete sich und sie verließen die Kabine. Das Zimmer 105 war ganz in der Nähe. Justus atmete einmal tief durch und klopfte.

»Ja?«, kam eine Stimme von drinnen.

»Zimmerservice!«, rief Justus mit verstellter Stimme, obwohl er sich kaum vorstellen konnte, dass Hugenay ihn nach so langer Zeit an der Stimme wiedererkannte.

»Ich hatte nichts bestellt«, kam es aus dem Zimmer mit leichtem französischem Akzent.

»Ich glaube doch«, erwiderte Justus. Es dauerte eine Weile, dann wurde die Tür geöffnet. Schnell warf Justus sich dagegen und die drei ??? stürmten gemeinsam in den Raum und schlossen die Tür blitzschnell wieder. Ein vollkommen überraschter Mr Hugenay stand vor ihnen. Er hatte sich nicht sehr verändert. Die dunklen Haare waren nach wie vor streng zurückgekämmt und noch immer trug er seinen kleinen, schwarzen Schnurrbart und war auffällig gut gekleidet.

»Justus, Peter und Bob«, sagte er erstaunt. »Habt ihr mich also doch noch gefunden.«

»Ganz recht, Mr Hugenay. Schön, Sie wiederzusehen.« Das meinte Justus durchaus ehrlich, denn obwohl er einem Verbrecher gegenüberstand, war ihm der Mann sympathisch. Justus war fasziniert von dessen Scharfsinn, mit dem es ihm jahrelang gelungen war, der Polizei immer wieder zu entkommen und durch die Maschen des Gesetzes zu schlüpfen. Doch das hatte nun ein Ende.

»Das Vergnügen ist ganz auf meiner Seite«, sagte Hugenay mit seinem französischen Akzent. »Was treibt euch zu mir?«

»Das wissen Sie ganz genau«, sagte Peter, dem der Mann

nicht so sympathisch war. »Sie haben uns hereingelegt. Aber wir sind Ihnen auf die Schliche gekommen. Besser gesagt Justus.«

»Meinen herzlichen Glückwunsch«, sagte Hugenay. Er hatte sich schnell gefasst und wirkte nun nicht im Mindesten beunruhigt.

»Wir hätten gern mit Ihnen gesprochen, bevor die Polizei hier aufkreuzt. Wir haben nämlich noch einige Fragen.«

»Ach. Hast du doch nicht alle Rätsel selbst lösen können, Justus?«, fragte Hugenay amüsiert.

»Ich gebe zu, nicht alle«, erwiderte der Erste Detektiv. »Zum Beispiel würde ich gerne wissen, warum die *Grüne Eisenfrau*, die Sie gestohlen haben, bei Elenor Madigan an der Wand hängt und nirgendwo anders versteckt ist.«

»Ich habe die *Grüne Eisenfrau* nicht gestohlen«, behauptete ihr Gegenüber.

»Natürlich haben Sie das!«, rief Bob.

»Nein, mein Freund, das habe ich nicht. Ich habe nur jemandem Geld geboten, wenn er sie für mich stiehlt!«

»Ethan Easton«, vermutete Justus.

»Genau.«

»Aber warum? Was wollen Sie mit dem Bild? Sie können es doch nicht weiterverkaufen. Alle Welt weiß, dass es gestohlen ist.«

»Sicher. Aber das ist einigen Menschen egal. Es gibt Leute, denen geht es nur um die Bilder, um die Kunst selbst. Und es reicht ihnen, wenn sie sie zu Hause ganz für sich haben. Und sie zahlen einen Haufen Geld dafür. Einer dieser Menschen gab mir den Auftrag, ihm die *Grüne Eisenfrau* zu beschaffen.

Aber wollt ihr euch nicht setzen? Da kann man sich besser unterhalten«, schlug Hugenay vor.
»Nein, danke, wir bleiben lieber stehen«, sagte Justus, der eine Falle vermutete.
Hugenay setzte sich auf einen Stuhl, der am geöffneten Fenster stand. Scheinbar geistesabwesend sah er hinaus auf die Straße. Verkehrslärm drang zu ihnen herauf. »Um auf deine Frage zurückzukommen: Ich ließ das Gemälde stehlen, doch dann musste es erst einmal versteckt werden, um eine Weile Gras über die Sache wachsen zu lassen und es dann aus dem Land schaffen zu können. Es gab jedoch einige Schwierigkeiten. Es würde zu weit führen, euch die Einzelheiten zu erklären. Ethan Easton hatte jedenfalls Angst, von der Polizei observiert zu werden, daher suchte er nach einem guten Versteck für das Bild. In dem Zimmer, in dem er wohnt, konnte er es auch nicht lassen, da diese Miss Madigan eine furchtbar neugierige Frau ist und bei ihm herumschnüffelt. Doch dann fand er das perfekte Versteck. Er tauschte den Druck der *Grünen Eisenfrau* gegen das Original aus, denn niemand würde vermuten, dass ein gestohlenes Gemälde einfach so an der Wand hängt. Aber dann tauchtet ihr plötzlich auf. Erst dachte ich, ihr wärt mir auf der Spur, doch dann bemerkte ich, dass das Ganze nichts weiter als ein dummer Zufall war. Ich wollte aber das Risiko nicht eingehen, dass ihr bei eurer Suche nach Miss Madigans Medaillon zufällig auf das Bild stoßt und seinen wahren Wert erkennt. Daher rief ich meine Tante Lydia an, die sich diese wunderbare Geschichte für euch ausdachte.«
»Warum nahm Mr Easton das Bild nicht einfach wieder ab?«, wollte Justus wissen.

»Weil er den Druck bereits vernichtet hatte. Schließlich wollte er nicht, dass Miss Madigan bei ihm die Reproduktion entdeckt. Ethan Easton und ich wollten so lange warten, bis wir sicher waren, dass die Polizei uns nicht auf den Fersen ist. Dann hätte Easton das Original genommen, es mir übergeben und wir beide wären auf Nimmerwiedersehen verschwunden.«

»Waren Sie für den Wasserrohrbruch im *Los Angeles County Museum* verantwortlich?«, fragte Bob.

Hugenay lächelte und nickte. »Wenn du nicht an das Bild herankommst, musst du das Bild dazu bringen, zu dir zu kommen. Was ich erreicht hatte, als die Ausstellung nach Rocky Beach verlegt wurde.«

»Noch eine Frage«, fuhr Justus fort. »Wieso hat Ihre Tante gesagt, dass sie uns den Fall wieder entzieht, wenn wir ihn bis Montag nicht gelöst haben? Dann hätten wir uns doch wieder dem verschwundenen Medaillon zuwenden können.«

Hugenay lächelte erneut. »Können schon, aber nicht wollen! Ich habe mich über euch informiert. Außerdem kann ich mich noch gut an damals erinnern. Daher weiß ich, dass ihr vor allem dann nicht lockerlasst, wenn es aussichtslos erscheint. Und schließlich musste ich zum einen euch bei Laune halten, zum anderen sichergehen, dass ihr mir nicht doch auf die Schliche kommt. Daher habe ich es euch so schwierig wie möglich gemacht. Ich wusste, dass nur das euch genug reizen würde, am Ball zu bleiben und alles andere zu vergessen. Somit konnte ich euch an eurer schwächsten Stelle packen: eurem Ehrgeiz.«

»Und wie hat Ihre Großtante es geschafft, die Tasse fliegen zu lassen?«, wollte Peter wissen.

Nun lachte Hugenay sogar. »Ganz einfach. Sie stand im Nebenraum und beobachtete euch durch die Tür, bis ihr mit dem Rücken zu ihr standet. Dann nahm sie schnell die Tasse und warf sie nach euch, um sich danach wieder zu verstecken. Eine Minute später betrat sie den Raum und spielte die Überraschte.«

Justus schlug sich mit der flachen Hand gegen die Stirn. »Die einfachsten Tricks sind die besten«, sagte er. »Meinen Glückwunsch. Aber genutzt hat Ihnen das ganze Spiel leider doch nichts. Bob, ich glaube, nun kannst du die Polizei rufen.«

»Was wollt ihr der Polizei sagen? Ich habe den Diebstahl nicht begangen!«

»Nein, aber Sie sind der Drahtzieher. Das haben Sie eben selbst zugegeben.«

»Ja, aber dafür habt ihr leider keine Beweise«, meinte Hugenay.

»Falsch«, sagte Justus und zückte triumphierend einen kleinen Apparat aus seiner Jackentasche. »Ein Diktiergerät«, sagte er. »Damit haben wir jedes Wort von Ihnen aufgenommen. Das wird als Beweis reichen.«

Hugenay hob die Augenbrauen. »Alle Achtung, Justus Jonas.«

Bob ging zum Telefon, das im Hotelzimmer stand, und rief im Polizeipräsidium an. Schnell teilte er dem Beamten mit, was geschehen war, und legte dann wieder auf.

»Dann bin ich jetzt wohl dran mit den Überraschungen«, sagte Hugenay. »Ich wusste, dass ihr kommen würdet. Tante Lydia hat nämlich mitbekommen, dass du dir heute unseren Familienstammbaum angesehen hast. Und sie hat die richtigen

Schlüsse gezogen und mich informiert. Ich war also auf euren Besuch vorbereitet. Und deshalb werde ich mich jetzt verabschieden. Es war nett, euch wiederzutreffen, Jungs. Vielleicht war es nicht das letzte Mal.«

»Das glaube ich doch. Oder haben Sie vor, zu fliehen? Das wird Ihnen nicht gelingen. Wir sind zu dritt, an uns kommen Sie nicht vorbei«, sagte Peter bestimmt und stellte sich demonstrativ vor die Tür.

»Ich muss auch gar nicht an euch vorbei«, sagte Hugenay und stand vom Stuhl auf. »Bis dann.« Er machte plötzlich eine blitzschnelle Drehung und mit einem Satz sprang er aus dem geöffneten Fenster.

Die drei ??? rannten auf das Fenster zu und sahen hinaus. Hugenay war nicht auf dem Bürgersteig gelandet, sondern auf der Markise, die direkt unter dem Fenster vor dem Eingang des Hotels stand. Mit einer Geschicklichkeit, die sie dem Mann gar nicht zugetraut hätten, rollte er sich von dem Stoffdach ab und sprang auf den Gehweg. Dann lief er zu einem Cabrio mit angelassenem Motor. Am Steuer saß ein Mann und Hugenay kletterte schnell auf den Beifahrersitz. Er sah nach oben und rief ihnen zu: »Die einfachsten Tricks sind die besten!« Er winkte, dann gab der Fahrer Vollgas, und der Wagen schoss davon.

Tante Elenor lässt grüßen

»Da seid ihr ja endlich!«, rief Peter und winkte Bob und Elizabeth heran. Er saß zusammen mit Justus und Lys an einem runden Tisch in der Eisdiele, in der sie ihren neuesten abgeschlossenen Fall feiern wollten. »Na, wie war die Vernissage?«
Die beiden setzten sich dazu. »Toll!«, schwärmte Elizabeth. »Überall liefen wichtige Leute herum und wir haben sogar Sekt bekommen. Und dass die *Grüne Eisenfrau* nun wieder da ist, war sowieso die Sensation.«
Bob war weniger begeistert. »Etwas zu abgedreht für meinen Geschmack«, sagte er. »Aber es war nett, so was mal erlebt zu haben.«
»Kommt Kelly nicht?«, fragte Elizabeth.
»Doch. Sie müsste gleich hier sein. Sie sagte, sie habe eine Neuigkeit für uns.«
»Ich übrigens auch«, sagte Justus. »Allerdings keine gute. Cotta hat eben bei mir angerufen. Sie haben Hugenay nicht erwischt. Noch nicht jedenfalls. Und sie glauben auch nicht, dass sie ihn noch schnappen. Vermutlich ist er mit einem falschen Pass zurück nach Europa geflogen. Tja, damit wäre er uns wieder einmal davongekommen. Bereits zum dritten Mal.«
»So ein Mist«, brummte Peter.
»Warum habt ihr ihn eigentlich nicht verfolgt, als er vor euren Augen aus dem Fenster gesprungen ist?«, fragte Lys.
»Ich wollte ja«, sagte Peter. »Aber die anderen haben mich zurückgehalten.«

»Es hätte auch nichts gebracht«, warf Bob ein. »Der Wagen war so schnell weg, dass wir ja nicht einmal die Autonummer erkennen konnten. Bis wir deinen Wagen erreicht hätten, wäre er wahrscheinlich schon am Flughafen gewesen.«
Die bestellten Eisbecher kamen und alle stürzten sich begeistert darauf. Nur Justus stocherte lustlos in den Eiskugeln herum.
»Was ist los mit dir, Just?« Bob tippte dem Ersten Detektiv auf die Schulter. »Mal wieder auf Diät?«
»Es ärgert mich einfach«, sagte er mürrisch. »Dass wir Hugenay nicht geschnappt haben, meine ich.«
»Ach, mach dir nichts draus. Immerhin haben wir die *Grüne Eisenfrau* wiederbeschafft und Ethan Easton sitzt demnächst hinter Gittern. Was willst du mehr?«
»Was ist eigentlich mit Lydia Cartier?«, wollte Lys wissen.
»Was soll schon mit ihr sein? Sie lacht sich vermutlich ins Fäustchen, weil wir ihr nichts anhängen können. Sie hat sich schließlich nichts zuschulden kommen lassen, außer uns einen bösen Streich zu spielen. Doch das ist leider nicht strafbar«, antwortete Justus.
»Noch nicht«, feixte Peter. »Aber vielleicht werden die Gesetze ja demnächst geändert. Wer den drei ??? böse Streiche spielt, wird mit Freiheitsentzug nicht unter zwei Jahren bestraft.«
Sie lachten. »Kopf hoch, Justus. Du kannst schließlich nichts dafür«, versuchte Lys ihn zu trösten. Sie legte ihre Hand auf seine Schulter und schlagartig besserte sich seine Laune. Er beschloss, den anderen nicht den Abend zu verderben, und schon kam sein Appetit zurück.

»Hallo!«, ertönte eine Stimme von hinten. Es war Kelly, die sich nun neben Peter setzte. Auch sie bestellte einen großen Eisbecher.
»Na, was ist mit deinen Neuigkeiten?«, wollte Peter wissen.
»Ja, also«, druckste sie herum, »das ist so. Meine Großtante Elenor hat gestern bei mir angerufen. Stellt euch vor, sie hat ihr Medaillon wiedergefunden.«
»Nein!«, rief Bob. »Wo? Wo war es? Wir haben alles abgesucht!«
»Na ja, eigentlich hat sie es nicht direkt gefunden. Vielmehr erinnerte sie sich daran, dass sie es in ihrem Bankschließfach deponiert hatte, um es eben nicht zu verlieren.«
»Du meine Güte! Wir suchen uns die Augen aus dem Kopf und dabei war es gar nicht in ihrem Haus!«, stöhnte Bob. »Herzliche Grüße an deine Tante!«
Kelly sah zerknirscht zu Boden. Dann wandte sie sich an Peter. »Tut mir leid, dass ich so sauer war. Ich konnte ja nicht ahnen, wie berechtigt es war, dass du deine Geduld verloren hast.«
»Schon vergessen«, entgegnete Peter großzügig und lächelte.
»Tante Elenor lässt übrigens grüßen. Sie entschuldigt sich bei euch und möchte euch als Entschädigung zu Kaffee und Kuchen einladen.«
Justus rollte mit den Augen. »Das müssen wir uns aber noch gut überlegen«, sagte er.
»Da wir gerade dabei sind«, begann Peter, »ich bin der Meinung, dass wir uns in Zukunft sowieso besser überlegen sollten, ob wir einen Fall annehmen oder nicht. Daher müssen wir unseren Leitspruch gründlich überdenken. Und deshalb habe ich neue Visitenkarten gedruckt. Sozusagen für spezialgelager-

te Sonderfälle. Falls wir wieder einmal an eine Tante Elenor geraten sollten.« Er griff in die Gesäßtasche seiner Jeans, zog einen kleinen Stapel Kärtchen hervor und verteilte sie. Die Karten begannen mit den Worten:

Die drei Detektive

Wir übernehmen fast jeden Fall

???

Erster Detektiv:
Justus Jonas

Zweiter Detektiv:
Peter Shaw

Recherchen und Archiv:
Bob Andrews

Die drei ???
Das Erbe des Meisterdiebs

erzählt von André Marx

Die drei ???

Das Erbe des Meisterdiebs

Brittany

»Entschuldigung, gehörst du hier zum Schrottplatz?« Die Stimme war die einer jungen Frau.

Justus Jonas saß an einem Tisch im Freien und war über ein dickes, eng beschriebenes Buch gebeugt, den Stift gezückt und eine unübersichtliche Liste in der krakeligen Handschrift seines Onkels auf dem Schoß: die Buchführung der neuen Waren. Wenn Justus jetzt aufblickte, verlor er die Zeile in der Preisliste und musste wieder von vorne anfangen. »Gebrauchtwarencenter«, sagte er abwesend. »Dies ist das Gebrauchtwarencenter Titus Jonas, kein Schrottplatz.«

»Verzeihung. Ich war so naiv anzunehmen, dass es sich bei einem riesigen Platz voller Gerümpel und Müllberge um einen Schrottplatz handeln müsste. Wie konnte ich nur.«

Nun blickte Justus doch auf – direkt in ein spöttisches Lächeln. Und in die funkelndsten hellblauen Augen, die er je gesehen hatte. Sie war kaum älter als er. Und sie war unglaublich hübsch. »Na ja, also ... also eigentlich ist es auch einer. Aber wir haben eben nicht nur Schrott, sondern auch Gebrauchtwaren. Deswegen ja auch Gebrauchtwarencenter. Verstehst du?« Was redete er da für einen Schwachsinn?

»Jaja, schon klar. Und du gehörst zu diesem ... Gebrauchtwarencenter?«

»Ja. Ich bin der Neffe meines Onkels.«

Das Lächeln wurde zu einem breiten Grinsen, das vollkommene, strahlend weiße Zähne entblößte. »Das sind die meisten Neffen.«

»Was?«
»Na, Neffen ihres Onkels. Oder ihrer Tante.«
Justus brach innerlich zusammen. »Ich meinte –«
»Ich bin auf der Suche nach alten Reklameschildern. Habt ihr so was?«
»Was? Ja, klar! Natürlich!« Justus stürzte sich dankbar auf den Themenwechsel. »Was darf's denn sein? Waschmittel? Zigaretten? Bier?«
»Coca-Cola. Mein Vater sammelt dieses Zeug. Er hat demnächst Geburtstag. Ich finde die Teile ja ziemlich altmodisch, aber er steht drauf.«
»Komm mit!« Justus erhob sich von seinem Arbeitsplatz im Schatten des Bürohäuschens, schlug das Buch zu und führte das Mädchen quer über den Platz. Überall türmten sich Schrottberge auf, dazwischen standen Verkaufstische mit den mühsam entstaubten Waren, die Onkel Titus zusammengetragen hatte: alte Lampen, Uhren, Stühle, Türrahmen, Werkzeug, Sparschweinsammlungen, Geschirr, Bilder, Bücher, Schuhe, Anglerausrüstungen, Modellflugzeuge, Kinderspielzeug, Hörspielkassetten, Kaffeekannen und Hutschachteln. Bei Titus Jonas gab es nichts, was es nicht gab. Das war in Rocky Beach und dem gesamten Umland bekannt und ihr kleines Familienunternehmen war sehr stolz darauf. Kleiderbügel, Schmuckkästchen, Radios – und Werbetafeln aus Emaille.
»Da wären wir. Du hast Glück, ein paar Cola-Schilder sind auch dabei.«
»Das mit dem Weihnachtsmann sieht klasse aus.« Sie nahm das Schild in die Hand und betrachtete den knollennasigen,

grinsenden Mann mit dem weißen Bart, der roten Mütze und der Colaflasche in der Hand genauer. »Wusstest du, dass der Weihnachtsmann, wie wir ihn heute kennen, so mit rot-weißen Klamotten und Rauschebart, eigentlich eine Erfindung von Coca-Cola ist? Sie haben ihn für die Werbung erschaffen. Und heute glauben alle Kinder, Santa Claus sehe wirklich so aus.«

Justus lächelte überlegen. »Das ist ein weit verbreiteter Irrglaube.«

»Ach? Du weißt, wie der Weihnachtsmann wirklich aussieht?«

»Nein, das meine ich nicht. Sondern die Sache mit Coca-Cola. Das ist eine moderne Legende. Die erste Weihnachtsmann-Werbung der Firma erschien 1931, aber bereits zehn Jahre früher finden sich Illustrationen in Kinderbüchern und auf Postkarten, die Santa Claus im typischen rot-weißen Outfit zeigen. Trotzdem behauptet der Konzern liebend gern das Gegenteil. Man könnte fast meinen, die Coca-Cola-Company hätte diese Geschichte selbst erfunden.«

Justus erntete einen bewundernden Blick. »Woher weißt du das alles?«

Verlegen zuckte er mit den Schultern. »Hab ich irgendwo mal gelesen.«

»Soso. Und was soll dieses Blechschild kosten?«

»Das ist kein Blech, sondern Emaille, ein glasartiger Kunststoff, der vorwiegend dazu verwendet wird … äh … ist ja auch egal.«

»Lass mich raten: Du hast es irgendwo mal gelesen.«

»Rede ich zu viel?«

»Nein! Ich mag schlaue Jungs. Besser als die ganzen Deppen, die bei mir an der Schule herumlaufen.«

»Tat… tatsächlich?« Justus' Mund war staubtrocken. Und er war sprachlos. Das passierte ihm nie! Ein höchst beunruhigender Zustand.

»Also, was kostet das … Emailleschild denn nun?«

»Fünfundzwanzig Dollar.«

»Was? So viel?«

»Sorry, aber für diese Schilder werden inzwischen Sammlerpreise bezahlt. Das hier ist von 1957 und fünfundzwanzig Dollar ist ein guter Preis.«

»Hast du das auch irgendwo gelesen?«

»Hör zu, ich würde dir gerne einen besseren Preis machen, aber der Betrieb gehört meinem Onkel und ich kann nicht einfach seine Preise ändern.«

Sie setzte zu einer Erwiderung an, doch das war gar nicht mehr nötig. Justus sah in ihre hellblauen Augen und sagte: »Okay, zwanzig Dollar.«

»Zwanzig Dollar für das Schild und einen kleinen Freundschaftsdienst«, schlug sie vor.

»Zum Beispiel?«

»Du gehst morgen mit mir ins Kino. In der Matinee läuft ein alter Hitchcock-Film.«

Justus' Mund wurde zur Wüste. Er brachte keinen Ton heraus. Und offenbar machte er auch keinen besonders glücklichen Gesichtsausdruck, denn das Mädchen starrte ihn befremdet an.

»Was ist? Magst du Hitchcock nicht?«

»Oh, doch, doch, klar mag ich Hitchcock, ich meine, wer mag

ihn nicht? Ich habe zwar alle seine Filme schon dutzendfach gesehen, aber – kein Problem. Ich meine, gerne. Aber ... warum? Ich meine ...«

»Ich bin neu hier in der Gegend. Meine Eltern und ich sind erst letzte Woche nach Rocky Beach gezogen. Ich kenne noch niemanden. Ich gehe gerne ins Kino, aber ungern alleine. Und du machst einen ganz netten Eindruck.«

Justus lächelte. Das heißt, er wollte lächeln. Doch das Lächeln geriet zu einem breiten Grinsen und er spürte die Hitze in seinem Gesicht aufsteigen. »Ich kenne noch nicht einmal deinen Namen.«

»Brittany.« Sie streckte ihm die Hand hin.

»Ich heiße –«

»Juuustuuus!«

Justus zuckte zusammen. »Das ist meine Tante Mathilda. Wenn sie so nach mir ruft, heißt das im Klartext: Herkommen! Bleib hier, ich bin sofort wieder zurück!« Er joggte rüber zum Wohnhaus der Familie Jonas und versuchte dabei trotz seiner unübersehbaren Körperfülle sportlich zu wirken. Tante Mathilda wartete auf der Veranda auf ihn, die Hände energisch in die Hüften gestemmt.

»Was hüpfst du denn so albern über den Schrottplatz?«

»Albern? Hat das albern ausgesehen?«, keuchte Justus, bereits völlig außer Puste.

»Justus, du müsstest inzwischen wissen, dass du beim Joggen keine allzu glückliche Figur machst. Sag mal, kommen Bob und Peter heute noch vorbei?«

»Nicht dass ich wüsste. Wieso?«

»Titus hat gerade angerufen, er kommt gleich mit einer riesigen Ladung von einem Einkauf zurück. Ihr müsst ihm beim Abladen helfen.«

Justus seufzte. »Okay.«

»Er wird jeden Moment hier sein. Das Abladen muss schnell gehen, er muss nämlich gleich danach wieder weg.«

»Okay.«

»Also, ruf Bob und Peter an, damit sie dir helfen!«

»Okay.«

»Jetzt gleich!«

»Jaja, schon gut, Tante Mathilda!« Justus drehte sich um und kehrte zu Brittany zurück, diesmal gemächlichen Schrittes. Er wollte sich nicht noch einmal zum Trottel machen. »Meine Tante«, stöhnte er. »Eigentlich ist sie ein herzensguter Mensch, aber manchmal kann sie ein richtiger Feldwebel sein. Tut mir Leid, ich muss mal schnell telefonieren.«

»Kein Problem.«

Justus ging zu dem alten, staubigen Campinganhänger hinüber, der am Rande des Schrottplatzgeländes stand. Auf den ersten Blick hätte niemand vermutet, dass das Ding noch benutzt wurde. Geschweige denn, dass sich mehr als ein Haufen Schrott im Innern des Wagens befand.

Brittany folgte ihm irritiert. »Wolltest du nicht telefonieren?«

»Ja«, antwortete Justus und öffnete die Tür zur Zentrale. »Das Telefon steht hier.«

»Wow!«, entfuhr es Brittany. »Was ist denn das?«

»Das ist unser Büro«, antwortete Justus nicht ohne Stolz. »Willst du es dir ansehen?«

»Na klar!«

Eigentlich war es ein ungeschriebenes Gesetz, dass niemand außer Justus, Bob und Peter die Zentrale betrat, schon gar kein Fremder. Aber die Alternative wäre gewesen, sich von Brittany zu verabschieden, und das wollte Justus auf keinen Fall.
Sie kletterte die kleine Stufe hinauf ins Innere des Anhängers.
»Wow!«, wiederholte sie. »Das ist ja Wahnsinn!«
Die Zentrale war mit allem ausgestattet, was ein richtiges Büro brauchte: ein Computer, eine Telefonanlage, ein Aktenschrank und bequeme Sessel und Stühle. Im hinteren Teil befanden sich ihr kleines Kriminallabor und die Dunkelkammer. Das alles war nicht sonderlich aufgeräumt oder sauber, doch das schien Brittanys Begeisterung nicht zu trüben.
»Sieh dich ruhig um!«, sagte Justus und griff zum Telefonhörer, um schnell Bob und Peter Bescheid zu sagen. Während er mit seinen Freunden sprach, beobachtete er heimlich, wie Brittany bewundernd durch den Wagen schritt, hier und da stehen blieb und ein Buch begutachtete oder mit dem Finger über die Akten fuhr, die im Regal standen.
»Okay, raus mit der Sprache!«, forderte sie, nachdem Justus aufgelegt hatte. »Was ist das hier?«
»Unser Büro.«
»Unser?«
»Von meinen Freunden und mir. Wir sind ... ähm ... Detektive.«
»Detektive«, wiederholte Brittany tonlos und hob eine Augenbraue.
»Ja.« Justus kramte in den Papierbergen auf dem Schreibtisch und fischte eine Visitenkarte heraus:

»So richtig mit Fällen und so?«
»So richtig mit Fällen.« Justus lächelte verlegen. Bisher war er immer stolz gewesen, wenn er von den detektivischen Erfolgen der drei ??? berichten konnte. Diesmal war es ihm fast peinlich.
»Und du nimmst mich nicht auf den Arm?«
»Nein! Wir –«
Das Läuten des Telefons unterbrach ihn.
»Sekunde! Justus Jonas von den drei Detektiven?«
»Hallo Justus, hier spricht Cotta.«
»Herr Inspektor!« Inspektor Cotta war ihr Ansprechpartner bei der Polizei von Rocky Beach. Er hatte ihnen in der Vergangenheit schon manches Mal aus der Klemme geholfen – meist gegen seinen Willen. Es war jedoch selten, dass er von sich aus in der Zentrale anrief. Justus war überrascht. Und alarmiert. Irgendetwas musste passiert sein! Er warf einen schnellen Blick zu Brittany, die die Stirn gekräuselt hatte und ungläubig flüsterte: »Inspektor?«
»Ich möchte dich nicht lange stören, Justus. Aber mir ist gerade eine Meldung auf den Tisch geflattert, von der ich denke, dass sie dich interessiert.«

»Schießen Sie los!«
»Erinnerst du dich an Victor Hugenay, den Kunstdieb aus Europa?«*
»Selbstverständlich.« Wie sollte Justus Hugenay vergessen können! »Was ist mit ihm?«
»Er ist tot.«

**siehe »Die drei ??? und der Superpapagei«, »Die drei ??? und der seltsame Wecker« und »Die drei ???– Poltergeist«*

Grüße aus dem Jenseits

»Das war jetzt kein Scherz, oder?«, fragte Brittany, nachdem Justus aufgelegt hatte. »Das mit dem Inspektor, meine ich. Da war wirklich jemand von der Polizei am anderen Ende?«
Justus nickte abwesend. »Inspektor Cotta. Wir arbeiten mit ihm zusammen. Manchmal jedenfalls. Na ja, irgendwie auch nicht richtig.«
»Und was wollte er? Hat er einen Fall für euch?«
Der Erste Detektiv schüttelte langsam den Kopf. Sein Blick ging ins Leere. »Er wollte mir nur mitteilen, dass jemand gestorben ist. Victor Hugenay.«
»Oh, nein«, sagte Brittany bedauernd. Sie trat auf ihn zu und berührte sacht seinen Unterarm. »Das tut mir leid. War er ein Freund von euch?«
Justus lachte leise. »Nein, das kann man nicht gerade sagen. Hugenay ist ein Dieb. Ich meine, er war. Ein Kunstdieb. Er hat auf der ganzen Welt wertvolle Gemälde gestohlen. Wir hatten in der Vergangenheit ein paar Mal mit ihm zu tun. Aber obwohl wir alle Fälle aufklären konnten, ist Hugenay uns jedes Mal entkommen.«
»Warum?«
»Weil wir ihm kein Verbrechen nachweisen konnten. Oder weil er ein bisschen schneller war als wir.« Justus schwieg einen Moment. »Tja, das war es dann wohl, Mr Hugenay.«
»Und nun? Bist du erleichtert, weil ihr nun nicht mehr in Gefahr seid?«
»Erleichtert? Nein. In Gefahr waren wir bei Hugenay nie. Er

war zwar unser Gegner, aber deswegen nicht gefährlich. Er war kein brutaler Verbrecher, eher ein Gentleman, der körperliche Gewalt verabscheute. Das hatte er gar nicht nötig, dafür war er viel zu gerissen. Hugenay hätte uns niemals etwas angetan.«

»Ein Gentleman-Meisterdieb«, sagte Brittany. »Wie spannend!«

»Er sprach sogar davon, mit uns zusammenarbeiten zu wollen.«

»Was, echt? Als Detektiv?«

Justus lachte erneut. »Eigentlich hatte er eher gehofft, wir würden uns an seinen kriminellen Machenschaften beteiligen.«

»Weil ihr so schlaue Kerlchen seid«, vermutete Brittany und wieder blitzte leichter Spott in ihren Augen auf.

»Genau.«

Das laute Rumpeln des Pick-ups auf dem Schrottplatz kündigte Onkel Titus' Rückkehr an. »Ich muss arbeiten«, seufzte Justus.

»Und ich muss nach Hause. Soll ich dich morgen Vormittag abholen?«

Augenblicklich wurde Justus wieder rot. »Gern.«

»Okay, dann bis morgen!« Brittany schenkte ihm noch einen vergnügten Blick, dann verließ sie die Zentrale. Justus sah ihr bewundernd nach, bis sie durch das Schrottplatztor auf die Straße getreten und um die Ecke verschwunden war.

Ein lautes Hupen riss ihn aus seinen Gedanken und ließ ihn zusammenzucken. »He, Justus!«, rief Onkel Titus vom Pickup herüber. »Willst du dort Wurzeln schlagen? An die Arbeit!«

Das Abladen des Lkw in der prallen Nachmittagssonne war

eine schweißtreibende Angelegenheit. Glücklicherweise kamen Bob und Peter ihm bald zu Hilfe. Gemeinsam fiel ihnen die Arbeit viel leichter.

Justus erzählte ihnen weder von seiner neuen Bekanntschaft noch von Cottas Anruf. Erst musste die Arbeit erledigt werden. Schweigend wuchteten sie die schweren Möbel und Kisten von der Ladefläche, bis sie komplett leer war.

»Danke schön, Jungs«, sagte Onkel Titus. »Das ging ja wirklich schnell. Ich muss gleich wieder los. Wäre nett, wenn ihr in einer Stunde noch hier seid, dann komme ich mit der zweiten Fuhre zurück.«

Justus nickte schnaufend. Was sollte er auch anderes tun? Immerhin gestattete Onkel Titus ihnen die Benutzung des Wohnwagens. Als Gegenleistung halfen sie ihm manchmal bei der Arbeit. Ein fairer Tausch, auch wenn Justus in Momenten wie diesen gerne auf den Wohnwagen verzichtet hätte.

»Was für eine Plackerei!«, stöhnte Peter, als der Pick-up zurück auf die Straße rollte. »Und das am Samstagnachmittag!« Er setzte sich auf die Veranda, wo Tante Mathilda Orangensaft und Kirschkuchen bereitgestellt hatte. Hier im Schatten, fern vom Staub des Schrottplatzes und mit all den Köstlichkeiten vor der Nase, ließ es sich aushalten. »Aber das ist die Mühe wert!«

»Mmm-hmm«, mampfte Bob zustimmend. »Der Kirfkuchen deiner Tante ift wirklif grofartig.«

»Was gibt es Neues, Just?«, fragte Peter und langte ebenfalls zu. »Du bist so schweigsam. Und außerdem bist du der Letzte, der zum Kuchen greift. Bist du krank?«

»Nur etwas nachdenklich.«

»Öfter mal was Neues. Vergiss nicht, an deiner Unterlippe zu zupfen! Ist was passiert?«

»Ja. Victor Hugenay ist tot.«

Bob hustete und hundert feuchte Kuchenkrümel flogen über den Tisch.

Peter, der gerade in sein Stück beißen wollte, ließ es fallen und biss ins Leere. »Was?«

Justus berichtete seinen Freunden von Cottas Anruf. »Er wusste selbst nicht viel über die Sache. Auf seinem Schreibtisch landete nur die Meldung, dass der seit Jahren gesuchte Kunstdieb Victor Hugenay in den französischen Alpen tot aufgefunden wurde. Er ist offenbar beim Bergsteigen umgekommen.«

»Ich wusste gar nicht, dass er Bergsteiger war«, murmelte Bob. »Andererseits ... sportlich war er ja.«

»Nicht sportlich genug«, bemerkte Peter. »Sonst wäre er ja nicht abgestürzt.« Er seufzte schwer. »Armer Hugenay. Ich weiß nicht ... er war zwar ein Verbrecher, aber irgendwie mochte ich ihn trotzdem.«

»Nicht nur du, Peter«, sagte Justus. »Ich hätte nicht gedacht, dass sein Tod mich so beschäftigen würde. Ich bin nicht richtig traurig, schließlich kannten wir ihn kaum, aber ein bisschen Leid tut er mir schon. Er war der einzige ehrenhafte Dieb, mit dem wir es je zu tun hatten. Falls es so was überhaupt gibt.«

»Na ja, nun mach mal halblang«, meinte Bob. »Er war ja nicht gerade Robin Hood. Er hat zwar von den Reichen gestohlen, dann aber vergessen, es den Armen zu geben.«

»Trotzdem«, sagte Justus. »Wenn alle Übeltäter dieser Welt so wären wie Hugenay, ginge es uns allen ein bisschen besser.«

»Das sagst du doch nur, weil er dich gefragt hat, ob du nicht an seiner Seite arbeiten willst. Du fühltest dich vom Angebot des großen Meisterdiebs geschmeichelt!«

»Quatsch.«

»Natürlich!«, beharrte Bob. »Ist doch auch nicht schlimm. Ich meine, wenn einer der intelligentesten Verbrecher unserer Zeit mich als Partner haben wollte, würde ich mich auch geschmeichelt fühlen.«

»Trotzdem Quatsch. Ich rechne es Hugenay hoch an, dass er immer gewaltlose Methoden angewendet hat, um seine Ziele zu verwirklichen. Das hat mit seinem Lob nichts zu tun. Dass ich ein hochintelligenter junger Mann bin, weiß ich selbst.«

Peter verdrehte die Augen. »Jedenfalls ist er jetzt tot. Das bedeutet wiederum, dass wir nie wieder etwas mit ihm zu tun haben werden. Und darüber bin ich ehrlich gesagt heilfroh.«

Als Justus am Montagnachmittag aus der Schule kam, klemmte ein Briefumschlag in der Tür zur Zentrale.

Werbung oder Rechnung?, überlegte Justus und hoffte inständig auf Werbung. Denn falls es die Telefonrechnung war, hatte er keine Ahnung, wie sie die bezahlen sollten. In der Gemeinschaftskasse der drei ??? herrschte mal wieder gähnende Leere. Auf dem Umschlag stand in geschwungenen Lettern, die ganz und gar nicht nach Werbung oder Rechnung aussahen, sein Name. Justus' Herz tat einen kleinen Sprung. Vielleicht war der Brief von Brittany? Der gestrige Kinobesuch hatte vielleicht nicht nur ihm sehr gut gefallen. Aufgeregt riss Justus das Kuvert auf. Es war mit dunkelblauem Seidenpapier gefüttert.

Der Brief selbst war in klarer Handschrift mit schwarzer Tinte auf edlem Büttenpapier geschrieben.

Lieber Justus,
wenn du diese Zeilen liest, bin ich bedauerlicherweise unter vermutlich unglücklichen Umständen ums Leben gekommen. Ich habe jedoch Vorsorge getragen und einen meiner raren Vertrauten gebeten, dir im Falle meines Ablebens diesen Brief zu schicken.
Ich kann es nicht verhehlen: Insgeheim hege ich die Hoffnung, dass dich diese Nachricht zumindest für einen kurzen Moment aus der Fassung bringt. Andererseits ist es jedoch auch gut möglich, dass du bereits von diesem Unglück erfahren hast. Immerhin warst du deiner Umwelt schon immer eine Nasenlänge voraus. Dieses bemerkenswerte Talent habe ich immer zu schätzen gewusst, auch wenn es mir manches Mal fast zum Verhängnis geworden wäre.
Ob du es glaubst oder nicht, Justus, ich war in den letzten Jahren dein ständiger Begleiter im Geiste. Durch meine privaten Kontakte nach Rocky Beach war ich immer bestens über die Erfolge eures Detektivteams und die damit verbundenen Glanzleistungen deines überlegenen Intellekts informiert. Gespannt verfolgte ich, soweit es mir möglich war, jeden eurer Fälle, las jeden Zeitungsartikel, der über euch erschien, und war euch einige Male räumlich näher, als ihr euch vorstellen könnt. Insgeheim hatte ich wohl immer gehofft, dass wir uns noch einmal begegnen würden. Zu meinem Bedauern ist es nie dazu gekommen. Ich hätte gern ein letztes Mal meine Kräfte mit den deinen gemessen, um unsere beständige Pattsituation in einen klaren Sieg für die eine

oder andere Seite zu verwandeln. Doch jetzt ist mir das Schicksal zuvorgekommen. Es wird also kein weiteres Kräftemessen mehr geben – jedenfalls nicht in der Form, die mir immer vorschwebte. Doch wie wäre es mit einem Wettkampf der etwas anderen Art, Justus Jonas? Ich mag zwar körperlich tot sein, doch mein Geist lebt fort, solange man sich an mich und mein Vermächtnis erinnert.

Es gibt einen geheimen Ort, an dem eine Reihe von Kunstwerken versteckt sind, die ich zwar stehlen, aber nicht wieder verkaufen konnte: Die Maske des Rosenräubers *von Godart,* Odysseus *von Stevenson,* Monotone Strafen *von Kollenberg,* Spaziergang im Mai *von Stingwood,* Leise im Garten *von Strachinsky und* Der kleine Dieb *von Sanchez. Gemälde im Wert von einigen Millionen Dollar. Ein Schatz, den es sich zu bergen lohnt, nicht wahr?*

Ich habe lange darüber nachgedacht, wer diese Kostbarkeiten nach meinem Tode erhalten soll. Verdient hat sie niemand. Ich habe mir in meinem Leben nicht viele Freunde gemacht. Und die wenigen, die behaupteten, meine Freunde zu sein, haben mich im Laufe meines Lebens verraten. Ich selbst kann mit dem Vermögen nun nichts mehr anfangen, also stellte ich mir die Frage: Was tun mit den sechs Bildern? Soll ich sie in ihrem Versteck verrotten lassen?

Doch dann hatte ich eine bessere Idee: ein letztes Spiel mit einem meiner hartnäckigsten Gegner in der Vergangenheit, dem einzigen, der mir jemals ansatzweise ebenbürtig war. Mit dir, Justus Jonas. Die Regeln sind einfach: Mach dich auf die Suche nach meinem Erbe! Solltest du es finden: Glückwunsch, du bist ein reicher Mann und kannst deinen größten detektivischen Erfolg

verbuchen: Du warst schlauer und gerissener, als ich erwartet habe.
Findest du es nicht, findet es niemand und mein Vermächtnis wird auf ewig verloren sein. Du wirst mit der Schmach leben müssen, dass es jemanden gab, der noch schlauer und gerissener war als du. Es wird mir auch im Jenseits noch eine Freude sein, dich einmal geschlagen zu sehen.
Gute Jagd!

Victor Hugenay

Heute keine Interviews

»Das ist ja wohl der Oberhammer!«, rief Bob.

»Das gibt's einfach nicht!« Peters Stimme überschlug sich. Er riss dem Ersten Detektiv den Brief aus der Hand.

»He! Vorsicht! Möglicherweise enthält der Brief Hinweise, die durch unsachgemäße Behandlung des Papiers zunichte gemacht werden!«

»Ach, Blödsinn!« Peter führte den Brief so dicht an die Augen, dass seine Nase das Papier berührte. Dann hielt er ihn gegen das Licht. Das Gleiche machte er mit dem Umschlag.

»Gib's auf, Peter, eine derartig oberflächliche Untersuchung habe ich bereits vorgenommen. Wie zu erwarten verlief sie ergebnislos.«

Gleich nachdem Justus die Sprache wiedergefunden hatte, hatte er Bob und Peter angerufen und sie dringlichst in die Zentrale bestellt. Der Zweite Detektiv hatte eigentlich keine Zeit gehabt, doch das Gemaule war ihm augenblicklich vergangen, als Justus ihnen den Brief vorgelesen hatte.

»Mannomann, wer hätte das gedacht – es gibt doch noch ein Endspiel gegen Hugenay. Und das Preisgeld ist eine Sammlung von millionenschweren gestohlenen Gemälden!« Bob fuhr sich mit der Hand durchs Haar. »Dass er ausgerechnet uns die Chance gibt, seinen Schatz zu finden! Unfassbar!«

»Na ja ... genau genommen gibt er Justus die Chance«, bemerkte Peter. »Wir werden mit keinem Wort erwähnt. Von uns scheint er nicht allzu viel zu halten.«

»Wundert's dich?«

»Haha.«
»War doch nur Spaß.«
»Was glaubt ihr«, begann Bob, »meint er das wirklich ernst? Die Sache mit den fehlenden Freunden und dass er nicht weiß, wohin mit seinem Diebesgut und so? Warum will er ausgerechnet uns sein Vermögen hinterlassen? Wir haben ihm immerhin einige Male das Leben ziemlich schwer gemacht!«
»Hugenay ist ein Spieler«, antwortete Justus. »Für ihn ist dieses Vermächtnis ein einziger großer Spaß. Wie er selbst schreibt, möchte er uns noch ein letztes Mal auf die Probe stellen. Das Ergebnis wird er zwar nicht mehr miterleben, aber wahrscheinlich hat er sich beim Ausmalen dieses Plans königlich amüsiert. Ich würde ihm alles zutrauen. Und wenn man sich den Brief genau ansieht, will er uns sein Vermögen ja auch gar nicht vermachen. Er hofft, dass wir das Rätsel nicht lösen können. Er will uns demütigen, um am Ende dann doch noch zu triumphieren. Und wir können es ihm nicht mal heimzahlen, schließlich ist er tot.«
»Wenn das so ist, dann gibt es vielleicht gar kein Versteck«, sagte Peter. »Dann ist das Rätsel unlösbar und er stellt es uns nur, damit wir daran verzweifeln. Beziehungsweise du. Das ist schließlich die perfekte Rache an Justus Jonas: Stell ihm ein Rätsel, das er nicht lösen kann, und er wird daran zugrunde gehen.«
»Das Risiko muss ich eingehen«, meinte Justus lakonisch. »Aber so oder so, wenn wir das Rätsel nicht lösen, werden wir auch nicht herausfinden, was dahinter steckt.«
»Apropos Rätsel«, sagte Bob. »Von welchem Rätsel sprechen wir eigentlich die ganze Zeit? Ich sehe keins. Bis jetzt haben

wir nur diesen Brief. Oder habe ich irgendwas verpasst?« Er blickte von einem zum anderen. Peter starrte verblüfft zurück.
»Bob hat Recht! Wir haben überhaupt kein Rätsel! Wir –«
»Juuustuuus!«
»Herrje, das ist wieder deine Tante Mathilda!«, stöhnte Bob. »Wenn es ums Abladen des Pick-ups geht: Ich bin nicht da.«
»Ich auch nicht«, fügte Peter schnell hinzu. »Oder sag ihr einfach, wir hätten gerade schwere geistige Arbeit zu erledigen. Physikalische Anstrengung ist da nur hinderlich.«
»Du meinst sicherlich physische. Überlass das mit den Fremdwörtern besser mir, Peter.«
»Juuustuuus! Besuch für dich!«
Justus' Herz tat einen Sprung. Blitzschnell erhob er sich und eilte zur Tür.
»Was ist denn mit dir los?«, fragte Bob, doch da war Justus schon draußen.
Der Erste Detektiv war versucht, über den staubigen Platz zu joggen, doch dann erinnerte er sich an das, was Tante Mathilda über seinen Laufstil gesagt hatte, und bemühte sich, so lässig und gleichzeitig elegant wie möglich zu schlendern. Ein letzter Blick in das spiegelnde Fenster der Zentrale. Sein Haar sah furchtbar aus. Justus strich es notdürftig glatt, dann bog er um einen Schrotthaufen und sah Tante Mathilda – in Begleitung eines Mannes.
Justus ließ enttäuscht die Schultern sinken.
»Wo bleibst du denn nur! Hier möchte dich jemand sprechen!«, rief Tante Mathilda und ging zurück ins Haus.
Der Mann war vielleicht Anfang dreißig, hoch gewachsen und schlank. Sein Haar war aschblond und bereits ziemlich licht.

Um die Schulter trug er eine Ledertasche. Justus hatte ihn noch nie gesehen.

»Guten Tag, mein Name ist Wilbur Graham. Ich bin Reporter beim *Los Angeles Tribune.*«

»Justus Jonas.«

»Von den drei Detektiven?«

»Ganz recht. Was kann ich für Sie tun?«

»Nun, ich würde gern eine Story über euch machen.«

»Über uns?«

»Ja. Aus aktuellem Anlass sozusagen.«

»Einen Augenblick!«, bat Justus. »Meine Kollegen sind ebenfalls hier. Ich werde sie schnell holen!«

Wenig später standen die drei ??? vor dem Journalisten und warteten gespannt darauf, was er zu sagen hatte.

»Schön, euch gleich alle drei zur Stelle zu haben«, sagte Mr Graham und lächelte.

»Worum geht es denn, Sir?«

»Um einige Fälle, die ihr als Detektive in der Vergangenheit gelöst habt. Um genau zu sein: um die Fälle, bei denen ihr mit Monsieur Victor Hugenay zu tun hattet.«

Die drei ??? sahen einander überrascht an. Niemand sagte ein Wort.

Graham wirkte verunsichert. »Ihr ... wisst doch, wer Victor Hugenay ist?«

»Ja, natürlich.«

»Ich weiß nicht, ob ihr es bereits erfahren habt. Er ist vor einigen Tagen in Frankreich bei einem Bergsteigerunfall ums Leben gekommen.«

»Ja«, sagte Justus. »Das ist uns bekannt.«

»Ich möchte einen Artikel über ihn schreiben, über sein Leben als Meisterdieb. Er war ja eine schillernde Persönlichkeit. Bei meinen Recherchen stieß ich darauf, dass seine Diebeszüge ihn auch einige Male nach Rocky Beach und Umgebung geführt haben. Und interessanterweise hattet ihr drei jedes Mal auf die eine oder andere Weise mit ihm zu tun. Wenn ich richtig informiert bin. Nicht wahr?«

»Das stimmt, Sir«, sagte Justus schließlich. »Verzeihen Sie, dass wir so schweigsam sind. Es ist nur ... wir waren überrascht, weil wir gerade zufällig über Mr Hugenay sprachen, als meine Tante mich rief.«

Peter nickte aufgeregt. »Wir haben nämlich einen Brief von ihm –«

Justus trat dem Zweiten Detektiv so heftig auf den Fuß, dass Peter für einen Moment die Luft wegblieb.

»He! Was soll denn –«

»Oh, entschuldige, Peter, tut mir leid! Da lief eine Kakerlake über den Schotter. Tante Mathilda wies mich an, jedem lebenden Exemplar dieser Spezies den Garaus zu machen. Sie hasst Kakerlaken.«

»Und warum trittst du mir deshalb auf den Fuß?«

»Verzeih, meine Fuß-Augen-Koordination war noch nie besonders gut entwickelt. Das haben meine Sportlehrer auch schon immer gesagt. Wo waren wir stehen geblieben? Ach ja, der Brief! Ja, wir haben nämlich unsere Zentrale aufgeräumt und dabei einen alten Brief von Mr Hugenay wiedergefunden. Von damals, wissen Sie. Dem ... äh ... zweiten Mal, da wir ihm begegnet sind. Oder war es das dritte Mal?« Hilfe suchend wandte Justus sich an Bob.

»Oh, ich weiß es nicht mehr genau, Just, echt nicht, keine Ahnung.«

»Soso, ein Brief«, wiederholte Graham und runzelte die Stirn. »Das klingt doch schon mal sehr interessant. Wäre ein toller Aufhänger für die Story. Könnte ich mal einen Blick auf diesen Brief werfen?«

»Nein«, sagte Justus entschieden.

»Das ist aber schade. Warum denn nicht?«

»Nun ja, das ist ein wertvolles Schriftstück. Ich hoffe, Sie wissen, was ich meine.«

»Wertvoll?«

»Ja. Wertvoll für Sie.«

»Ich verstehe nicht ganz.«

»Das fürchte ich auch. Im Klartext: Wie viel gedenken Sie für einen Blick auf den Brief zu bezahlen?«

»Bezahlen?«

»An Honorar, meine ich. Immerhin werden Sie etwas an Ihrem Artikel verdienen. Und wir?«

Graham blickte mit großen Augen von einem zum anderen. »Bei meiner Recherche über die drei Detektive habe ich immer wieder gelesen, dass sie bei ihrer Arbeit auf ein Honorar verzichten.«

»Bei unserer Ermittlungsarbeit, das ist richtig«, sagte Justus. »Aber hier liegt der Fall offensichtlich etwas anders. Schließlich haben wir durch unsere Tätigkeit laufend Unkosten, die gedeckt werden wollen. Durch Interviews zum Beispiel.« Justus setzte ein unschuldiges Lächeln auf. »Oder haben Sie etwa gedacht, wir würden Ihnen das Interview gratis geben?«

Grahams Mundwinkel verzogen sich nach unten. »Das hatte

ich angenommen, ja. Immerhin ist so ein großer Artikel im *Tribune* ziemlich gute Werbung für euch.«

»Oh, darauf sind wir längst nicht mehr angewiesen«, versicherte Justus großspurig.

»Ihr seid also nicht bereit, mir nähere Auskünfte über Monsieur Hugenay zu geben?«

»Doch!«, sagte Justus gut gelaunt. »Gegen eine angemessene Bezahlung – selbstverständlich!«

»Wie viel?«

Der Erste Detektiv nannte eine Summe.

Der Journalist erbleichte. »Das ist eine Ungeheuerlichkeit!«

»Das hängt ganz vom Standpunkt ab.«

»Angesichts dieser Forderung werde ich von meinem Plan, einen Artikel über euch zu schreiben, Abstand nehmen.«

»Wie Sie meinen.«

»Auf Wiedersehen!« Wutschnaubend machte Wilbur Graham auf dem Absatz kehrt und strebte auf den Ausgang des Schrottplatzes zu.

»Was sollte das denn, Just?«, fragte Peter fassungslos, als Graham außer Hörweite war.

»Das frage ich dich, Zweiter! Wie kommst du dazu, ihm einfach von Hugenays Brief zu erzählen? Bist du bescheuert?«

»'tschuldigung. Ich dachte, es könnte nichts schaden.«

»Doch, könnte es. Ich will erst wissen, was es mit diesem Vermächtnis auf sich hat, bevor ich irgendwem davon erzähle. Von einem Journalisten ganz zu schweigen.«

»Hast ja Recht«, gestand Peter ein. »Okay, ich hab's mal wieder zu spät geschnallt. Aber das ist noch lange kein Grund, den Typen gleich so vor den Kopf zu stoßen. Der war echt stinksauer. Wenn jemals etwas über uns im *Los Angeles Tribune* stehen sollte, wird es nichts Gutes sein.«

»Ich weiß. Ich wollte gar nicht so ruppig werden. Aber irgendwie musste ich aus dem Schlamassel mit dem Brief herauskommen. Und da fiel mir auf die Schnelle nichts Besseres ein.«

»Nun regt euch nicht auf, Kollegen«, sagte Bob. »Ist ja alles noch mal gut gegangen. Mr Graham ist zwar sauer auf uns, aber das wird bestimmt keine Folgen haben.«

Justus und Peter nickten.

»Wenden wir uns also wieder dem eigentlichen Problem zu«, schlug Justus vor. »Dem rätselhaften Brief.«

Geheimauftrag

»Schön«, sagte Bob, als sie wieder in der Zentrale saßen. »Was haben wir? Einen Brief, der auf den ersten Blick weder mit Geheimtinte geschrieben ist noch irgendeinen Code enthält. Trotzdem fordert Hugenay uns auf, sein Vermächtnis zu suchen.«

»Vielleicht kommt da noch was«, überlegte Peter. »Ein zweiter Brief in den nächsten Tagen, in dem das eigentliche Rätsel steht.«

»Glaube ich nicht«, meinte Justus. »Das hätte er angekündigt. Für mich gibt es nur zwei Möglichkeiten. Nummer eins: Es gibt gar kein Rätsel im klassischen Sinne, sondern wir müssen Hugenays Versteck einfach so finden, indem wir uns an die letzten Spuren halten, die er hinterlassen hat. Wir müssen alles über ihn herausfinden. Wo er lebte, wie er lebte und mit wem, wohin er ging, was er tat und so weiter. Und das bedeutet –«

»Dass wir nach Frankreich fahren müssten«, beendete Peter den Satz.

»Und dort wahrscheinlich auf Dutzende anderer Schatzsucher und Polizisten treffen würden, die alle nach diesem Versteck suchen«, fügte Bob hinzu. »Denn dass es noch unverkaufte Bilder aus seinen Raubzügen gibt, ist wahrscheinlich kein Geheimnis.«

»Genau. Wir hätten also so gut wie keine Aussicht auf Erfolg. Es gibt bestimmt etliche Leute, die Hugenay besser gekannt haben als wir. Aber er will uns eine reelle Chance geben, zumindest behauptet er das, also muss es doch einen Hinweis in diesem Brief geben. Sehen wir ihn uns noch einmal genauer an!«

Sie beugten sich über das Papier und Justus las den Inhalt Wort für Wort ein zweites Mal vor. »Hm«, murmelte er und knetete seine Unterlippe. »Das Einzige, was auffällt, ist die Auflistung der Gemälde, die sich in seinem Besitz befinden. Bob, du bist in diesen Dingen doch ein wenig bewandert. Sagen dir diese Bilder irgendwas?«

»Pfff!«, machte Bob. »Nur weil ich einmal im Jahr in eine Ausstellung gehe, heißt das noch lange nicht, dass ich ein Kunstkenner bin! Ich kenn die Mona Lisa, damit hat es sich auch schon. Na schön, ein paar von den Namen hab ich schon mal gehört. Stingwood, Godart, Kollenberg. Aber die Titel der Bilder? Ich meine, Bilder heißen irgendwie alle gleich, oder? Spaziergang im März oder Mai oder August, Odysseus oder Aphrodite, so was kann sich doch kein Mensch merken.«

»Also, mir sagt das auch nichts«, meinte Peter. »Vielleicht will Hugenay uns ja auf den Arm nehmen. Am Ende gibt es die Bilder zwar, nur sind sie gar nichts wert.«

»Okay, Bob, das wird deine Aufgabe sein: Fahr in die Bibliothek und versuch alles über diese Bilder und ihre Maler herauszukriegen. Und wenn du Abbildungen findest, bring die Bücher mit. Vielleicht ist das Rätsel nicht in den Titeln, sondern in den Bildern selbst versteckt.«

»Das wird ein ganzes Stück Arbeit«, stöhnte Bob.

»Nimm Peter mit!«

»Ich hab keine Zeit«, sagte der Zweite Detektiv schnell, der wenig Lust verspürte, den sonnigen Tag in einer stickigen,

muffigen Bibliothek zu verbringen. »Ich muss … äh … trainieren. Was ist mit dir, Just?«
»Ich kann auch nicht.«
»Und warum nicht?«
»Weil ich nicht kann.«
»Geheimauftrag?«
»Sozusagen.«
»Uuuh«, machte Bob. »Wie geheimnisvoll! Ich muss jetzt aber los, wenn ich heute noch was schaffen will. Ich nehme die Briefseite mit den Bildernamen mal mit.«
»Ich muss auch weg!«
Bob und Peter hatten die Tür gerade hinter sich geschlossen, als Justus schon nach seinem Adressbuch griff. Er hatte gelogen: In Wirklichkeit hätte er Zeit gehabt, Bob in die Bibliothek zu begleiten. Aber insgeheim hoffte er, den Rest des Tages angenehmer zu verbringen. Er griff nach dem Telefon und wählte ein wenig nervös Brittanys Handynummer, die sie ihm gestern aufgeschrieben hatte.
Niemand ging ran. Nicht einmal eine Mailbox. Justus ließ es acht Mal klingeln. Dann legte er enttäuscht auf. Sie war nicht da. Hatte keine Mailbox. Wie sollte er sie denn dann erreichen? Wie sollte er –
»Juuustuuus!«
Der Erste Detektiv stöhnte. »Tante Mathilda treibt mich noch mal in den Wahnsinn!«
»Hier ist jemand für dich!«, flötete sie. »Ein junges Mädchen!«
Justus sprang auf. Sah in den fleckigen Spiegel. Seine Haare waren immer noch eine Katastrophe. Er stopfte sein T-Shirt in

die Hose. Nein, bloß nicht! Er zog es wieder raus. Nicht viel besser, aber es kaschierte seine Speckröllchen. Dann trat er hinaus in die Sonne.

Brittany unterhielt sich gerade mit Tante Mathilda. Sie wandte sich um und begrüßte ihn mit einem strahlenden Lächeln. »Hi!«

»Hi. Das muss Gedankenübertragung gewesen sein. Ich wollte dich gerade anrufen. Das heißt, ich habe dich angerufen.«

»Echt? Da bin ich aber erleichtert.«

»Wieso?«

»Ich war gerade auf dem Weg nach Hause und kam hier zufällig vorbei und dachte, ich sag mal Hallo, aber im gleichen Moment war ich unsicher, ob du überhaupt da bist oder Zeit hast oder so. Schließlich haben wir uns gestern erst gesehen und ...«

»Nein. Ich meine, ja. Ich meine, natürlich habe ich Zeit. Kein Problem!«

Tante Mathilda räusperte sich. »Möchtest du mir deine neue Freundin nicht vorstellen, Justus?«

Justus lief knallrot an. »Meine neue ... was?«, japste er.

»Na ja, oder wie sagt man? Schulkameradin?«

»Ach so, äh, das ist Brittany. Brittany, meine Tante Mathilda. Brittany geht gar nicht auf meine Schule.«

»Ach nein? Woher kennt ihr euch denn?«

Justus verdrehte die Augen. »Hast du nicht zufällig was auf dem Herd stehen, das jeden Moment anbrennen könnte?«

Mathilda Jonas grinste ihren Neffen schnippisch an. »Nein. Aber dir zuliebe könnte ich so tun als ob. Viel Spaß noch, ihr zwei!« Betont lässig drehte sie sich um und schlenderte zurück zum Haus.

Brittany unterdrückte ein Lachen. »Deine Tante ist wirklich cool. Was glaubt sie denn, wer ich bin?«

»Keine Ahnung. Sie ist auf jeden Fall schrecklich neugierig.«

»Das muss in der Familie liegen.« Sie grinste.

Justus grinste auch.

Niemand sagte was.

»Tja ...«, begannen beide gleichzeitig – und lachten.

»Du zuerst«, sagte Justus.

»Ich muss dir ein Geständnis machen«, sagte Brittany und senkte den Blick. »Ich war gar nicht auf dem Nachhauseweg. Und ich kam auch nicht zufällig hier vorbei.«

»Sondern?«

»Ich wollte dich besuchen. Gar nicht zufällig, sondern voller Absicht. Ich hoffe, ich geh dir nicht auf die Nerven.«

»Kein bisschen. Wollen wir ein Eis essen gehen?«

Brittany lächelte. »Klar! Ich schulde dir noch was für das Popcorn gestern.«

»Aber höchstens eine Kugel. Ich bin auf Diät.« Das stimmte sogar. Seit genau zwei Tagen.

»Ich sehe dazu zwar keinen Grund, aber wie du meinst: höchstens eine Kugel. Vielleicht finden wir ja einen Laden, wo es halbe Kugeln gibt.«

Als Justus am frühen Abend nach Hause kam, fühlte er sich so leicht und beschwingt wie schon lange nicht mehr. Das Tor zum Schrottplatz war bereits geschlossen, also nahm er den Weg durch das Rote Tor, ihren geheimen Eingang, ein loses Brett im Holzzaun, das beseite geschoben werden konnte. Es kam ihm so vor, als hätte er noch nie so einfach durch die

Lücke gepasst wie heute. Hatte er tatsächlich abgenommen? Konnte eine Diät so schnell Erfolge zeigen? Dabei waren aus der einen halben Eiskugel am Ende fünf ganze geworden. Egal. Fröhlich ging er durch die Dämmerung zur Zentrale. Durch die Fenster schimmerte Licht. Bob und Peter saßen mit trotzig verschränkten Armen in den Sesseln und starrten ihn finster an, als er durch die Tür trat.

»Was macht ihr denn hier?«

»Auf dich warten.«

Ein kleiner Schreck durchfuhr Justus. »Waren wir etwa verabredet?«

»Nein. Aber wir dachten, es versteht sich von selbst, dass wir uns nach meiner Arbeit in der Bibliothek noch einmal in der Zentrale treffen!«

»Ich hatte zu tun, na und? Jetzt bin ich ja hier.« Der finstere Ausdruck verschwand nicht aus ihren Gesichtern. »Was ist? Warum seht ihr mich so böse an?«

»Er weiß es wirklich nicht«, brummte Peter.

»Was soll ich wissen, zum Teufel?«

»Als wir hier ankamen«, begann der Zweite Detektiv mit einem bedrohlichen Unterton, »und das war vor einer Stunde, da stand die Tür zur Zentrale sperrangelweit offen! Von Mr Justus Jonas keine Spur.«

»Ach du …«

»Deine Tante wusste nicht, wo du warst, sie machte nur irgendwelche zweideutigen Bemerkungen. Zu diesem Zeitpunkt war hier noch Hochbetrieb. Tausend Kunden streunten über den Schrottplatz, jeder von ihnen hätte ohne Probleme den ganzen Laden hier ausräumen können.«

»Ist etwa was geklaut worden?«, rief Justus. Sein Blick jagte von einer Ecke des Wohnwagens zur anderen.
»Nein. Wir haben jedenfalls nichts feststellen können. Glück gehabt, Just.«
»Tut mir Leid. Ich hab die Tür ganz vergessen.«
»Wo warst du denn überhaupt?«, fragte Peter immer noch aufgebracht.
»Unterwegs.«
»Geht es etwas genauer? *Unterwegs* ist ein bisschen wenig für eine stundenlang offen stehende Tür.«
»Meine Güte, ich war halt weg und hab die blöde Tür vergessen, okay? Ich bin untröstlich! Aber darf ich vielleicht auch mal einen Fehler machen?«
»Ist ja schon gut.«
»Wenn ich dir jeden deiner Fehler so unter die Nase reiben würde, Peter, wäre ich morgen noch nicht fertig.«
»Jaja, nun reg dich doch nicht auf! Ich wollte es ja bloß gesagt haben.«
»Ich hab's zur Kenntnis genommen.«
Bob, der bisher nichts gesagt hatte, erhob sich aus seinem Sessel. »Schluss jetzt! Seht euch lieber an, was ich heute alles aus den Tiefen der Bücherregale zutage gefördert habe! Das war nämlich eine Schweinearbeit und ich bin eigentlich hier, um euch stolz die Ergebnisse zu präsentieren, und nicht für Streitereien.« Er kramte einen Stapel Bücher und seinen Schreibblock aus dem Rucksack und knallte sie auf den Tisch. »Hugenays Brief birgt mehr Geheimnisse, als wir gedacht hatten.«

Das Bilderrätsel

Bob schlug die schweren Bildbände aus der Bibliothek nacheinander an den markierten Stellen auf und legte sie übereinander.

»Das sind die Bilder, von denen die Rede ist. Es gibt sie tatsächlich. Sie sind alle aus verschiedenen Epochen von Künstlern aus verschiedenen Ländern gemalt. Aber ohne Zweifel sind die Gemälde ziemlich wertvoll.«

»Dann hat uns Hugenay in diesem Punkt schon mal die Wahrheit gesagt«, stellte Justus fest.

»Nicht ganz«, widersprach Bob.

»Was soll das heißen?«

»Es hat eine halbe Ewigkeit gedauert, bis ich die richtigen Bilder gefunden hatte. Ich begann meine Suche mit *Spaziergang im Mai* von Ed Stingwood. Aber dieses blöde Bild war nirgendwo aufzutreiben. Es wurde in keinem einzigen Buch erwähnt. Es gab einen *Spaziergang im Juni*, aber nichts mit Mai.«

»Spaziergang im Mai oder Juni, was macht das schon für einen Unterschied«, sagte Peter gleichmütig. »Dann hat Hugenay sich eben vertan.«

»Das dachte ich auch im ersten Moment. Aber irgendwie erschien mir das nicht logisch. Hugenay hat sich sein Leben lang mit Kunst und Gemälden befasst. Er hat dieses Bild sogar gestohlen! Würde er dann seinen Titel verwechseln? Ich durchsuchte jedenfalls jeden blöden Bildband von Ed Stingwood, fand aber keinen Maispaziergang. Also nahm ich mir erst mal das nächste Bild vor, *Monotone Strafen* von Kollenberg. Und? Wieder der gleiche Mist: Es gibt kein Bild mit diesem Titel. Ich war kurz vorm Verzweifeln, bis ich auf ein Gemälde mit dem Namen *Monotone Streifen* stieß. Das konnte kein Zufall sein. Bei den anderen Bildern war ich dann etwas schneller. Jeder Titel in Hugenays Brief wurde leicht verfremdet. Ich hab's aufgeschrieben, Moment!« Bob blätterte herum und legte eine Liste auf den Tisch.

»Aus *Odysseus* wurden *Odysseen*«, las Justus vor. »*Der kleine Dieb* ist in Wirklichkeit *Der gemeine Dieb. Leise im Garten* wird zu *Laube im Garten* und *Die Maske des Rosenräubers* ist eigentlich *Die Maske des Rosenritters.*«

»Und was hat das zu bedeuten?«, fragte Peter.

»Das wüsste ich auch gern«, antwortete Bob. »Ein Zufall ist das jedenfalls nicht.«

»Ganz bestimmt nicht.«

»Er wollte uns vielleicht doch nur an der Nase herumführen ... uns in eine falsche Richtung locken«, meinte Peter. »Und testen, wie lange wir brauchen, um zu schnallen, dass es diese Bilder gar nicht gibt.«

»Zu wenig subtil für Hugenay«, widersprach Justus. »Nein, da steckt mehr dahinter. Kollegen, ich glaube, wir haben das Rätsel gefunden. Jetzt müssen wir es nur noch lösen. Was ist mit den Bildern, Bob?«

»Seht sie euch selbst an. Es sind halt Bilder. Ich konnte da nichts Aufregendes entdecken.«

Justus breitete die sechs Bände auf dem Fußboden aus, damit sie alle Bilder gleichzeitig betrachten konnten. Während der Erste und Zweite Detektiv sich darüber beugten und die Gemälde studierten, fuhr Bob fort: »Dafür war ich anschließend noch im Zeitungsarchiv und habe ein wenig recherchiert.«

»Und?«

»Die sechs Gemälde sind alle vor etwa acht bis neun Jahren an verschiedenen Orten gestohlen worden und nie wieder aufgetaucht. Es ging nicht aus jedem Artikel klar hervor, aber die meisten waren sich einig, dass die Diebstähle auf Hugenays Konto gingen.«

Justus nickte anerkennend. »Gute Arbeit, Bob. Hast du noch mehr?«

Er schüttelte den Kopf. »Das war alles. Jetzt bist du wieder am Zug, Justus. Los, löse das Rätsel!«

Justus räusperte sich. »In Ordnung.« Er streckte den Rücken, verschränkte die Hände und ließ die Fingerknöchel knacken. »Dann wollen wir mal sehen, was wir haben: Hugenay verfremdet die Namen der Bilder. Er verfälscht sie sozusagen. Warum? Will er uns damit vielleicht sagen, dass es sich bei den Werken um Fälschungen handelt?«

»Die Bilder hingen alle in Museen oder waren im Privatbesitz von reichen Sammlern«, sagte Bob. »Wenn sie Fälschungen gewesen wären, wäre das schon vorher jemandem aufgefallen.«

»Außerdem würde uns das immer noch nicht verraten, wo die Bilder versteckt sind, ob nun Fälschungen oder nicht.«

»Na schön. Ihr habt Recht. Was ist mit den Bildern selbst? Sie sind alle ganz unterschiedlich, wurden in verschiedenen Techniken gemalt, stammen aus verschiedenen Ländern und Zeiten. Gibt es vielleicht trotzdem irgendeine Gemeinsamkeit?«

Sie starrten auf die Abbildungen in den Büchern. – Lange Zeit.
»Also, ich sehe da keine Gemeinsamkeit«, seufzte Peter. »Dieses hier ist eher rot, das da eher grün und die anderen mehr oder weniger bunt. Hier sind Menschen drauf, da nicht. Dieses ist abstrakt, die anderen nicht, bis auf den Spaziergang hier vielleicht, den kann ich gar nicht richtig erkennen. Aber sonst? Die Bilder sind so unterschiedlich, wie sie nur sein können.«
»Vielleicht ist das die Gemeinsamkeit«, überlegte Bob. »Dass es keine gibt.«
»Was soll das nun wieder bedeuten?«
»Keine Ahnung. Ich dachte, wir machen ein bisschen Brainstorming.«
Das Brainstorming dauerte noch bis zum späten Abend. Die drei ??? zerbrachen sich die Köpfe über die Bilder, verglichen die Biografien der Maler miteinander, studierten die Stile, doch sie kamen zu keinem Ergebnis.
»Mir qualmt schon die Birne«, sagte Peter irgendwann. »Und ich muss langsam mal nach Hause.«
»Gute Idee, Peter. Ich komme mit. Vielleicht haben wir ja über Nacht einen Geistesblitz. Treffen wir uns morgen nach der Schule wieder hier?«
»Nicht nach der Schule«, sagte Justus. »Da habe ich keine Zeit. Morgen Abend?«
»In Ordnung.«
Bob und Peter verließen die Zentrale.
»Was treibt Justus eigentlich neuerdings, dass er plötzlich keine Zeit mehr hat?«, fragte Peter, als er mit Bob auf dem Weg

zum Roten Tor war. »Er tut so geheimnisvoll. Hat er dir was gesagt?«

»Nein. Aber ich habe da so eine Ahnung.«

Bob war am nächsten Tag etwas früher als vereinbart auf dem Schrottplatz. Es war bereits dunkel. In der Zentrale brannte kein Licht. Doch das wunderte Bob nicht. Wenn er Recht hatte mit seiner Vermutung, würde der Erste Detektiv wahrscheinlich sogar etwas zu spät kommen. Er holte den Schlüssel für das Vorhängeschloss aus seiner Tasche – und hielt inne. Das Schloss baumelte offen am Riegel. Hatte Justus etwa schon wieder vergessen abzuschließen? Wie wahrscheinlich war das, nachdem Peter ihn gestern so angefahren hatte?

Bob war alarmiert. Jemand war in der Zentrale gewesen und hatte vergessen, seine Spuren zu verwischen. Oder ... der Täter war immer noch drinnen!

Fieberhaft blickte Bob sich um. Er brauchte eine Waffe! In einem kleinen Schrottberg fand er eine Eisenstange. Vorsichtig, um keinen Lärm zu machen, zog er sie heraus und umfasste sie mit beiden Händen.

Stürmen oder schleichen? Einen Moment lang wartete er mit zitternden Knien. Dann streckte er eine Hand aus und öffnete langsam die Tür.

Drinnen war es fast stockdunkel. Das wenige Licht, das durch Tür und Fenster drang, ließ ihn nur vertraute Schemen erkennen.

Bob horchte mit angehaltenem Atem.

Sein Herz pochte laut gegen seine Brust. Aber da war noch etwas: regelmäßige Atemzüge. Jemand war hier!

Bob tastete nach dem Lichtschalter und ließ die Lampe an der Decke aufflammen. Im Sessel, der in der Dunkelheit gestanden hatte, saß jemand.
»Justus!«
»Hallo Bob. Schon so früh?«
»Du hast mich zu Tode erschreckt!«
»Wieso denn? Ich hab doch gar nichts gemacht.«
»Weil das Schloss an der Tür ... wieso sitzt du denn hier im Dunkeln?«
»Vergessen, das Licht anzumachen.«
Bob seufzte und warf die Stange durch die Tür zurück auf den Schrotthaufen. »Meine Güte, Just. Sitzt du schon lange hier?«
Der Erste Detektiv nickte stumm. Er sah nicht gut aus.
»Geht's dir nicht gut?«
Ein Schulterzucken.
»Am Grübeln?«
Er nickte.
»Aber nicht über das Bilderrätsel, oder?«
Er schüttelte den Kopf.
Bob seufzte. »Wie heißt sie?«
»Wie bitte?«
»Wie sie heißt.«
»Wer?«
»Das Mädchen, wegen dem du dich seit Tagen ziemlich merkwürdig verhältst.«
»Ich verhalte mich merkwürdig?«
»Ich sage nur: die offene Tür. Das ist dir noch nie passiert. Und dein Blick ins Fenster, um zu sehen, ob die Frisur richtig sitzt, war mir auch neu.«

Justus schwieg einen Moment. »Brittany.«
»Brittany. Und?«
»Sie tauchte hier vor drei Tagen auf und wollte ein Coca-Cola-Schild kaufen. Und dann waren wir im Kino. Und Eis essen. Fünf Kugeln. Und es scheint ihr überhaupt nichts auszumachen, dass ich dick bin. Sie ist toll.«
»Warum hast du denn nichts von ihr erzählt?«
Justus zuckte erneut mit den Schultern. »Keine Ahnung. Ich glaube, ich wollte mal was für mich haben. Wir drei hängen ziemlich viel zusammen herum, findest du nicht? Ich meine, es vergeht kaum ein Tag, an dem ihr nicht hier auf dem Schrottplatz seid. Nicht, dass ich was dagegen hätte. Nur ... es bleibt halt nicht viel Zeit für anderes.«
Bob nickte. »Ich weiß, was du meinst. Find ich aber auch nicht schlimm. Aber ist das denn ein Grund, hier stundenlang im Dunkeln zu hocken? Klingt doch alles super!«
»Wir waren heute Nachmittag verabredet. Sie ist nicht gekommen.«
»Oh.«
»Ich habe versucht, sie auf dem Handy zu erreichen – nichts.«
»Hm, na ja ... das muss aber nichts zu sagen haben. Vielleicht ist irgendwas dazwischengekommen.«
»Und das Handy?«
»Ihr Akku war leer! Nun lass mal nicht den Kopf hängen, Erster! Sie wird sich schon melden!«
»Meinst du?«
»Klar! Außerdem brauchen wir deine Birne jetzt. Oder hast du vor lauter Liebeskummer unseren neuen Fall –«
»Ich hab doch keinen Liebeskummer!«

In diesem Moment polterte Peter in die Zentrale. »Wer hat Liebeskummer?«
»Niemand«, sagte Bob schnell.
Justus warf ihm einen dankbaren Blick zu.
»Und, Kollegen, schon was rausgefunden?«
Justus räusperte sich und richtete sich in seinem Sessel auf. »Ich habe mir in der Tat in den letzten Stunden einige Gedanken gemacht.«
»Das ist ja nichts Neues. Und?«
»Ich bin zu dem Schluss gekommen, dass des Rätsels Lösung nicht in den Bildern, sondern tatsächlich in Hugenays Brief selbst zu finden sein muss. Ich habe auch schon eine Idee, bin bloß noch nicht dazu gekommen, meine Theorie zu überprüfen.«
»Na, da bin ich aber mal gespannt.«
Justus setzte sich an den Schreibtisch, nahm einen Zettel und einen Stift zur Hand und begann zu schreiben.
»Was wird denn das?«
»Wart's ab!«
Kurze Zeit später präsentierte der Erste Detektiv seinen Kollegen das Ergebnis:

Die Maske des Rosenräubers – Die Maske des RosenrITTers
Spaziergang im Mai – Spaziergang im JUNi
Odysseus – OdysseEN
Monotone Strafen – Monotone StrEIfen
Leise im Garten – LAUBe im Garten
Der kleine Dieb – Der GEMeine Dieb

»Wow«, sagte Peter tonlos. »Ich bin beeindruckt. Und was will uns das sagen?«

»Ich habe die Stellen hervorgehoben, die verfremdet wurden.«

»Das sehe ich selbst. Und?«

»Findest du es nicht auffällig, dass es immer zusammenhängende Buchstabengruppen sind? Hugenay ist diesem Muster immer treu geblieben. Er hätte ja aus *Monotone Strafen* auch *Monotone Pfaffen* machen können, aber dann wäre an zwei Stellen des Wortes etwas verändert worden, denn das ›a‹ wäre konstant geblieben.«

»Das ist mir zu hoch«, sagte Peter offen heraus. »Was soll uns das denn nun sagen?«

»Na ja, wenn man diese Buchstaben kombiniert …«

»Dann kommt dabei ITTJUNENEIAUBGEM heraus. Großartig.«

»Und wenn wir das Ganze umstellen? Warte mal!« Justus schrieb die veränderten Buchstabenkombinationen auf einzelne kleine Zettel. Dann legte er sie willkürlich aneinander.

»AUBEIGEMENITTJUN«, las Peter. »Viel besser.«

»He! Wartet mal!«, rief Bob und verschob die Zettel. »Was haltet ihr denn davon?«

»JUNGEMITTAUBENEI? Was soll das denn sein?«

»Mensch, Peter!«, rief Bob. »Du siehst den Wald mal wieder vor lauter Bäumen nicht. Es steht genau vor deiner Nase!«

»Jungem ittau benei … Junge mitta uben ei … Junge mit Taubenei … Junge mit Taubenei! Hey! Das ergibt ja einen Sinn!«

»Mensch, klasse, Bob!«, rief Justus begeistert. »Junge mit

Taubenei! Haltet ihr das für einen Zufall? Ich nicht! Das ist des Rätsels Lösung!«

»Toll! Die Frage ist bloß ...« Peter verstummte.

»Was?«

»Na ja ... was bedeutet es?«

Zufälle?

»Eine berechtigte Frage, Peter. Irgendetwas bedeutet es, da bin ich sicher. Nur was?« Justus knetete nachdenklich seine Unterlippe und murmelte: »Junge mit Taubenei ... Junge mit Taubenei ... sagt euch das irgendwas?«
»Junge mit Taubenei. Klingt wie ein weiteres Bild«, fand Bob. »Aber was sollen wir damit anfangen? Wollte Hugenay uns damit sagen, dass er das Bild *Junge mit Taubenei* auch gestohlen hat?«
»Aber was sollten wir mit dieser Information anfangen? Einen Hinweis auf das Versteck gibt uns das immer noch nicht«, erwiderte Justus und murmelte weiter vor sich hin: »Junge mit Taubenei ...«
»Junge mit Taubenei!«, schnaubte Peter wütend. »Junge mit Taubenei! Wisst ihr eigentlich, wie bescheuert es sich anhört, wenn ihr ständig *Junge mit Taubenei* sagt? Was soll dieser Blödsinn?«
»Unsere einzige Spur, Peter. Wir sollten uns dieses Bild, falls es überhaupt existiert mal ansehen.«
»Die Bibliothek hat schon längst zu«, bemerkte Bob.
»Wir suchen einfach im Internet. Irgendwo werden wir schon eine Abbildung und ein paar Informationen finden.«
Vom Jagdfieber gepackt, scharten sich die drei ??? um den Computer und erwarteten gespannt die Ergebnisse der Suchmaschine.
»Da! *Junge mit Taubenei*!«, rief Justus. »Ein Gemälde von Jean-Pierre Foucault. Nie gehört. Gemalt wurde es 1912.« Er

klickte auf einen Link und auf dem Bildschirm erschien das Kunstwerk: ein impressionistisches Bild in gedeckten Farben.
»Tja«, sagte Peter. »Ein Junge mit einem Taubenei. Wer hätte das gedacht.« Er seufzte. »Ich werde mich nie in diese Kunstwelt hineinversetzen können. Was soll denn daran toll sein?«
»Das da vielleicht«, antwortete Bob und tippte auf eine klein gedruckte Textzeile unter dem Bild. »Geschätzter Wert: eine halbe Million Dollar.«
»Wow«, sagte Peter. »Das ist allerdings ein Grund, ein Kunstliebhaber zu werden.«
»Bestimmt finden wir auf diesem Wege auch heraus, ob das Bild gestohlen wurde«, überlegte Justus und wählte einen anderen Treffer aus der Suchmaschine. Es dauerte nicht lange, da stieß der Erste Detektiv einen begeisterten Pfiff aus. »Seht euch das an!«
»Was?«
»Hier steht, dass das Bild vor zwanzig Jahren von der Stadt Santa Monica erworben wurde und seitdem im dortigen Kunstmuseum ausgestellt ist.«
»Das ist hier ganz in der Nähe!«
»Richtig, Peter. Und soll ich euch was sagen? Auch das halte ich für keinen Zufall. Kollegen, wir sind auf der richtigen Spur!«

»Noch einen Pfannkuchen?« Tante Mathilda hielt ihm die Pfanne mit dem duftenden, goldgelb gebratenen Teig unter die Nase.
Justus zwang sich, nicht hinzusehen. »Nein, danke.«
»Aber du hattest erst einen!«

»Ich habe keinen Hunger mehr.«

Tante Mathilda lachte glockenhell. »Keinen Hunger? Das wäre ja das erste Mal! Besonders wenn ich Pfannkuchen zum Frühstück mache. Mir machst du nichts vor, Justus!«

»Lass den Jungen doch, Mathilda«, sagte Onkel Titus und blickte über den Rand der Zeitung hinweg. »Er wird schon wissen, was er tut. Nicht wahr, Justus?« Titus Jonas zwinkerte seinem Neffen verschwörerisch zu.

»Ich muss los«, sagte Justus schnell, stürzte den Rest Kakao hinunter und eilte aus der Küche. Bloß weg hier! Bis zur Schule hatte er zwar noch einen Augenblick Zeit, aber das vermeintlich geschickte Verhör von Tante Mathilda und Onkel Titus war nicht mehr zu ertragen.

Justus schnappte seine Tasche, verließ das Haus und ging hinüber zur Zentrale. Sein Herz pochte, als er das Vorhängeschloss abnahm. Er ärgerte sich darüber. Erwartete er wirklich, dass sie über Nacht angerufen und auf den Anrufbeantworter gesprochen hatte? Unwahrscheinlich. Justus betrat den Wohnwagen. Das Lämpchen blinkte nicht. Die Enttäuschung schlug wie eine riesige Welle über ihm zusammen. Sie war nicht gekommen. Sie hatte nicht angerufen. Er hatte sich in ihr getäuscht.

Der Erste Detektiv trat gerade aus der Zentrale nach draußen, als das Telefon klingelte. Er zuckte zusammen, hechtete zurück und riss den Hörer von der Gabel. »Justus Jonas von den drei Detektiven?«

»Hi.«

»Brittany!«

»Ja. Gut, dass ich dich erreiche.«

»Ich hatte mir schon Sorgen gemacht.« Von seiner Enttäu-

schung und seiner Wut erzählte er besser nichts. »Wo hast du denn gestern gesteckt? Ich habe versucht, dich anzurufen.«
Brittanys Stimme war ernst, als sie sagte: »Tut mir leid. Ich … mir ging's nicht so gut. Justus, ich muss mit dir reden. Können wir uns heute treffen?«
»Klar.«
»Gut. Gleich nach der Schule?«
»Sorry, da bin ich in Santa Monica im Museum.«
»Im Museum? Was machst du denn da?«
»Ermittlungen. Ich erzähl's dir später.«
»Gut. Dann heute Abend?«
»Meinetwegen.«
»Treffen wir uns in der Eisdiele?«
»Okay. Aber diesmal wirklich nur eine halbe Kugel.« Justus versuchte ein Lachen.
Brittany lachte nicht. Und das beunruhigte Justus mehr als alles andere.

Das Kunstmuseum war ein modernes Gebäude mit viel Stahl, der in der Sommersonne glänzte. Es lag im Zentrum von Santa Monica, nicht weit von Rocky Beach entfernt. Die drei ??? ketteten ihre Fahrräder an und blieben eine Weile unschlüssig vor dem Museum stehen.
»Meinst du, das bringt uns irgendwie weiter?«, fragte Peter und blickte zweifelnd die Fassade hoch. »Ich meine, es ist ein Museum. Alles, was wir dort zu sehen bekommen werden, ist das Original des Bildes. Ob uns das hilft?«
»Hier draußen finden wir es jedenfalls nicht heraus«, sagte Justus. »Kommt, wir gehen rein.«

Im Museum war es angenehm kühl. Wegen des strahlenden Sommerwetters waren kaum Besucher da. Nur sehr wenige Menschen schlenderten durch die verwinkelten Gänge und Ausstellungsräume. Es herrschte eine entspannte und ruhige Atmosphäre. Kaum jemand sprach. Die einzigen Geräusche waren die der widerhallenden Schritte auf dem Linoleumfußboden.

Überall an den Wänden hingen Bilder: große Bilder, kleine Bilder, Aquarelle, Radierungen und riesige Ölschinken. In der Mitte der Räume standen Skulpturen: von naturalistisch gestalteten Figuren bis hin zu abstrakten geometrischen Formen. Menschen mit nachdenklicher und leicht verklärter Miene schritten gemächlich durch die Räumlichkeiten und verharrten interessiert vor dem einen oder anderen Objekt.

»Jetzt weiß ich wieder, warum ich Museen stinköde finde«, raunte Peter. »Hier darf man ja nicht mal laut lachen, wenn man irgendwas besonders albern findet. Lasst uns diesen blöden Taubeneijungen suchen und verschwinden!«

In jedem zweiten oder dritten Raum saß jemand vom Wachpersonal auf einem Stuhl und beäugte die Besucher. »Was für ein todlangweiliger Job«, murmelte Peter. »Den ganzen Tag Wache halten, obwohl sowieso nichts passiert.«

Es dauerte nicht lange, bis die drei ??? den *Jungen mit Taubenei* gefunden hatten. Das Bild hing an exponierter Stelle als einziges in der Mitte einer schneeweißen Wand. Davor war eine Reihe von Stühlen aufgestellt. Ein glatzköpfiger Mann war außer ihnen der einzige Besucher im Raum. Er stand etwas abseits und betrachtete das Gemälde eindringlich. Als die drei Detektive eintraten, sah er kurz zu ihnen rüber.

Sie setzten sich auf die Stühle. »Da hätten wir es also«, stellte Justus fest. »*Junge mit Taubenei.*«

»Tja. Sieht genauso aus wie im Internet«, sagte Peter. »Wer hätte das gedacht?«

Einige Minuten lang starrten sie schweigend auf das Kunstwerk. Bob, der sich ein wenig mit Kunst auskannte, studierte die impressionistische Maltechnik: viele unscharfe Farbflächen, die erst aus einer gewissen Entfernung ein klares Bild ergaben. Soweit er das beurteilen konnte, war es recht gut gemalt. Ein schönes Bild. Ein Junge mit einem Taubenei in der Hand. In einem hübschen Rahmen. Einen knappen Meter im Quadrat groß. Gut ausgeleuchtet. Aber eben nicht mehr. Langsam aber sicher kam er sich ziemlich bescheuert vor, wie er so auf das Bild starrte.

»Fällt euch irgendwas auf?«, fragte Peter.

»Nein.«

»Mir auch nicht. Und jetzt?«

Ohne dass er es merkte, wanderte Justus' Hand an seine Unterlippe. »Ich kann mir nicht vorstellen, dass es an diesem Bild nichts zu entdecken gibt. Es ist doch Absicht, dass des Rätsels Lösung der Name eines Bildes ist, das ausgerechnet in einem Museum in Santa Monica hängt. Hugenay wollte, dass wir Gelegenheit haben, es uns anzusehen, ohne erst um die halbe Welt reisen zu müssen. Also: Es muss etwas zu entdecken geben!«

Noch während Justus sprach, nahm Bob eine Bewegung aus dem Augenwinkel wahr. Er drehte sich um. Der Glatzkopf stand noch immer in ihrer Nähe und hatte sich ihnen zugewandt. Für einen kurzen Moment war Bob sicher, so etwas wie

Überraschung, vielleicht sogar Entsetzen in seinem Gesicht zu lesen. Doch als ihre Blicke sich begegneten, drehte der Mann den Kopf sofort weg und fixierte wieder das Bild. Ein wenig zu angestrengt, wie Bob fand.

Irritiert lenkte auch der dritte Detektiv seine Aufmerksamkeit wieder auf den Jungen mit dem Taubenei. »Vielleicht ...«, begann er, »geht es gar nicht um das Bild selbst, sondern um das Museum.«

»Um das Museum?«, wiederholte Peter. »Wieso denn das?«

»Keine Ahnung. Aber so kommen wir nicht weiter. Wir sollten uns vielleicht ein bisschen umsehen.« Ohne eine Antwort abzuwarten, stand Bob auf und ging zielstrebig zum Ausgang des Raumes. Wohl oder übel folgten ihm seine Freunde.

In einem Gang nicht weit entfernt holte Justus Bob ein. »Ich glaube nicht, dass es mit diesem Museum irgendwas auf sich hat, Bob.«

Der dritte Detektiv blieb stehen und blickte sich um. Dann raunte er: »Ich auch nicht. Ich wollte euch nur unauffällig aus dem Raum locken.«

»Wieso das denn?«

»Der Typ da, der mit der Glatze, ist der euch aufgefallen?«

Peter nickte. »Einer von diesen Entrückten.«

»Vielleicht auch nicht. Ich glaube, er hat uns belauscht. Er zuckte nämlich plötzlich zusammen und starrte uns an. Nur ganz kurz zwar, aber ich habe es genau gesehen. Und weißt du, in welchem Moment das war? Als du von Hugenay gesprochen hast, Just!«

»Bist du sicher?«

»Absolut!«

Nun blickten auch Justus und Peter sich um. Sie fühlten sich plötzlich beobachtet. Doch die Besucher, die langsam durch den Gang schlenderten, nahmen keine Notiz von ihnen. Scheinbar jedenfalls.

»Rätselhaft«, murmelte Justus.

»Was machen wir jetzt?«, fragte Peter.

»Wir wandern durchs Museum, wie Bob angekündigt hat. Wenn dieser Mann uns wirklich belauscht hat, dürfen wir uns nichts anmerken lassen. Dann kehren wir zurück und sehen, ob er noch da ist. Haltet die Augen offen, Kollegen!«

Bei ihrer Wanderung durch das Gebäude hatte niemand mehr einen Blick für die Kunstwerke übrig. Ihre gesamte Aufmerksamkeit galt den anderen Besuchern. Den Glatzkopf sahen sie nicht wieder. Dafür jemand anders.

»He!«, raunte Peter plötzlich. »Da drüben, seht ihr den? Der Typ mit dem schütteren Haar – ist das nicht dieser Reporter vom *Tribune*? Graham oder wie der hieß?«

»Tatsächlich.«

Wilbur Graham umrundete gerade interessiert eine Skulptur. Sein Blick fiel kurz in die Richtung der drei Jungs.

Peter runzelte die Stirn. »Hat er uns jetzt bemerkt oder nicht?«

»Ich glaube, ja«, meinte Bob. »Aber vielleicht nicht erkannt.«

»Für mich sah das eher so aus, als hätte er nur so getan, als ob er uns nicht erkennt. Sonderbar. Was geht hier vor? Erst dieser Glatzkopf, dann Graham ... Ist das nur ein Zufall?«

»Gute Frage, Just. Auf jeden Fall verläuft dieser Museumsbesuch mal wieder anders als geplant. Typisch.«

»Kommt, Kollegen, wir kehren zurück in den Saal mit dem Bild«, entschied Justus.
Als sie den Raum betraten, war der Glatzkopf verschwunden. Sie waren allein.
»Ob er gegangen ist?«, fragte Peter.
Niemand kam dazu, zu antworten.
Plötzlich schrillten Alarmsirenen los!

Alarm!

Die drei ??? zuckten zusammen.
»Was ist denn jetzt los?«, fragte Peter erschrocken.
»Der Alarm!«, rief Justus. »Da versucht jemand etwas zu stehlen!«
»Das kommt von da drüben!«
»Los, hin!«
Die drei Detektive rannten hinaus auf den Gang. Dort herrschte helle Aufregung. Die Besucher blickten sich verwirrt um, eilten ziellos umher, einige waren der Panik nahe. Die uniformierten Wachleute hingegen liefen alle zielstrebig in eine Richtung und brüllten Befehle in ihre Sprechfunkgeräte.
»Wir folgen ihnen!«, entschied Justus und rannte dem nächsten Wachmann hinterher. Noch immer kreischte der Alarm so schrill, dass es in den Ohren schmerzte. Die drei Detektive waren nicht die Einzigen, die dem Aufsichtspersonal folgten. Etwa die Hälfte der Besucher lief in die gleiche Richtung. Die anderen drückten sich ängstlich an die Wand und warteten, dass es vorüberging.
»Just!«, rief Bob plötzlich und blieb stehen.
»Was ist?«
»Da!« Er wies in einen verlassenen Gang. An seinem Ende bog der Glatzkopf gerade mit schnellen Schritten um eine Ecke. Er verhielt sich auffällig anders als alle anderen Besucher. So als verfolgte er ein klares Ziel. »Er geht zurück zum Taubenei!«
Justus hielt inne. Er brauchte nur eine Sekunde, um die richti-

gen Schlüsse zu ziehen: »Das ist ein Ablenkungsmanöver! Los, hinterher!«

Die drei ??? machten kehrt und liefen den Gang hinunter, in dem der Glatzkopf verschwunden war. Es dauerte nicht lange, bis sie den Saal erreichten. Er war verlassen. Abgesehen von dem Fremden, der in diesem Augenblick das Gemälde von der Wand nahm.

»Halt!«, rief Justus.

Der Mann zuckte zusammen und ließ vor Schreck das Bild fallen. Der Rahmen krachte auf den Boden und mit einem hässlichen Splittern zerbarst das Holz. Etwas kleines Weißes segelte auf den Boden.

Die drei ??? liefen auf den Mann zu. Der Glatzkopf zögerte nur einen kurzen Moment. Dann griff er blitzschnell nach einem Stuhl und schleuderte ihn den dreien entgegen. Justus und Peter konnten gerade noch ausweichen, doch Bob wurde von einem Stuhlbein am Kopf getroffen.

»Bob!«, rief Peter, als sein Freund taumelnd zu Boden ging.

Bob hielt sich die Stirn und stöhnte. Ein kleines Blutrinnsal lief unter seiner Hand hervor. »Nichts passiert«, presste er hervor.

»Du blutest aber!«

»Na und? Los, verfolgt den Kerl!«

Justus und Peter zögerten noch einen Moment.

»Ich komm klar, jetzt lauft schon, sonst entwischt er euch!«

Endlich rissen sich die beiden los und stürmten dem Glatzkopf hinterher. Da erschien wie aus dem Nichts ein hochgewachsener Mann und versperrte ihnen den Weg.

»Oh, nein! Ihr kommt mir nicht davon!«

»Mr Graham!«, rief Justus überrascht.
»Ja, da staunst du, was, Justus Jonas? Ich habe euch durchschaut!«
»Wie bitte? Lassen Sie uns vorbei! Der Mann, der das Bild stehlen wollte, entkommt sonst!«
»Deine Tricks kannst du dir sparen, Justus. So dumm bin ich nicht.«
»Was reden Sie denn da!«, knurrte Peter unwillig und versuchte sich an Graham vorbeizudrängeln. Doch der Reporter war erstaunlich schnell. Er packte Peter am Arm und hielt ihn fest.
»Wachen!«, rief er den Gang hinunter. »Hierher!«
»Mr Graham! Was immer Sie denken, Sie sind auf dem Holzweg!« Inzwischen war Bob wieder auf den Beinen und gemeinsam mit Just schob er sich an Graham vorbei.
Doch es war zu spät. Schon kamen vier Wachleute den Gang entlanggelaufen.
»Hierher! Nehmen Sie diese drei Jungen fest! Sie haben versucht, das Bild zu stehlen!«
Der Erste Detektiv wollte gerade zu einem wohl formulierten Protest ansetzen, als er auch schon das Klicken von Waffen hörte. Es ging alles ganz schnell. Innerhalb von Sekunden waren die drei Detektive umstellt. Sie wurden brutal herumgeschleudert, ihre Arme auf den Rücken gedreht und ehe sie wussten, was überhaupt vor sich ging, saßen sie schon mit Handschellen auf drei Stühlen und blickten in die düsteren Gesichter der Uniformierten.
»Das ist ein Irrtum!«, rief Peter. »Nicht uns sollten Sie festnehmen, sondern den Mann mit der Glatze!«

»Ich habe die drei Jungen beobachtet«, redete Graham auf einen Mann in Uniform ein. »Sie haben den Alarm ausgelöst.« Doch der Uniformierte reagierte gar nicht. Er gehörte zum Sicherheitspersonal des Museums und war lediglich dafür verantwortlich, dass die Verdächtigen nicht flüchten konnten. Den Rest überließ er der Polizei. Die tauchte zwei Minuten später in Gestalt eines rothaarigen, bulligen Inspektors auf, der sie misstrauisch beäugte. In seiner Begleitung war jemand vom Museumspersonal.

»Inspektor Berger vom dritten Revier. Wen haben wir denn da? Drei Rotzgören, die mal ausprobieren wollten, was passiert, wenn man im Museum ein Bild runterreißt und damit den Alarm auslöst?«

»Nein, Sir«, antwortete Justus ruhig. »Nichts dergleichen. Wir haben den Täter lediglich überrascht und an der Flucht zu hindern versucht. Das wurde jedoch von Mr Graham vereitelt, der uns irrtümlich beschuldigt, den Alarm ausgelöst zu haben. Wenn Sie die Besucher am Verlassen des Gebäudes gehindert haben, dürfte sich der Täter noch im Museum befinden. Es handelt sich um einen Mann mit Glatze in einem hellen Anzug.«

Berger runzelte die Stirn. Doch er kam nicht dazu, zu antworten.

»Die Jungs lügen, Inspektor!«, rief Graham. »Ich habe sie dabei erwischt, wie sie das Bild stehlen wollten! Hätte ich sie nicht aufgehalten, wären sie entkommen!«

Der Inspektor lächelte müde. »Das wären sie sicherlich nicht. Als der Alarm losging, wurden alle Ausgänge automatisch verriegelt.«

»Tatsächlich?«, rief Justus. »Dann ist der Täter noch hier! Bitte, Inspektor, lassen Sie das Museum von Ihren Leuten durchsuchen! Der glatzköpfige Mann muss noch hier sein! Die Fingerabdrücke auf dem Bilderrahmen werden beweisen, dass er der Täter war!«
Berger zögerte. Er blickte abwechselnd von Justus zu Mr Graham. Dann winkte er einen seiner Leute herbei. »Tun Sie, was der Junge vorgeschlagen hat, Miller. Dann werden wir ja sehen, ob er die Wahrheit sagt. Und wenn Sie schon dabei sind, nehmen Sie von allen Besuchern die Personalien auf.«
»Dürfen wir mitkommen, Sir?«, bat Justus. »Wir können den Mann identifizieren.«
»Glatze und heller Anzug ist eine vorerst hinreichende Beschreibung, denke ich«, sagte Inspektor Berger.
»Könnten Sie uns dann wenigstens die Handschellen abnehmen?«
»Tun Sie es nicht, Inspektor!«, rief Graham. »Die führen etwas im Schilde!«
Berger ignorierte ihn und gab den Sicherheitsleuten vom Museum ein Zeichen. Kurz darauf waren die drei Detektive ohne Fesseln. »Aber ihr bleibt hier!« Dann wandte er sich an den Museumsmitarbeiter: »Haben Sie inzwischen herausgefunden, wie der Alarm ausgelöst wurde?«
»Jemand muss in einem unbeobachteten Moment eines der Bilder in Saal D verrückt haben. Das reicht bereits aus, um das Sicherheitssystem zu aktivieren.«
»Aber gestohlen worden ist dort nichts?«
»Nein.«
»Und wie sieht es hier aus?«

Der Mann vom Museum wies auf das immer noch am Boden liegende Bild mit dem zerbrochenen Rahmen und ging darauf zu. Er hockte sich hin, um es zu untersuchen.
»Liegen lassen!«, befahl Berger. »Wir müssen erst auf die Kollegen von der Spurensicherung warten, falls der Täter nicht von selbst gesteht. Das Bild scheint ja nicht beschädigt zu sein, nur der Rahmen. Geringe Sachbeschädigung also. Und dafür der ganze Ärger.« Der Inspektor fuhr sich müde mit der Hand über das fahle Gesicht.
Da fiel der Blick des Museumsmitarbeiters auf etwas, das neben dem Rahmen auf dem Boden lag. »Hier ist etwas! Ein Kärtchen!«
Justus eilte so schnell und unauffällig wie möglich herbei. Er bückte sich blitzschnell, hob den Gegenstand auf und steckte ihn in die Tasche, bevor ihm jemand zuvorkommen konnte. »Das gehört mir. Ich habe es vorhin in dem Getümmel verloren.«
»He, he, he!«, rief Inspektor Berger alarmiert und trat auf ihn zu. »Was war das?«
»Ein Beweisstück, Sir!«, rief Graham.
»Sie habe ich nicht gefragt! Her damit, Junge!«
»Es ist nichts von Belang, Sir!«
»Her damit, habe ich gesagt!«
Gehorsam zog Justus das Kärtchen wieder hervor und reichte es dem Inspektor.
»Die drei Detektive«, las Berger laut vor, den Rest der Karte überflog er. »Was soll das denn?«
»Das ist die Visitenkarte von meinen Kollegen und mir.«
»Detektive«, spottete Berger. »Das wird ja immer besser.«

»Wenn Sie uns nicht glauben, dann rufen Sie Inspektor Cotta von der Polizei in Rocky Beach an!«, schlug Peter vor. »Er kennt uns.«

»Diese Jungs sind Betrüger!«, meldete sich nun wieder Wilbur Graham zu Wort. »Sie spielen ein ganz hinterhältiges Spiel mit Ihnen! Mimen die Unschuldigen, obwohl sie gerade beinahe ein wertvolles Gemälde gestohlen hätten!«

»Hören Sie, wer immer Sie sind!«, fuhr Inspektor Berger den Reporter an. »Es gehört ein bisschen mehr dazu, ein Gemälde aus einem Museum zu stehlen! Sie sehen ja, wie weit der Täter mit dem Bild gekommen ist: ungefähr einen Meter! Und was diese drei Burschen angeht, so sind sie in meinen Augen nichts weiter als Detektiv spielende, harmlose Jungs, wohingegen Sie mir mächtig auf die Nerven gehen, also seien Sie endlich still!«

Justus unterdrückte ein Lachen.

Es dauerte noch eine ganze Weile, bis die Polizisten das Museum durchkämmt, die Fingerabdrücke gesichert und die Personalien sämtlicher Besucher aufgenommen hatten. Während der ganzen Zeit wanderten die drei Detektive tatenlos unter Bewachung im Saal auf und ab. Wilbur Graham ließ sie nicht aus den Augen, hatte jedoch beschlossen zu schweigen.

Schließlich betrat Miller den Saal und erstattete dem Inspektor Bericht: »Wir haben das ganze Museum durchsucht und alle Personalien aufgenommen, Sir. Es befindet sich kein Mann mit Glatze und hellem Anzug im Gebäude.«

»Was?«, rief Justus. »Aber das ist unmöglich! Er muss noch hier sein!«

Inspektor Berger wandte sich zornig an den Ersten Detektiv. »Dann habe ich mich wohl doch in dir getäuscht.«

»Nein, Sir, haben Sie nicht. Glauben Sie mir, dieser Mann war hier!«

»Ist selten, dass mich jemand aufs Kreuz legt, alle Achtung.«

»Ich hab's Ihnen doch gesagt, Inspektor!«, rief Graham.

»Halten Sie den Mund!«

»Inspektor«, meldete sich Miller zu Wort. »Ich habe mit dem Kollegen Cotta in Rocky Beach gesprochen. Er kennt die drei tatsächlich.«

»Und?«

»Seine Reaktion war etwas merkwürdig. Er sagte, er sei froh, dass sich ausnahmsweise mal ein anderer Inspektor mit ihnen herumschlagen muss. Aber trotzdem legt er seine Hand für sie ins Feuer und versichert, dass die Jungen unschuldig sind.«

Berger schwieg und grübelte.

»Sir, die Museumsbesucher werden langsam unruhig. Sie möchten nach Hause. Soll ich von allen Fingerabdruckprotokolle anfertigen, um sie mit den Abdrücken auf dem Rahmen zu vergleichen? Das würde allerdings einige Stunden –«

»Nein, lassen Sie sie gehen. Es ist ja nichts gestohlen worden. Wahrscheinlich war es wirklich nur ein dummer, nervenaufreibender Streich. Schluss jetzt damit. Schicken Sie die Leute nach Hause. Und ihr drei geht auch. Los, verschwindet!«

Wenige Minuten später standen die drei ??? zusammen mit allen anderen Leuten auf der Straße. Das Museum wurde für den Rest des Tages geschlossen. Die Menschen redeten in kleinen Grüppchen über den rätselhaften Vorfall. Nur Wilbur Graham schien sich seiner Sache sicher zu sein:

»Mich täuscht ihr nicht, ihr drei!«, sagte er voller Wut. »Ich weiß, was ihr im Schilde führt!«

»Mr Graham«, begann Justus sachlich. »Ich kann mir vorstellen, dass Sie wegen des Interviews ein wenig ungehalten sind, doch uns auf eine derartige Weise zu verleumden, steht in keinem Verhältnis zu unserer Honoraranforderung!«

»Versuch nicht, mich mit deinen kunstvollen Reden um den Finger zu wickeln, du kleiner Schlauberger! Ich habe euch durchschaut! Und ich werde euch das Handwerk legen!«

»Wir wissen überhaupt nicht, wovon Sie reden!«, ereiferte sich Bob.

»Oh doch, das wisst ihr! Ihr steckt mit diesem Dieb unter einer Decke! Ihr könnt noch so sehr eure Unschuld beteuern, ich weiß, dass ich Recht habe!« Damit drehte er sich um und kämpfte sich durch die Menschenmenge.

Irritiert blickten ihm die drei ??? nach.

Dunkelheit

Marios Eis-Palast war ein knallbunter Laden in greller Neonbeleuchtung. An den Wänden hingen Fernseher, über die permanent Musikvideos flimmerten. Als Justus die Eisdiele betrat, räkelte sich gerade Janet Jackson auf den Bildschirmen. Justus suchte die mäßig besetzten Tische mit den Augen ab und entdeckte Brittany schließlich in der hintersten Ecke des Raumes. Sie zerkleinerte gedankenverloren einen Bierdeckel.

»Entschuldige, ich bin ein bisschen zu spät, aber du glaubst nicht, was für einen Tag ich hinter mir habe!«

»Im Museum?«

»Genau da.«

»Ich hatte immer gedacht, Museen seien langweilig.«

»Nicht wenn du mit den drei ??? hingehst.«

»Das muss ich bei Gelegenheit mal ausprobieren.« Sie lächelte, doch es war nicht so strahlend wie sonst. Aber bevor Justus fragen konnte, fuhr sie fort: »Es gibt hier Rieseneisbecher für zwei Personen! Sollen wir einen nehmen?«

»Für mich eine halbe Kugel und für dich den Rest? Meinetwegen.«

Brittany winkte den Kellner heran. »Einen Riesenbecher, bitte. Nein, warten Sie. Zwei Riesenbecher.«

»Zwei?«, hakte der Kellner nach.

»Zwei?«, fragte Justus.

»Zwei. Die schaffen wir locker.« Der Kellner ging. »Und jetzt erzähl, was war denn so aufregend im Museum?«

Justus berichtete ihr von den neuesten Entwicklungen in ihrem Fall. Brittany hörte gespannt zu. »Und ihr kanntet diesen Glatzkopf nicht?«

»Nein. Nie gesehen.«

»Wie ist er denn aus dem Museum entkommen? Etwa durch ein Fenster?«

»Die kann man alle gar nicht öffnen«, sagte Justus. »Wir wissen es einfach nicht.«

»Und dieser komische Reporter? Warum ist der plötzlich so durchgedreht?«

»Die Frage beschäftigt uns im Moment am meisten, obwohl sie möglicherweise gar nichts mit dem Fall zu tun hat. Wenn Graham nur zufällig im Museum war und die Gelegenheit nutzte, um uns eins auszuwischen, dann besteht zwischen ihm und dem Rest überhaupt keine Verbindung. Aber so richtig glauben kann das keiner von uns.«

»Sehr verzwickt«, fand Brittany.

»Aber sag mal ... du wolltest doch mit mir reden. Wegen unserer Verabredung gestern. Und überhaupt.«

Brittany nickte. »Ja. Du hast Recht. Ich lenke vom Thema ab, nicht wahr?«

»Ein bisschen.«

»Das mit gestern tut mir Leid. Ich wollte kommen. Es ist nur so ... ich war nicht besonders gut drauf. Und das ist auch das eigentliche Thema, über das ich mit dir sprechen wollte. Es ist verrückt, wir kennen uns erst seit ein paar Tagen, aber trotzdem vertraue ich dir. Das, was ich dir jetzt erzähle, ist ... wirklich nicht einfach für mich.« Sie schluckte. Und schwieg.

Justus räusperte sich. »Hör zu, wenn es dir unangenehm ist, musst du es nicht erzählen.«

»Nein, ich will ja! Es ist nur ziemlich schwierig. Ich weiß es ja selbst erst seit gestern. Und ich ... habe Angst, dass du mich danach nicht mehr magst. Ich mag dich nämlich.«

»Ich glaube nicht, dass das passieren wird, Brittany.«

Sie senkte den Blick. »Aber davon ganz abgesehen muss ich mit jemandem darüber reden. Ich weiß nämlich nicht mehr, was ich tun soll. Für eine Weile war ich kurz davor, von zu Hause abzuhauen. Meine Eltern wissen nämlich noch gar nichts. Himmel, meine Eltern! Sie machen wahrscheinlich alles nur noch schlimmer, obwohl sie es bestimmt gut meinen.«

Justus spürte, wie sich sein Magen verhärtete. Das Kribbeln, das er seit ein paar Tagen verspürte, wurde plötzlich zu einem Brennen. Mit einem Mal war er nicht mehr sicher, ob er überhaupt hören wollte, was Brittany ihm zu sagen hatte. Doch die Ungewissheit war noch schlimmer als alles andere. »Brittany, ich würde dir gern helfen, aber dann musst du mir auch sagen, worum es eigentlich geht.«

»Das ist nett, aber du kannst mir nicht helfen. Niemand kann das. Es ist nämlich so –«

Der Kellner kam mit zwei Eisbechern, die so riesig waren, dass Justus den Eindruck hatte, die Tischplatte würde sich unter ihrer Last biegen. Scheinbar Hunderte bunter Eiskugeln waren in das gigantische Glas gedrückt und mit unzähligen Fruchtstückchen und Papierschirmchen garniert worden. Darauf thronte eine mit knallbunter Soße übergossene Sahnehaube. Ein Raunen ging durch die Eisdiele, dann ein Kichern, als die anderen Gäste bemerkten, dass Justus und Brittany kaum über die Eisbecherpracht hinwegsehen konnten.

»Mein Gott!«, keuchte Justus und wagte ein Lachen. »Das verzeiht mir mein Diätplan nie.«
Brittany lachte nicht. Und Justus war der Appetit vergangen. Mühsam kämpfte er sich durch den Eisberg, um wenigstens wieder freie Sicht auf Brittany zu haben. Auch sie stocherte lustlos in ihrem Becher herum.
Eine Weile aßen sie schweigend. Dann sprach Brittany plötzlich weiter, ohne aufzusehen. Es war, als redete sie zu sich selbst. »Ich habe eine Augenkrankheit. Eine Erbgeschichte. Wusste ich schon immer. Bisher hatte das keine Auswirkungen auf meine Gesundheit. Die Ärzte sagten immer, die Krankheit sei nur latent, wahrscheinlich würde sie nie ausbrechen, ich müsse mir keine Sorgen machen. Trotzdem ging ich jedes halbe Jahr zur Untersuchung. Bloß zur Routine, um ganz sicherzugehen, verstehst du? So wie gestern.«
Justus' Magen verkrampfte sich. »Und?«
»Es ist passiert. Die Krankheit ist ausgebrochen.« Hilflos stocherte sie im Eis herum. »Es ... gäbe eine Möglichkeit zur Operation, aber das ist teuer und meine Eltern haben dafür kein Geld. Ich natürlich auch nicht. Niemand hat so viel Geld.«
Justus ließ seinen Löffel sinken. »Und was bedeutet das?«
Brittany blickte auf und sah ihn lange an. Sie studierte sein Gesicht, als hätte sie es noch nie gesehen. Oder als versuchte sie, es sich ganz genau einzuprägen. Dann sagte sie: »Das bedeutet, dass ich in ein paar Monaten erblinden werde.«

Es war dunkel. Stockdunkel. Justus hatte das Licht ausgeschaltet und die Vorhänge zugezogen, so dass nicht einmal das schwache Mondlicht durch die Fenster in die Zentrale drang. Er saß in absolut finsterer Nacht. Totale Schwärze.

So musste es sein, wenn man blind war.

Justus tastete nach der Wasserflasche auf dem Tisch. Er fand sie nicht. Er tastete und tastete, wischte einen Kugelschreiber herunter, suchte weiter und weiter. Hatte er sie überhaupt auf dem Tisch abgestellt? Oder stand sie vielleicht auf dem Boden? Auf einem Stuhl? Irgendwo anders? Er gab es schließlich auf. Kein Wasser, obwohl er durstig war. Aber er wollte kein Licht machen. Nie wieder.

Irgendwann würde die Sonne aufgehen und mit ihren Strahlen die Vorhänge durchdringen. Doch dann würde er die Augen schließen und sie so lange geschlossen halten, bis ihm endlich eine Lösung einfiel.

Ein Weg aus dieser Dunkelheit hinaus.

Brittany und er hatten noch lange in der Eisdiele gesessen. Das Eis war nur noch eine matschige, bunte Flüssigkeit in den Bechern gewesen, die der Kellner bedauernd abgeräumt hatte. Lange Zeit hatten sie geschwiegen, dann lange geredet, dann lange geschwiegen und schließlich hatte Justus sich getraut, ihre Hand zu fassen und sie festzuhalten. Sie hatte ihn dankbar angelächelt. Doch mehr konnte er nicht tun.

Sie brauchte diese Operation. Und zwar bald, sonst würden die Ärzte ihr Augenlicht nicht retten können. Der Eingriff kostete sehr viel Geld. Ihre Eltern und sie lebten in einer winzigen Wohnung am Rande des Existenzminimums. Keine reichen Verwandten, kein Lotteriegewinn, keine Chance auf Heilung. Und ein Wunder war ausgeschlossen.

Geld. Brittany brauchte davon eine große Menge. Selbst wenn

Justus den gesamten Schrottplatz auf einen Schlag verkaufen würde, hätte er erst einen Bruchteil zusammen. Hundert Jahre lang Ferienjobs würden nicht reichen, selbst wenn die Ferien das ganze Jahr dauern würden. Justus war nicht sicher, ob es überhaupt einen ehrlichen Beruf gab, mit dem man so viel verdienen konnte. Wahrscheinlich nicht. Keinen ehrlichen. Aber einen unehrlichen.

Sechs verschollene Meisterwerke berühmter Maler zu verkaufen, war bestimmt keine leichte Sache. Man musste Menschen finden, die bereit waren, einen so hohen Preis zu zahlen. Und zu schweigen. Man musste Kontakte knüpfen und dabei unerkannt bleiben. Man musste höllisch vorsichtig vorgehen, um nicht entdeckt zu werden.

Eine schwierige Aufgabe. Aber nicht unlösbar. Und wie lange Justus auch im Dunkeln sitzen bleiben mochte, er war sicher: Trotz aller Schwierigkeiten würde ihm keine bessere Möglichkeit einfallen, so schnell an so viel Geld zu kommen.

Das Schicksal war auf ihrer Seite: Nach Hugenays Tod mochten vielleicht einige Menschen nach den Bildern suchen, aber niemand hatte den allerkleinsten Hinweis auf ihr Versteck. Niemand außer ihnen.

Und kein Mensch ahnte, dass die drei ??? die Bilder finden konnten. Für den Rest der Welt würden die Kunstwerke einfach verschwunden bleiben. Niemand würde je etwas erfahren.

Abgesehen vielleicht von dem geheimnisvollen Mann mit der Glatze. Der wusste von den Bildern. Und inzwischen wusste er auch von den drei Detektiven. Nur eines wusste er nicht.

Justus holte das weiße Kärtchen hervor, das er im Museum

vom Boden aufgelesen und in seiner Tasche unbemerkt gegen ihre Visitenkarte ausgetauscht hatte.
Dies war ihr Trumpf. Ihr einziger. Aber er musste reichen.

»Und das erzählst du uns erst jetzt?«, rief Peter und wollte nach dem Kärtchen greifen, das Justus auf den Tisch gelegt hatte. Doch der Erste Detektiv hielt schnell seine Hand drauf. »Warum hast du uns das nicht schon gestern gezeigt?«
»Weil ich es vergessen hatte«, gestand Justus. »Nach diesem ganzen Trubel im Museum war es mir völlig entfallen. Und gestern Abend –«
»Hattest du keine Zeit, ich weiß. Weißt du was, Just? Ich glaube dir kein Wort. Du wolltest dir bloß wieder einen besonders dramatischen Auftritt verschaffen, deshalb hast du uns das mit dem Kärtchen nicht erzählt.«
»Traust du mir solch niedere Motive wirklich zu, Zweiter?«
»Das soll wohl ein Scherz sein! Ich traue dir noch ganz andere Sachen zu.«
Während Peter sich mit Justus das übliche Geplänkel lieferte, beobachtete Bob den Ersten Detektiv. Etwas gefiel ihm nicht an ihm. Er wirkte übernächtigt, doch das lag vielleicht daran, dass er wieder die halbe Nacht über dem Fall gegrübelt hatte. Aber da war noch etwas anderes. Bob brauchte eine Weile, bis er darauf kam, was es war: Justus' Überlegenheit war verschwunden. Die Lässigkeit, mit der er ihnen normalerweise seine Ergebnisse präsentierte, war etwas anderem gewichen, das Bob nicht genau benennen konnte. Ernsthaftigkeit? Verbissenheit? Bob war sich sicher, dass Justus etwas vor ihnen verbarg. Doch er kannte den Ersten Detektiv gut genug, um zu

wissen, dass es keinen Sinn hatte, ihn zu fragen. Justus würde von allein mit der Sprache herausrücken – oder gar nicht.

»Was ist es denn nun, was du vom Boden aufgelesen hast, Just?«, bohrte Peter. »Was steht auf der Karte?«

»Es ist gar keine Karte«, antwortete Justus und drehte das Papier endlich um. »Es ist ein Foto.«

Sofort beugten sich Bob und Peter über das Bild. Ein Gebäude war darauf zu sehen. Es sah aus wie eine spanische Kirche im Mini-Format, gerade mal drei Meter hoch mit einem winzigen Türmchen auf dem mit blauen Ziegeln gedeckten Dach. Das Häuschen war weiß getüncht, hatte kleine, glaslose Fenster und eine hölzerne Tür, über der ein kleines Kreuz hing. Im Hintergrund waren ein Brunnen und Orangenbäume zu sehen, die voller Früchte hingen.

»Was ist das denn?«, fragte Peter.

»Ein Haus«, antwortete Bob.

»Da wohnt aber keiner drin. Sieht mehr aus wie ... ja, wie ein Gartenhäuschen oder so, nicht? Von einer Villa. Der Geräteschuppen eines Millionärs. Sehr schick, aber für alles andere zu klein. Warum ist das Foto denn eigentlich so winzig?«

»Ich nehme an, es war irgendwo im Rahmen versteckt«, sagte Justus. »Ich sah nur, wie es zu Boden segelte, als der Glatzkopf das Bild fallen ließ. Vielleicht steckte es zwischen Rahmen und Bild.«

»Und wie ist es dahin gelangt?«

»Hugenay hat es dort platziert.«

»Und wie? Und wann?«

»Bei einem seiner letzten Besuche in dieser Gegend vermutlich.«

»Aber das Bild hängt in einem Museum!«, widersprach Peter. »Niemand kommt nahe genug heran, um ein Foto dort zu verstecken, ohne den Alarm auszulösen!«

»Aber genau das ist doch der Witz an der Sache, Peter!«, sagte Bob. »Hugenay war ein Bilderdieb! Er kannte sich mit Sicherheitssystemen in Museen und diesem ganzen Zeug aus! Irgendwie hat er es geschafft, das Foto dort zu deponieren. Und sich wahrscheinlich ins Fäustchen gelacht bei der Vorstellung, wie wir versuchen, diese Nuss zu knacken.«

»Zu Recht«, fuhr Justus fort. »Denn wenn Glatzkopf nicht die Initiative ergriffen hätte, wäre uns das Foto niemals in die Hände gefallen. Beunruhigend finde ich daran nur die Tatsache, dass es offensichtlich noch jemanden gibt, der von Hugenays Vermächtnis weiß. Und der auch weiß, wo er suchen muss. Wir haben nun einen kleinen Vorsprung: dieses Foto. Aber wer weiß, wie lange der reicht.«

»Die Frage ist jetzt: Was machen wir mit dem Foto?«

»Das ist ausnahmsweise mal leicht zu beantworten«, fand Bob. »Wir müssen das Haus finden. Das ist die nächste Etappe des Rätsels. War ja bei dem *Jungen mit Taubenei* genauso.«

»So sehe ich das auch, Bob. Dieses Foto will uns nur eines sagen: Findet das Haus und dort den Schatz!«

»Oder das nächste Rätsel«, orakelte Peter düster.

Die Lawine rollt

»Aber wie stellen wir das an?«

»Ja«, sagte Bob. »Wie findet man ein Haus, von dem man nur ein Foto hat, nichts weiter? Es könnte überall auf der Welt stehen. Unmöglich!«

Justus schüttelte den Kopf. »Ich glaube nicht, dass es irgendwo auf der Welt steht. Hugenay hat bis jetzt ein faires Spiel gespielt. Er hat das Foto in einem Bild versteckt, das für uns erreichbar war. Und nicht irgendwo in China, obwohl auch das für ihn sicherlich kein Problem gewesen wäre. Er wollte uns eine reelle Chance geben, das Rätsel zu lösen. Also kann auch das Haus nicht allzu weit weg sein. Außerdem: Seht genau hin, da stehen Orangenbäume. Damit scheiden große Teile der Welt schon mal aus, Kalifornien jedoch nicht.«

»China aber auch nicht, wenn ich recht informiert bin«, zweifelte Bob.

»Aber in China dürften recht wenige Häuser in spanischem Stil gebaut worden sein. Im Gegensatz zu Kalifornien.«

»Eben«, warf Peter ein. »Sogar eine ganze Menge. Diese Architektur findet man fast an jeder Straßenecke. Da müssen wir also nur noch ganz Kalifornien absuchen, schon haben wir das Haus gefunden, oder wie?«

»Ich bleibe dabei«, beharrte Justus. »Es steht bestimmt hier in der Nähe. Ich gebe zu, das bedeutet, wir müssen immer noch ein recht großes Areal absuchen. Aber das können wir ja andere für uns machen lassen.«

»Andere? Was soll das heißen? Willst du eine Haussuchfirma

engagieren? Selbst wenn es so etwas gäbe, hätten wir kaum genug Geld, um das zu bezahlen.«

»Ich dachte an etwas sehr viel Einfacheres, Kostengünstigeres und trotzdem äußerst Effektives.«

»Klartext, Erster!«

»Wir könnten die Telefonlawine benutzen.«

Die Telefonlawine war eine Erfindung von Justus, die sie schon einige Male erfolgreich bei Ermittlungen eingesetzt hatten. Jeder der drei rief fünf seiner Freunde an und erzählte ihnen, was gesucht wurde. Dann riefen diese Freunde wiederum jeweils fünf Freunde an und so weiter, bis sich der Forschungsauftrag der drei ??? in der ganzen Gegend ausgebreitet hatte.

»Die Idee ist gut, aber sie wird nicht funktionieren«, meinte Bob. »Du kannst dieses Gebäude übers Telefon nicht vernünftig beschreiben. Spätestens nach der dritten Welle wird es zu riesigen Missverständnissen kommen. Wenn man ein auffälliges Auto oder so was sucht, mag das funktionieren. Aber ein weißes Häuschen? Da kriegen wir entweder tausend Rückrufe oder gar keinen. Vergiss es, Just. Da müsste man schon das Foto mitschicken.«

»Und genau daran habe ich gedacht. Wir werden die Telefonlawine ein wenig modifizieren und aus ihr eine E-Mail-Lawine machen! Wir scannen dieses Foto ein und verschicken es per Mail an unsere Freunde. Die können es dann ohne Probleme weiterversenden. Natürlich erreichen wir damit nur Leute mit Internetanschluss, das ist der Haken an der Sache. Andererseits ist so ein Haus eben kein Auto. Was ich damit sagen will: Es steht vermutlich schon seit Jahren oder Jahrzehnten. Wenn jemand in seiner Nähe wohnt oder öfter mal daran vorbeifährt, wird er sich daran erinnern. So gesehen ist ein Haus wesentlich einfacher zu finden als alles andere. Der einzige Nachteil: Diese Methode wird etwas länger dauern als die Telefonlawine. Unter Umständen mehrere Tage, denn die Leute sind ja nicht permanent online.«

»Dann lasst uns keine Zeit verschwenden!«

Justus fuhr den Computer hoch, scannte das Foto ein und begann es an alle Leute zu verschicken, die in seinem Adressbuch standen.

»Das heißt jetzt im Klartext, dass wir abwarten müssen, oder?«, fragte Peter. »Etwas anderes gibt es ja nicht zu tun. Der Glatzkopf ist spurlos verschwunden, das Foto gibt nichts her – also warten.«

»Ja.«

»Prima. Dann verschwinde ich nämlich jetzt! Dieser ganze Ermittlungskram hat in den letzten Tagen mal wieder erheblich meine Kondition beeinträchtigt. Ich geh ein bisschen schwimmen. Kommt jemand mit?«

»Moment noch«, sagte Justus. »Ich ... wollte mit euch noch über etwas reden.«

Aha, dachte Bob. Jetzt lässt er die Katze aus dem Sack.

»Hat Tante Mathilda wieder einen Großauftrag für uns?«, fragte Peter lauernd. »So was wie: Räumt doch mal fix den gesamten Schrottplatz auf, Jungs? Das letzte Mal, als sie das sagte, haben wir ein ganzes Wochenende lang geackert! Nie wieder, habe ich mir damals geschworen. Es sei denn, sie macht ein paar Dollar locker.«

»Nein, es geht um etwas ganz anderes. Obwohl Geld auch eine Rolle spielt. Stellt euch vor ... stellt euch vor, ihr hättet einen

Haufen Geld. Aber eigentlich gehört es euch gar nicht. Ihr verwaltet es nur. Und ihr könnt nun entscheiden, wer das Geld bekommen soll: derjenige, dem es eigentlich rechtmäßig gehört, der es aber nicht wirklich braucht – oder jemand, der mit dem Geld zwar nicht das Geringste zu tun hat, es aber dringend benötigt. Was würdet ihr tun?«

Bob und Peter blickten einander fragend an.

»Was ist das denn für eine Frage?«, wollte Peter wissen. »Geht es vielleicht etwas genauer?«

»Na ja, stell dir vor, du hättest eine Million Dollar in der Hand, die ein Multimillionär verloren hat. Würdest du sie ihm zurückgeben oder würdest du damit jemandem helfen, der es wirklich nötig hat? Beispielsweise um ... um eine lebenswichtige Operation zu bezahlen.«

Peter überlegte einen Moment. »Ich würde den Multimillionär fragen, ob er mit dieser einen Million nicht lieber die Operation bezahlen möchte, anstatt sich einen neuen Pool in seiner Villa zu bauen.«

»Und wenn er nein sagt?«

»Dann würde ich ihm die Million wohl geben müssen, denn dann weiß er ja, dass ich sie habe. Wenn ich es nicht täte, würde er mich anzeigen.«

»Und was ist mit der Person, die die Operation braucht?«

»Die hätte dann Pech gehabt.«

Justus schluckte.

»Was soll die Fragerei, Just? Worauf willst du hinaus? Auf die Bilder? Willst du sie etwa behalten, wenn wir sie gefunden haben?«

»Vergiss es. Es war eine Schnapsidee.«

Peter runzelte die Stirn. »Du willst sie tatsächlich behalten? Bist du wahnsinnig geworden? Was willst du denn damit? Sie verkaufen und das Geld an eine Organisation für krebskranke Kinder spenden? Ist das Robin-Hood-Gen bei dir durchgebrochen?«

»Ich hab gesagt, vergiss es! Geh schwimmen, Peter!«

»Mach ich auch.«

Als Peter gegangen war, blickte Bob den Ersten Detektiv stumm an.

»Was ist?«

»Mich wirst du nicht so schnell los. Was war das gerade für eine Geschichte, Justus? Was wolltest du uns damit sagen?«

»Gar nichts. Es war ein Gedankenspiel, mehr nicht.«

»Du meinst, weil niemand die Bilder vermisst und kein Mensch weiß, dass sie möglicherweise bald wieder auftauchen, können wir sie behalten?«

»Das habe ich doch gar nicht gesagt!«

»Nein. Aber ich kenne dich, Justus. Irgendwas brütest du aus. Und wenn es das ist, was ich vermute, dann lass besser die Finger davon, sonst kommen wir in Teufels Küche.«

»Was vermutest du denn?«, fragte Justus gereizt.

»Dass du die Bilder zu Geld machen willst, um damit … keine Ahnung. Irgendein vermeintlich gutes Werk zu tun. Es ist nicht zufällig möglich, dass Brittany etwas damit zu tun hat? Ist sie vielleicht Umweltaktivistin und hat dich überredet, das Geld den Reichen wegzunehmen und den Armen zu spenden, zum Beispiel Greenpeace oder so?«

»Was ist denn nur in euch gefahren?«, rief Justus aufgebracht. »Ich habe einfach nur eine hypothetische Frage gestellt, das ist

alles! Wieso wird denn hier jedes meiner Worte auf die Goldwaage gelegt?«
»Weil du nie einfach so irgendwas fragst, Justus, darum.«

Es war ein windiger Tag. Weiße Wolkenberge trieben wie riesige Schiffe über den Himmel und verdeckten immer wieder die Sonne. Der Strand war abgesehen von ein paar Joggern, hartgesottenen Surfern und Kindern, die Drachen steigen ließen, leer. Justus schlenderte mit Brittany barfuß durch den Sand. Hin und wieder berührte das eisige Wasser seine Haut und spülte den Sand unter seinen Füßen fort.
Brittany hatte ihn unter Tränen angerufen. Sie wusste nicht mehr, was sie machen sollte. Justus hatte einen Spaziergang am Strand vorgeschlagen. Eigentlich hatte er vorgehabt, mit seiner Eröffnung so lange zu warten, bis sie die Bilder gefunden hatten. Doch Brittany war so verzweifelt gewesen, dass er es nicht mehr ausgehalten hatte. Er hatte ihr von seinen Plänen erzählt.
»Aber Justus! Diese Riesensumme …«
»Wir nehmen das Geld niemandem weg, Brittany! Wenn man es sich genau überlegt, gehört es sogar uns, schließlich hat Hugenay uns die Bilder gewissermaßen vererbt.«
»Du weißt, dass das nicht stimmt, Justus. Die Bilder sind immer noch Diebesgut. Und das werden sie auch bleiben. Ihr könnt sie nicht einfach verkaufen. Und überhaupt: an wen denn? Das ist doch ungeheuer gefährlich!«
»Da wird mir schon was einfallen.« Justus blieb stehen. »Brittany! Hörst du mir überhaupt zu? Ich habe eine Möglichkeit gefunden, das Geld für die Operation aufzutreiben! Du brauchst keine Angst mehr zu haben! Alles wird gut!«

Brittany sah ihn lange an. »Ich kann es einfach noch nicht ganz glauben«, sagte sie leise. Dann räusperte sie sich. »Was sagen denn deine Freunde dazu?«

»Die ... ach, die stehen voll hinter mir«, log Justus. »Mach dir keine Sorgen.«

»Aber noch habt ihr die Bilder nicht gefunden.«

»Das werden wir schon noch, keine Angst.«

Brittany fasste seine Hände. Ein heißer Schauer durchlief ihn.

»Du würdest das wirklich für mich tun, nicht wahr?«

»Was heißt, ich würde? Ich werde. Ja.«

Sie küsste ihn auf die Wange. »Du bist ein wunderbarer Mensch, Justus, aber ich kann das nicht annehmen.«

»Doch, du kannst.«

»Nein, ich kann nicht.«

»Doch, du kannst.« Und dann küsste er sie richtig.

Das Kloster

Es dauerte bis zum Wochenende, bis sich jemand aufgrund der E-Mail-Lawine meldete. Seit sie die Lawine gestartet hatten, rief Justus beinahe stündlich ihre Mails ab. Doch abgesehen von ein paar netten Grüßen – ohne Erfolg.

Samstagabend saßen die drei ??? in der Zentrale. Die dicke Luft war inzwischen verflogen. Justus hatte es tunlichst vermieden, das Thema Geld noch einmal anzuschneiden.

»Diese Warterei macht mich ganz verrückt«, stöhnte Peter und trommelte auf der Tischplatte herum. »Es ist jetzt schon achtundvierzig Stunden her, dass wir die Lawine gestartet haben. Da muss doch langsam mal was kommen!«

»Wenn wir Pech haben, dauert es noch bis nächste Woche«, meinte Bob düster. »Mal angenommen, die meisten Leute rufen nur einmal am Tag ihre Mails ab, dann ist die Lawine erst zwei Schritte weit gekommen. Drei mal fünf mal fünf mal fünf also. Das sind ... äh ...«

»Dreihundertfünfundsiebzig«, sagte Justus. »Aber die Rechnung geht nicht auf, denn wir haben nicht nur fünf Leuten gemailt, sondern allen, die wir kannten. Und zwar mit der Bitte, die Mail ebenfalls an alle, die in ihrem Adressbuch stehen, weiterzuleiten. Mit etwas Glück haben wir also schon ein paar Tausend Leute erreicht.«

Der Computer piepte. Eine elektronische Stimme sagte: »Sie haben Post!«, und auf dem Bildschirm schwenkte ein kleines Männchen fröhlich einen Briefumschlag.

»Treffer!«, rief Peter. »Das ist es, wetten?«

»Freu dich nicht zu früh, Zweiter.«
»Nein, ich hab's im Gefühl, da hat uns gerade jemand des Rätsels Lösung gemailt!«
Justus rief die Nachricht ab. »Von jemandem aus Glenview Valley. *Hallo drei ???, ich habe heute eure Mail bekommen und hoffe, ich kann euch helfen. Ich kenne das Gebäude. Ich fahre jeden Tag auf dem Weg zur Schule mit dem Fahrrad daran vorbei. Es gehört zur San Michael Mission, die hier im Valley liegt. Fragt mich aber nicht, was das für ein Haus ist. Sieht aus wie ein Geräteschuppen oder so. Bringt euch das was? Viele Grüße, Jordan.*«
»Ha!«, rief Peter. »Geräteschuppen! Hab ich doch gesagt!«
»Das war ein Volltreffer, Kollegen! Glenview! Das liegt hier gleich um die Ecke!« Justus sprang begeistert auf, ging zum Bücherregal und begann in einem dicken Wälzer zu blättern.
»*Die Geschichte Kaliforniens*?«, wunderte sich Peter. »Muss das jetzt sein? Ich dachte, wir fahren gleich hin.«
»Tun wir auch. Ich möchte nur bestmöglich informiert sein.«
Justus, der die Gabe eines fotografischen Gedächtnisses hatte, brauchte den Text nur zu überfliegen, um sich jedes Detail merken zu können. Schon nach kurzer Zeit schlug er das Buch zu und stellte es zurück in das Regal. »Können wir dann endlich?«

»Die Mission San Michael wurde 1782 von den Spaniern errichtet, um Kalifornien zu besiedeln und die einheimischen Indianer zum christlichen Glauben zu bekehren. Es gibt in Kalifornien eine ganze Straße von Missionsstationen, die meisten sind heute Touristenattraktionen, einige werden jedoch immer noch als Kloster geführt. San Michael gehört dazu. Die Mönche dort leben in den uralten Gebäuden, sofern sie nicht durch Erdbeben zerstört wurden. Wie zum Beispiel 1932, als ein Teil der Kirche bei einem Beben einstürzte.«

»Faszinierend, Justus«, stöhnte Peter. »Und was hat das mit Hugenays Vermächtnis zu tun?«

»Gar nichts. Aber ein bisschen Hintergrundwissen kann nie schaden, Zweiter, wann wirst du das endlich begreifen?«

Es war bereits dunkel, als die drei ??? über eine verlassene Landstraße durch die Berge Richtung Glenview Valley radelten. Der Mond war noch nicht aufgegangen, doch dafür glitzerten am Himmel tausend Sterne. Hier draußen, fern jeder größeren Stadt, strahlten sie besonders hell. In den Wiesen und Feldern am Wegesrand zirpten die Grillen.

Dann fuhren sie durch ein ausgedehntes Waldgebiet, es wurde schlagartig dunkel und still um sie herum.

»Vielleicht hätten wir doch besser bis morgen warten sollen«, sagte Peter. »Heute Nacht finden wir den Schatz bestimmt nicht mehr.«

»Und noch einen Tag nutzlos verstreichen lassen?«, fragte Justus. »Nein, es kann nicht schaden, sich bei Nacht ein bisschen umzusehen. Vielleicht finden wir etwas heraus, das uns bei Tage verborgen bleiben würde.«

Schließlich erreichten sie das Valley. Die Straße führte bergab und an ihrem Ende konnten sie die Lichter des kleinen Ortes Glenview sehen. Doch so weit mussten sie gar nicht fahren.

»Laut Karte liegt die Missionsstation an dieser Straße«, sagte Bob. »Kurz vor dem Ortseingang.«

Die drei ??? wären fast an dem kleinen Holzschild mit der Aufschrift *Mission San Michael* vorbeigefahren, das in der Dunkelheit kaum zu sehen war. Ein schmaler, ungeteerter Feldweg zweigte von der Straße ab und führte in die Dunkelheit.
»Wir lassen die Räder besser hier stehen«, sagte Justus und versteckte sein Fahrrad hinter einem Busch.
Gemeinsam gingen sie den stockdunklen Weg entlang, der durch ein frisch gemähtes Maisfeld führte.
»Hier würde nun wirklich niemand eine Sammlung millionenschwerer Gemälde vermuten«, flüsterte Peter. »Was für ein gottverlassener Ort!«
»Gottverlassen?«, wiederholte Bob. »Lass das bloß die Mönche nicht hören!«
Irgendwo in der Ferne bellte ein Hund. Sonst war es totenstill.
Peter fröstelte. »Unheimlich hier. Und wir haben nicht einmal Taschenlampen dabei. Das ist bestimmt ein göttliches Zeichen zur Umkehr, oder?«
»Blödsinn, Peter. Außerdem sind wir schon da!«
Im silbernen Sternenlicht tauchte plötzlich eine Mauer aus hellem Bruchstein vor ihnen auf, in die ein schmiedeeisernes, rostiges Tor eingelassen war. Die Mauer war zu hoch, um einen Blick drüberzuwerfen, doch durch die Gitterstäbe des Tores konnten die drei Detektive einige hell schimmernde Gebäude und weiter hinten einen kleinen Kirchturm ausmachen. Ein mit flachen Steinplatten ausgelegter Weg führte durch einen schön angelegten und gepflegten Garten. Doch nirgendwo brannte Licht und kein Laut war zu hören.
»Hattest du nicht gesagt, die Mission sei noch bewohnt, Jus-

tus?«, fragte Peter. »Für mich sieht das hier ziemlich verlassen aus. Keine Menschenseele zu sehen oder zu hören!«

»Was hast du erwartet? Fernseher und Radiomusik? Oder eine Grillparty auf dem Kirchhof? Das ist ein Kloster! Und Mönche gehen früh schlafen, wenn mich nicht alles täuscht. Dafür stehen sie mit der Sonne auch wieder auf. Verlassen ist San Michael bestimmt nicht. Sieh dir den Rasen an, der ist frisch gemäht.«

»Na schön. Aber was sollen wir jetzt hier? Willst du die Mönche etwa aus dem Bett klingeln? Hier ist nicht mal 'ne Klingel.«

Bob trat auf das Tor zu und drückte vorsichtig die quietschende Klinke herunter. »Abgeschlossen.«

»Vielleicht gibt es noch einen anderen Eingang«, überlegte Justus. Die drei ??? umrundeten die Anlage, doch die Steinmauer war lückenlos. Die Mission war wie eine kleine Festung.

»Wir kommen morgen wieder«, schlug Peter vor. »Ist doch nicht so schlimm.« Er wandte sich zum Gehen, doch Justus hielt ihn zurück.

»Nun warte doch mal! Willst du dich etwa von so einer kleinen Mauer abhalten lassen?«

»Just, das ist ein Kloster!«, erinnerte Bob.

»Na und?«

»Na und? Ich weiß nicht. Es ist … irgendwie nicht richtig, über eine Klostermauer zu klettern! Finde ich.«

»Ich sehe da kein Problem«, sagte Justus lakonisch. »Die Mönche schlafen und werden nichts mitkriegen. Und falls ihr den Zorn Gottes fürchtet, kann ich euch beruhigen: Wir tun es ja für einen guten Zweck. Er wird es uns nachsehen.« Da-

mit machte Justus sich daran, über die Mauer zu klettern. Es war nicht schwierig, zwischen den Bruchsteinen Halt zu finden, und er kam leichter hoch als erwartet. »Nun macht schon!«, raunte er, als er oben auf der Mauer stand. Dann sprang er auf der anderen Seite hinunter.
Bob und Peter sahen einander an. »Das ist mal wieder typisch.«
»Wir könnten einfach abhauen«, schlug Peter grinsend vor, doch Bob folgte dem Ersten Detektiv bereits. Wenig später war auch Peter auf der anderen Seite.
Der Klostergarten war voller blühender Blumen- und Gemüsebeete. Liebevoll war hier Pflanze für Pflanze gesetzt und gepflegt worden. Kleine Bewässerungsgräben schützten die Gewächse vor dem Austrocknen.
»Hoffentlich hat uns auf der Mauer niemand gesehen«, flüsterte Peter.
»Die schlafen alle, hab ich doch gesagt«, versicherte Justus und machte sich auf den Weg. Der Hauptweg durch den Garten führte direkt zur Kirche, die sich schwarz gegen den sternenübersäten Nachthimmel abhob. Rechts davon befand sich ein lang gestrecktes, flaches Haus, vermutlich der Wohntrakt. Und ringsherum im Garten verteilt gab es weitere Gebäude, eine kleine Kapelle, ehemalige Stallungen und –
»He!«, flüsterte Peter und wies auf den hellen Steinbau zu ihrer Rechten. »Kommt euch das nicht bekannt vor?« Blaue Schindeln bedeckten das Dach, aus dem ein winziges Türmchen ragte. Ein Holzkreuz hing über der alten, wettergegerbten Tür. »Das ist es, Kollegen!«
Sie schlichen durch den verlassenen Garten auf das Gebäude

zu. Dahinter war ein winziger Orangenhain gepflanzt, in dem ein kleiner Bewässerungsbrunnen stand. Genau wie auf dem Foto.

»Wir haben es gefunden!«, raunte Justus. »Los, wir gehen rein!« Er zog am Türgriff. Die schwere Eichentür war unverschlossen und schwang laut quietschend auf. Das Geräusch durchbrach die nächtliche Stille wie ein Kanonenschlag und hallte von der Steinmauer wider. Ein Vogel krächzte und flatterte auf. Die drei ??? erstarrten. Jetzt waren alle Mönche wach, daran bestand kein Zweifel!

Eine Minute lang bewegten sie sich nicht und wagten kaum zu atmen. Gebannt starrten sie zum Wohntrakt hinüber. Alle Fenster blieben dunkel.

»Das ist gerade noch mal gut gegangen«, flüsterte Bob schließlich.

Sie betraten das Gebäude. Es bestand aus einem einzigen Raum. Einem weitgehend leeren Raum. Durch die Tür und die schmalen Fenster fiel genug Licht, um die Gartengeräte zu erkennen, die an den Wänden hingen und in den Ecken standen. Ein paar Säcke Saaterde waren auf dem Boden gestapelt. Das war alles.

»Und wo ist jetzt der Schatz?«, flüsterte Peter, nachdem er sich einen Moment lang der Enttäuschung hingegeben hatte.

Justus wollte vorschlagen, das Häuschen zu durchsuchen. Doch da gab es gar nichts zu durchsuchen. Hier war nichts, das konnte man auf einen Blick sehen. Die Wände waren aus Stein, der Boden aus festgestampfter Erde und das Dach bestand aus vier dicken Holzbalken. Nicht einmal theoretisch gab es hier einen Platz, an dem man sechs wertvolle Gemälde verstecken konnte. Eine Weile suchten sie trotzdem danach, Bob sah unter den Säcken nach, doch im Grunde wussten sie, dass sie nichts finden würden. Niemand würde auf die Idee kommen, millionenschwere Ölbilder an einem so witterungsanfälligen Ort wie diesem zu verstecken.

»Das war wohl nichts«, seufzte Peter.

»Vielleicht gibt es bei Tag mehr zu sehen«, überlegte Justus. Alle wollten sich an diesen Hoffnungsschimmer klammern, doch niemand glaubte so recht daran, dass sie bei Tageslicht mehr finden würden als jetzt.

»Wir kommen morgen wieder«, beschloss der Erste Detektiv. Dann traten die drei den Rückzug an.

Justus ließ die Tür offen, um ein erneutes Quietschen zu vermeiden. Er bezweifelte, dass sich jemand darüber wundern würde. Sie gingen zurück zur Mauer und kletterten auf die andere Seite. Erst hier wagte Peter wieder in normaler Lautstärke zu sprechen: »Meinst du wirklich, wir haben morgen mehr Erfolg, Just?«

»Ich hoffe es«, antwortete der Erste Detektiv. »Sonst bin ich nämlich aufgeschmissen. Wenn wir morgen nicht –«

Weiter kam er nicht. Plötzlich schoss eine dunkle Gestalt aus dem Schatten der Mauer hervor und stürzte sich auf Justus. Sie packte den Ersten Detektiv, riss ihn herum und drehte seinen Arm auf den Rücken. Alles ging so schnell, dass Justus nicht einmal Gelegenheit hatte zu schreien, bevor er den kalten Lauf einer Pistole an der Schläfe spürte.

»Hab ich euch endlich, ihr Burschen!«, zischte der Mann. Seine Glatze leuchtete im Sternenlicht.

Geistlicher Beistand

»So, und nun raus mit der Sprache! Was hattet ihr mit Bregovic zu schaffen? Oder arbeitet ihr mit Hugenay zusammen? Hat er euch hierher geschickt?«

Die drei Detektive waren starr vor Schreck. Der Mann war so plötzlich aus der Dunkelheit aufgetaucht, dass ihnen keine Zeit zu reagieren geblieben war. Aber an einem bestand kein Zweifel: Es war der Glatzkopf aus dem Museum!

»Antwortet!«, zischte er und drückte die Waffe noch härter an Justus' Kopf. »Ihr wisst, wo die Bilder sind, nicht wahr? Sind sie hier bei den Mönchen?«

Niemand brachte ein Wort heraus.

»N... nein«, krächzte Justus schließlich.

»Du lügst«, knurrte der Mann. »Was hattet ihr sonst mitten in der Nacht in der Mission zu suchen?«

Justus' Gedanken rasten. Wer war dieser Mann? Was wollte er von ihnen? Was sollte er ihm sagen? Sicher war nur eins: Er war gefährlich! Und er war auf der Jagd nach den Bildern, hatte aber keine Ahnung, wo sie waren. Denn das Foto von dem Missionsgebäude hatte er nie zu Gesicht bekommen.

»Wir ... wir dachten, sie wären dort«, stammelte Justus schließlich. »Aber wir haben uns geirrt.«

»Lassen Sie ihn los!«, rief Peter plötzlich so laut er konnte.

»Halt's Maul!«

Doch der Zweite Detektiv dachte gar nicht daran. Die Mönche waren vielleicht nicht von einer quietschenden Tür aufgewacht. Bei lautstarkem Geschrei direkt vor ihrer Mauer aller-

dings ... »Sie sollen ihn loslassen! Wir wissen nichts von irgendwelchen Bildern!«
»Das ist eine Lüge! Ihr wisst, wo sie sind! Nicht wahr, Dicker? Sag es mir, oder soll ich abdrücken? Wo – sind – die – Bilder?«
»Sie sind ... in einer anderen Missionsstation versteckt.«
Durch das Tor sah Bob, dass im Schlaftrakt Lichter angingen.
»Die Mönche sind aufgewacht. Lassen Sie Justus los!«
»Wo?«
»He! Was ist denn da draußen los?«
»Hilfe!«, rief Peter. »Helfen Sie uns!«
Der Glatzkopf funkelte ihn an und entsicherte die Waffe mit einem scharfen Klicken. »Noch ein Wort und ... Ich frage jetzt zum letzten Mal, Dicker, und ich rate dir zu antworten, sonst war es das mit deinem Aufenthalt auf Erden! In welcher Missionsstation sind sie?«
»Pu... Purisima. In der Mission Purisima nördlich von Santa Barbara«, stotterte Justus. »Die Bilder sind unter dem Altar in der Kirche versteckt.«
Eilige Schritte näherten sich dem Tor. »Hallo? Ist da jemand? Hat hier jemand um Hilfe gerufen?«
»Kommt mir nicht noch einmal in die Quere!« Plötzlich ließ der Glatzkopf Justus los und lief davon.
»Wir müssen hinterher!«, rief Bob.
»Bist du verrückt? Der Typ ist gefährlich!«
Ehe sich die drei ??? entschließen konnten, den Glatzkopf zu verfolgen, war er schon in der Dunkelheit verschwunden. Kurz darauf heulte ein Motor an der Straße auf und ein Wagen fuhr davon. Dann war es still.
Plötzlich erschien jemand auf der anderen Seite des Tores. Ein

kleiner, schlanker Mann mittleren Alters mit braunem Haar und in eine Art Nachthemd gekleidet blickte verstört durch die Gitterstäbe und fragte: »Ist etwas passiert?«

»Wir ... ein Mann hat uns verfolgt«, berichtete Justus. Ihm zitterten die Knie. Plötzlich wurde er von der Angst überwältigt, die er bis eben noch bekämpft hatte. Sein Herz raste und er hatte das Gefühl, jeden Moment den Boden unter den Füßen zu verlieren. Wankend suchte er Halt an dem Stahltor.

»Ist euch etwas passiert?«, fragte der Mönch besorgt. »Was wollte er von euch?«

»Kein Ahnung«, log Justus. »Aber jetzt ist er ja weg.«

»Soll ich die Polizei rufen? Wollt ihr so lange reinkommen?«

»Nein, danke, wir kommen schon zurecht.«

»Aber vielleicht war der Mann gefährlich!«

»Das war er sogar ganz bestimmt«, antwortete Justus. »Aber wie schon gesagt: Er ist weg. Trotzdem danke, dass Sie ans Tor gekommen sind. Ich glaube, Sie haben ihn verjagt.«

Der Mönch nickte unsicher.

»Gute Nacht!«, sagte Justus, bevor der Mann auf die Idee kommen konnte, sie zu fragen, was sie mitten in der Nacht hier verloren hatten. Dann gingen die drei Detektive langsam zurück zur Straße.

»Meinst du, er ist wirklich weg?«, flüsterte Peter nach einigen Metern.

»Du hast den Wagen doch gehört. Er ist abgehauen.«

»Er muss uns schon eine ganze Weile auf der Spur sein«, überlegte Bob. »Seit unserer Begegnung im Museum haben wir ihn nicht mehr gesehen. Aber er uns. Oder haltet ihr es für einen Zufall, dass er hier aufgetaucht ist?«

»Nein«, sagte Justus. »Du hast wahrscheinlich Recht, Bob: Er ist uns gefolgt. Denn den fotografischen Hinweis vom Häuschen hat er ja nie in die Finger bekommen. Aber jetzt folgt er einer anderen Spur und ist wahrscheinlich schon auf dem Highway Richtung Norden.«

»Er fährt zu dieser anderen Missionsstation, nicht wahr?«, fragte Peter.

Justus nickte. »Purisima.«

»Aber woher wusstest du denn plötzlich, wo die Bilder versteckt sind, Just?«

Der Erste Detektiv verdrehte die Augen. »Meine Güte, Peter! Ich hab den Kerl doch nur weggelockt! Ich habe keine Ahnung, wo die Bilder sind.« Dann grinste er. »Aber Glatzkopf glaubt jetzt, sie seien unter irgendeinem Altar versteckt.«

»Mensch, klasse, Just!«, rief Peter. »Kein Wunder, dass er das geglaubt hat. Ich hab's auch getan.«

»Jedenfalls weißt du jetzt, warum es sich immer lohnt, informiert zu sein. Die Purisima-Mission gibt es nämlich wirklich, wie ich erst heute in der *Geschichte Kaliforniens* lesen durfte. Andernfalls wäre er sehr schnell dahinter gekommen, dass ich mir was ausgedacht habe. So jedoch ist er auf dem Weg dorthin.«

Sie erreichten die Fahrräder, stiegen auf und machten sich langsam auf den Heimweg. Diesmal waren sie besonders vorsichtig und blickten sich immer wieder um. Doch niemand folgte ihnen.

»Aber sag mal, Just«, meldete sich Bob zu Wort. »Wenn er sofort losgefahren ist, wird er in zwei Stunden in Santa Barbara sein. Und dann merkt er, dass du ihm nicht die Wahrheit gesagt hast. Schwups, wird er wieder hier auftauchen. Und dann möchte ich nicht in seiner Nähe sein.«

»Irrtum, Bob«, korrigierte Justus. »Ich sagte, die Station sei nördlich von Santa Barbara. Wie weit nördlich, darüber habe ich mich ausgeschwiegen. Er wird locker vier Stunden benötigen. Und dann geht bereits die Sonne auf. Tja, auch die Mönche in Purisima werden Frühaufsteher sein und pünktlich zum Sonnenaufgang mit der Morgenmesse beginnen. Und er wird wohl kaum vor ihren Augen an ihrem Altar herumfummeln. Unser Glatzkopf muss wohl oder übel bis zur nächsten Nacht warten.«

»Das heißt, wir haben noch einen Tag Zeit, die Bilder zu finden, bevor er wieder hier auftaucht.«

Justus nickte. »Einen Tag.«

Justus stolperte durch die Dunkelheit. Die Sonne war unter-, aber nicht wieder aufgegangen. Finsterste Nacht herrschte um ihn herum. Wo war er eigentlich? Er tappte völlig orientierungslos durchs Nichts, durch einen riesigen Raum, oder vielleicht war es auch ein freier Platz, er wusste es nicht. Er brauchte Licht! Licht!

Irgendwo musste eine Wand sein, ein Lichtschalter oder ein Fenster! Mit ausgestreckten Armen lief Justus immer weiter, stolperte, rappelte sich wieder hoch und lief, lief, lief in die Dunkelheit hinein.

Die Erkenntnis traf ihn wie ein Blitz. Es war nicht die Sonne, die untergegangen war. Und auch kein ausgeschaltetes Licht.

Er war blind.

Schlagartig erwachte er – und blickte in Brittanys Gesicht.

Einen Moment lang wusste er überhaupt nicht, wo er war. Dann sickerte die vertraute Umgebung seines Zimmers in sein Blickfeld. Er war zu Hause. In seinem Bett. Es war morgens. Und Brittany saß auf seiner Bettkante und sah ihn an. »Was ... was tust du denn hier?«

»Guten Morgen. Ich wollte dich wecken. Deine Tante hat mich reingelassen. Wir waren zum Frühstück verabredet, hast du das vergessen?«

Justus warf einen Blick auf die Uhr. »Schon elf?«, krächzte er. »Du meine Güte! Ich habe total verpennt.«

»Das habe ich gesehen.«

»Sitzt du schon lange hier?«

Sie schüttelte den Kopf. »Bin gerade erst reingekommen. Hast du schlecht geträumt?«

Justus nickte und setzte sich auf. Im gleichen Moment schoss ihm die bange Frage durch den Kopf, was für einen Schlafanzug er trug. Doch nicht etwa dieses braune Frotteeteil mit dem Bärchenmuster, das Tante Mathilda ihm vor Jahren zu Weihnachten geschenkt hatte? Er schickte ein Stoßgebet gen Himmel und blickte an sich hinunter. Blau-weiß gestreifte Baumwolle. Klassisch. Fast schon cool. Justus atmete auf. »Es ist wirklich spät geworden letzte Nacht.«

»Wo warst du denn?«

»Wir haben die Bilder gefunden.«

»Was?«

»Na ja, fast jedenfalls. Aber unsere Spur ist ganz heiß. Ich muss dir alles genau erzählen – beim Frühstück.«

Justus stand auf, sprang schnell unter die Dusche und zog sich an. Tante Mathilda war so nett gewesen, ihnen ein wunderbares Frühstück auf der Veranda zu machen. Fast schon ein wenig zu nett für Justus' Geschmack. Hoffentlich kam sie nicht alle fünf Minuten unter irgendeinem Vorwand raus, um die beiden zu belauschen.

»Also, was war nun gestern Abend?«, fragte Brittany wissbegierig und biss in ein Marmeladenbrötchen.

Justus erzählte ihr alles haarklein. Als er an die Stelle kam, wie er von dem Mann mit der Waffe bedroht wurde, vergaß Brittany zu kauen. Schließlich endete Justus mit den Worten: »Wir werden heute noch einmal zur Mission fahren und uns dort bei Tageslicht umsehen. Wenn schon nicht die Bilder selbst dort versteckt sind, muss es wenigstens irgendeinen Hinweis geben, der uns letzte Nacht entgangen ist.«

»Seid bloß vorsichtig!«, warnte Brittany. »Wenn dieser Typ von letzter Nacht noch mal auftaucht –«

»Der ist wahrscheinlich immer noch irgendwo bei Santa Barbara«, sagte Justus und grinste. Dann wurde er wieder ernst. »Brittany, wegen unseres Gesprächs am Strand: Ich habe nachgedacht.«

»Ich auch.«

»Du solltest dir die Sache wirklich noch mal genau überlegen.«

»Habe ich.«

»Weißt du, es sind nur Bilder. Es ist nur Geld. Dein Augenlicht aber ist unbezahlbar. Du solltest keine Skrupel haben, das Geld anzunehmen.«

»Ich weiß. Ich habe mir alles noch mal durch den Kopf gehen lassen. Ich mache es.«

»Was?«

»Ich nehme das Geld an. Du hast Recht. Ich will nicht erblinden. Ich … bin einfach zu jung für diesen Mist! Ich will die Welt sehen und mich nicht nur an sie erinnern. Und wenn das bedeutet, dass irgendwelche Millionäre ihre teuren Schinken nicht wiederbekommen – dann kriegen sie sie eben nicht wieder.«

»Ist das dein Ernst?«

»Absolut.«

Justus strahlte. »Wenn das so ist, haben wir noch weniger Zeit zu verlieren. Ich treffe mich gleich nach dem Mittagessen mit Bob und Peter. Dann fahren wir zusammen ins Glenview Valley. Wir werden die Bilder finden, Brittany. Heute! Hast du heute Abend schon was vor? Ich denke, wir werden was zu feiern haben.«

»Freu dich nicht zu früh«, warnte sie. »Noch hast du sie nicht gefunden.«

Doch Justus winkte ab. »Das ist nur noch eine Frage der Zeit. Versprochen.«

Abbild und Wirklichkeit

Am Tage war das Grundstück der Mission überhaupt nicht mehr unheimlich, dafür umso schöner. Der prachtvolle Garten war von unzähligen bunten Schmetterlingen bevölkert, die Gebäude wirkten frisch gestrichen, so strahlend weiß leuchteten sie in der Sonne. Zwei oder drei Mönche in braunen Kutten arbeiteten im Garten, ansonsten war das Grundstück verlassen.

Die drei ??? traten durch das nun offen stehende Tor. Einer der Mönche blickte auf und kam auf sie zu. »Seid ihr nicht die drei Jungen von gestern Nacht?«

Nun erkannten sie ihn wieder: Es war der Mann, der am Tor gestanden hatte.

»Ja, sind wir. Verzeihen Sie, dass wir hier einfach so eindringen. Aber es gibt keine Klingel oder dergleichen. Mein Name ist Justus Jonas und das sind meine Freunde Bob Andrews und Peter Shaw.«

»Angenehm. Ich bin Bruder Raphael. Wie kann ich euch helfen?«

»Wir wollten uns noch einmal bei Ihnen bedanken, dass Sie uns gestern gerettet haben.«

»Gern geschehen. Es war meine christliche Pflicht, einem Hilferuf zu folgen.«

Justus räusperte sich. »Nun ja, das ist noch nicht alles. Wir ... ich ... wie soll ich sagen ...«

»Justus möchte sagen, dass er Ihnen gestern Nacht nicht ganz die Wahrheit gesagt hat«, kam Peter zu Hilfe. »Wir waren nämlich nicht zufällig hier. Wir sind über die Mauer geklettert und waren auf Ihrem Grundstück. Deshalb hat der Mann uns bedroht.«

Justus warf Peter einen bösen Blick zu, während Bruder Raphael ihn überrascht ansah. »Ich verstehe nicht ganz.«

»Es ist so: Irgendwo auf diesem Grundstück sind sechs sehr, sehr wertvolle Gemälde versteckt und wir sind auf der Suche nach ihnen. Der Mann von gestern Nacht auch. Wahrscheinlich sind sie irgendwo in diesem Häuschen dahinten. Obwohl wir sie dort gestern nicht gefunden haben.«

»In unserem Vorratshaus sollen Bilder sein, habe ich das richtig verstanden?« Der Mönch lächelte unsicher. »Früher wurde dort das Getreide gelagert. Dass es auch mal als Galerie genutzt wurde, ist mir neu. Und was soll das heißen, ihr habt dort gestern nichts gefunden?«

Justus seufzte. »Wenn Sie einen Moment Zeit haben, erzählen wir Ihnen die wichtigsten Fakten.«

»Ich bitte darum. Setzen wir uns doch auf die Bank dort!«

Die drei ??? und Bruder Raphael nahmen auf einer Steinbank Platz. Abwechselnd berichteten die drei Jungen dem Geistlichen, was es mit den Bildern und dem Vorratshaus auf sich hatte. Er hörte fasziniert zu und wollte alles genau wissen. Immer wieder stellte er Fragen und ging dabei so sehr ins Detail, dass der Bericht, den Justus ursprünglich so kurz wie möglich halten wollte, länger und länger wurde. Doch der Erste Detektiv hatte Skrupel, etwas zu verschweigen, schließlich hatte er einen Mönch vor sich. Es endete damit, dass Bruder Raphael über jede Einzelheit des Falles bestens informiert war. Die Sonne stand schon tief und warf lange Schatten, als er schließlich sagte:

»Ich bin fasziniert. Eine richtige Kriminalgeschichte innerhalb der Mauern unseres Klosters! Wer hätte gedacht, dass ich noch einmal in die Fußstapfen von Pater Brown und William von Baskerville treten würde. Doch so aufregend ich diese Geschichte auch finde: Ich kann mir kaum vorstellen, dass ihr hier in San Michael wirklich auf der richtigen Spur seid. Ich lebe seit fünfundzwanzig Jahren in diesem Orden und mir ist nie jemand mit dem Namen Hugenay begegnet. Und das Vorratshaus kenne ich wie meine Westentasche. Wenn es dort irgendetwas außer unseren Gartengeräten gäbe, dann wüsste ich es, glaubt mir.«

»Dürfen wir es uns vielleicht trotzdem noch mal ansehen?«, bat Justus, erleichtert, endlich auf den Punkt kommen zu können.

»Sicher, wenn es euch Spaß macht. Ich lasse mich gern überraschen, falls ihr doch etwas finden solltet.«

Die kleine Glocke der Klosterkirche läutete.

»Die Abendandacht«, erklärte Bruder Raphael. »Ich muss gehen. Schaut euch nur in aller Ruhe um. Ich werde in einer Stunde noch einmal nach euch sehen.« Er stand auf und betrat mit den anderen Mönchen, die nun zusammenströmten, die Kirche. Zwei Minuten später endete das Geläut und leiser Chorgesang drang durch die dicken Mauern der Kapelle. Der Garten war verlassen, die drei ??? waren allein.

»Das wurde auch Zeit«, stöhnte Bob. »Der fand ja gar kein Ende!«

»Kommt, Kollegen, wäre doch gelacht, wenn wir nicht doch etwas finden würden!«

Sie betraten das Häuschen und machten sich sogleich an die

Arbeit. Peter kletterte auf eine Leiter und untersuchte jeden Zentimeter des Daches, Justus klopfte jeden einzelnen Stein der Wand ab und Bob kroch auf dem Boden herum. Doch das Häuschen war klein und so hatten sie bereits nach zwanzig Minuten jeden Quadratzentimeter aufs Genaueste unter die Lupe genommen – ergebnislos. Dann begaben sie sich nach draußen und untersuchten die Außenwand und den umliegenden Boden. Peter kletterte aufs Dach und sah unter die Schindeln. Sie fanden nicht den kleinsten Hinweis auf Hugenays Vermächtnis.

»Das gibt es doch nicht!«, rief Bob frustriert, als sie sich erschöpft und mit staubiger Kleidung auf der Steinbank niederließen und zu den ersten am blauen Abendhimmel aufblitzenden Sternen hinaufsahen. »Nichts! Absolut nichts! Dabei waren wir uns so sicher! Das ist das Gebäude auf dem Foto, daran gibt es keinen Zweifel. Was haben wir falsch gemacht, Just?«

Der Erste Detektiv knetete schon seit einer Weile seine Unterlippe. »Das Vorratshaus ist das Gebäude auf dem Foto, da hast du ganz Recht, Bob. Aber …«

»Was aber?«

»Aber möglicherweise geht es gar nicht um das Gebäude.«

»Sondern?«, fragte Peter.

»Bisher hatten wir es bei diesem Rätsel immer mit Bildern zu tun. Mit Abbildungen realer Dinge. Warum, meint ihr, sollte plötzlich das Gebäude wichtig sein?«

»Ich versteh nur Bahnhof, Just«, gestand Peter. »Was meinst du?«

»Ich meine, dass der Hinweis mit dem Foto sich vielleicht gar nicht auf das Vorratshaus im Klostergarten bezog, sondern auf ein Bild des Vorratshauses im Klostergarten!«

»Das kann nicht dein Ernst sein! Ein Bild des Häuschens? Darum ging es die ganze Zeit? Dann sind die Gemälde gar nicht hier versteckt, sondern es ist nur eine weitere Etappe des Rätsels?«

»Es ist nur eine Theorie. Aber im Moment scheint mir das am wahrscheinlichsten.«

Peter schlug sich mit der flachen Hand gegen die Stirn. »Ein Bild! Na, toll! Dann war der ganze Ärger hier im Kloster ja umsonst! Wir können wieder von vorne anfangen! Kann mir mal jemand sagen, wie um alles in der Welt wir dieses Bild finden sollen? Wann wurde dieses Kloster gebaut, Just? 1780?«

»1782.«

»Super. Das sind mehr als zweihundert Jahre, in denen irgendjemand ein Bild von diesem Haus gemalt haben könnte. Das kann sonst wo auf der Welt sein! Das finden wir nie.«

»Das würde ich nicht unbedingt sagen.«

Die Glocke der Klosterkirche läutete zum zweiten Mal an diesem Abend. Die Abendmesse war zu Ende. Die Mönche verließen die Kirche und kehrten in den Wohntrakt des Klosters zurück. Nur Bruder Raphael löste sich aus der Gruppe und kam zu ihnen herüber.

»Und? Habt ihr was gefunden?«

»Leider nicht«, gestand Bob. »Justus hat gerade herausgefunden, dass wir auf dem Holzweg waren. Wir suchen gar nicht nach diesem Häuschen. Sondern nach einem Bild des Häuschens.«

»Bruder Raphael«, begann Justus, »wissen Sie zufällig, ob

das Vorratshaus irgendwann einmal als Motiv für ein berühmtes Gemälde gedient hat?«

»Für ein Gemälde? Nein, nicht dass ich wüsste. Nun ja, manchmal kommen Besucher mit ihren Aquarellblöcken in unseren schönen Garten und malen die Kirche. Aber ich habe nie davon gehört, dass einmal ein berühmter Maler dabei gewesen wäre.«

»Nun ja, das Bild muss nicht zwangsläufig berühmt sein.«

»Nicht berühmt, Just?«, fragte Bob. »Aber dann haben wir erst recht keine Chance, es zu finden. Wenn es irgendein Kunststudent aus Los Angeles gemalt hat, wie sollen wir dann jemals imstande sein, es aufzutreiben? Willst du noch einmal die Telefon... äh, E-Mail-Lawine einsetzen? Meinst du, das funktioniert?«

Justus schüttelte den Kopf. »Nein. Vielleicht müssen wir gar nicht so weit gehen. Vielleicht reicht es, wenn wir uns hier vor Ort umsehen. Bruder Raphael, von all den Leuten mit den Aquarellblöcken: Erinnern Sie sich vielleicht an jemanden, der speziell das Vorratshäuschen gemalt hat? Und nur das, nichts anderes? Im Vergleich zur Kirche ist es ja recht unscheinbar. Das wäre Ihnen vielleicht aufgefallen.«

Der Geistliche überlegte. Dann schüttelte er langsam den Kopf. »Nein. Aber mir fällt etwas anderes ein: Es gibt ein Gemälde vom Vorratshaus. Es hängt im Kloster in einem Flur.«

Die drei ??? wurden hellhörig. »Tatsächlich?«

»Ja. Ein ehemaliger Klosterbewohner hat es gemalt.«

»Ein ... äh ... Mönch?«

»Nein, Peter. Ein Gast. Manchmal kommt es vor, dass Menschen zu uns kommen, die Zuflucht suchen.«

»Zuflucht? Wovor?«
»Vor der Welt, vor den Menschen ... meistens vor sich selbst. Sie brauchen einen Ort des Friedens und der Erholung, um ihre eigene innere Ruhe wiederzufinden. Sie können hier wohnen, essen, schlafen und so lange bleiben, wie sie wollen. Für die meisten sind ein paar Wochen im Kloster eine heilsame Erfahrung. Dieser Gast blieb sogar ein halbes Jahr. Er hat viel gemalt. Seine Bilder hat er uns als Dank für unsere Gastfreundschaft geschenkt.«
Justus runzelte die Stirn. »Können Sie uns sagen, wann das war?«
»Das ist schon einige Zeit her. Ich schätze acht Jahre ... oder neun.«
»Vor acht oder neun Jahren wurden die sechs vermissten Gemälde gestohlen!«, bemerkte Bob.
»Können wir die Bilder bitte mal sehen?«, fragte Justus.
»Aber selbstverständlich. Kommt mit!«
Bruder Raphael führte sie zum lang gestreckten Hauptgebäude des Klosters. Sie traten durch einen Säulengang ins Innere. Ein langer Flur mit vielen hölzernen Türen schloss sich an. Die Wände, der Boden und die Decke waren ganz aus Stein. Keiner der anderen Mönche war zu sehen. Sie stiegen eine Treppe hoch und betraten einen zweiten Gang. Hier hingen die Bilder an der Wand. Es waren fast zwei Dutzend, die meisten recht groß. Sie steckten in schmucklosen Holzrahmen. Alle Bilder waren in Öl gemalt und zeigten verschiedene Ansichten des Klosters, der Kirche und des Gartens.
»Schön«, fand Peter.
»Ja. Sie haben uns allen sehr gefallen. Das Malen ist eine Gabe

Gottes. Daher entschieden wir uns, die Bilder aufzuhängen, obwohl wir sonst auf jeglichen Raumschmuck verzichten.«

»Seht mal! Da ist das Bild!«, rief Bob. Seine Stimme hallte in dem steinernen Gang wider und Bob bereute es sogleich, so laut gewesen zu sein. Das gehörte sich nicht in einem Kloster.

»Ja, das ist es. Hübsch, nicht wahr?«

Das Gemälde zeigte das Vorratshaus im Sonnenschein. Die Blätter der umstehenden Orangenbäume warfen ein schönes Schattenmuster auf die Wand. Die Dachpfannen leuchteten in einem tiefen Blau. Genau wie in der Realität.

»Fällt euch was auf, Kollegen?«, fragte Justus.

Peter schüttelte langsam den Kopf. »Uns sollte aber etwas auffallen, nicht wahr? Immerhin ist dieses Bild vermutlich des Rätsels Lösung. Aber ich sehe ... nur das Vorratshaus. Mehr nicht.«

»Achtet auf die Perspektive!«

»Stimmt!«, rief Bob. »Jetzt fällt es mir auch auf! Es ist haargenau die gleiche wie auf dem Foto, richtig?«

»Genau, Bob. Zu dumm, dass wir es nicht mitgenommen haben. Ich würde fast wetten, dass das Bild eher von diesem Foto abgemalt wurde als von der Realität. Hat der Maler dieses Bildes auch fotografiert, Bruder Raphael?«

»Oh ja, manchmal. Mr Bregovic ging hin und wieder mit seiner Kamera in den Garten, um die Schmetterlinge zu fotografieren.«

Justus zuckte zusammen. »Wie bitte?«

»Die Schmetterlinge. Warum siehst du mich denn so an? Ist das so etwas Besonderes?«

»Nein, ich meine den Namen, den Sie gerade erwähnten. Wie hieß dieser Gast?«

»Samuel Bregovic. Wieso? Kennt ihr ihn etwa?«

Der Erste Detektiv schüttelte langsam den Kopf. »Nein. Aber es ist genau der Name, den der unbekannte Glatzkopf gestern Nacht erwähnte.«

Das Justus-Jonas-Syndrom

»Du hast Recht, Just!«, rief Peter. »Was sagte er noch mal? *Was habt ihr mit Bregovic zu schaffen?* oder so ähnlich. Das hatte ich ganz vergessen.«

»Was hat das zu bedeuten, Just?« Bob, Peter und Bruder Raphael sahen ihn erwartungsvoll an.

Justus zupfte an seiner Unterlippe. »Lasst uns das Ganze mal überdenken. Vor acht Jahren werden sechs wertvolle Gemälde von Victor Hugenay gestohlen und versteckt. Etwa zur gleichen Zeit taucht ein gewisser Samuel Bregovic im Kloster San Michael auf, bleibt für ein halbes Jahr und malt in dieser Zeit Bilder von der Missionsstation. Acht Jahre später stirbt Hugenay bei einem Bergsteigerunfall. Sein Vermächtnis an uns besteht aus einer Reihe von Rätseln, die uns schließlich hierher führen und bei denen eines der Bilder von Bregovic eine nicht unerhebliche Rolle zu spielen scheint – wobei wir noch nicht genau wissen, welche.«

»Klingt ziemlich verworren, finde ich«, sagte Peter.

»Auf den ersten Blick ja. Es sei denn …«

»Es sei denn?«

»Man stellt folgende Theorie auf: Hugenay stiehlt die Bilder und muss sich vor der Polizei verstecken. Er flieht nach Kalifornien und taucht im Kloster San Michael unter, und zwar unter falschem Namen: Samuel Bregovic. Er bleibt so lange hier, bis Gras über die Sache gewachsen ist. Doch er ahnt, dass er die Bilder nicht so schnell zu Geld machen kann. Also versteckt er sie an einem Ort, der so sicher ist, dass die Polizei ein halbes Jahr lang nicht auf die Idee kam, ihn dort zu suchen: nämlich hier in der Mission! Und für den Fall der Fälle, dass er die Gemälde zu Lebzeiten nicht mehr zurückholen kann, verschlüsselt er den Weg zu ihrem Versteck. Damals wusste er noch nicht genau, für wen er das tut. Bis er uns traf.«

»Beeindruckend, Justus«, sagte Bruder Raphael anerkennend. »So könnte es wirklich gewesen sein – Hugenay und Bregovic sind identisch! Dann haben wir monatelang einen Meisterdieb bei uns beherbergt. Wie aufregend! Sündhaft und gottlos, aber aufregend!«

Auch Peter war begeistert, doch Bob ließ sich von der Euphorie nicht anstecken. »Es klingt faszinierend logisch, Just, aber es kann trotzdem nicht stimmen.«

»Wieso nicht?«

»Weil der Glatzkopf noch etwas anderes sagte. Erinnert ihr euch? Er sagte: *Was habt ihr mit Bregovic zu schaffen? Oder gehört ihr zu Hugenay?* So ähnlich zumindest. Das bedeutet, dass die beiden doch zwei verschiedene Personen sind. Bruder Raphael, können Sie sich erinnern, wie Mr Bregovic aussah? War er groß, schlank und dunkelhaarig?«

Der Mönch schüttelte den Kopf. »Eher das genaue Gegenteil: klein, füllig und blond.«

»Siehst du«, sagte Bob.

Justus ließ enttäuscht die Schultern hängen. »Du hast Recht, Bob. Mist, es hätte so gut zusammengepasst. Und ich bin mir sicher, dass trotzdem ein Funken Wahrheit in meiner Theorie ist. Wir sind ganz nahe dran, das Geheimnis um Hugenay, Bregovic, den Glatzkopf und die Bilder zu lüften, Kollegen, das spüre ich! Uns fehlt nur noch ein winziges Puzzleteil!«

»Wie wäre es mit den Bildern selbst?«, schlug Peter vor. »Ehrlich gesagt: Wenn wir die finden, ist mir der Rest ziemlich egal. Wir haben jetzt das Bild vom Vorratshaus. Und? Was fangen wir damit an?«
Justus strich mit den Fingern leicht über die Leinwand. Die trockene Farbe fühlte sich rau an. »Darf ich das Bild mal abnehmen?«
»Aber selbstverständlich.«
Der Erste Detektiv nahm es von der Wand und drehte es um. Nichts Auffälliges. Er betrachtete es von allen Seiten.
»Was suchst du denn, Just?«, fragte Peter.
»Ich weiß es selbst nicht genau. Irgendein Rätsel muss in diesem Bild versteckt sein. Das war bis jetzt immer so. Und jedes Mal auf eine andere Weise. Vielleicht müssen wir dieses Bild sehr, sehr sorgfältig untersuchen, in unserem Kriminallabor.«
»Ihr habt ein Labor?«, staunte der Mönch.
»Ja, in unserer Zentrale in Rocky Beach. Ich habe eine Bitte an Sie: Dürften wir das Bild dorthin mitnehmen und einer genauen Untersuchung unterziehen? Ich weiß noch nicht genau, was dabei herauskommen wird, aber ich bin sicher, in diesem Bild steckt ein Geheimnis!«
»Solange es keinen Schaden nimmt.«
»Wir werden vorsichtig sein, das verspreche ich.«
»Na schön.« Bruder Raphael nickte.
»Dann werden wir jetzt gehen.«
»Aber ihr kommt doch wieder, sobald ihr etwas herausgefunden habt, nicht wahr? Es muss ja nicht unbedingt mitten in der Nacht sein. Aber ich brenne darauf, zu erfahren, was es mit dem Bild auf sich hat! Meine Brüder werden begeistert sein!«

»Machen wir!«

Bruder Raphael begleitete sie nach draußen und führte sie durch den inzwischen dunklen Garten bis zum Tor, das er hinter ihnen schloss. »Gute Nacht.«

Justus lachte auf. »Gut wird sie nur, wenn wir im Labor etwas herausfinden. An Schlaf ist jedenfalls erst mal nicht zu denken.«

»Ich werde euch in mein Gebet einschließen«, versprach Bruder Raphael.

»Das kann nie schaden«, sagte Peter. Sie verabschiedeten sich, stiegen auf ihre Räder und fuhren zurück Richtung Rocky Beach.

»Ein netter Mann«, fand Peter. »Ich wusste gar nicht, dass Mönche sich für Krimis interessieren. Sagt mal, wer sind eigentlich Pater Brown und William von Bakersville?«

»Baskerville«, korrigierte Justus. »Romanfiguren. Geistliche, die Morde aufgeklärt haben. Was die Morde angeht, so hoffe ich, dass Bruder Raphael sich nicht in diese Gesellschaft einreihen wird.«

»Das hoffe ich allerdings auch.«

Die Rückfahrt nach Rocky Beach dauerte eine halbe Stunde – im Justus-Modus, wie Peter spöttisch bemerkte. Er selbst hätte es natürlich in der Hälfte der Zeit geschafft.

Sie betraten die Zentrale, gingen in ihr kleines Labor, räumten den Tisch frei und legten das Bild darauf. Dann schaltete Justus den Deckenstrahler ein und richtete ihn auf das Gemälde. »Die Operation kann beginnen.« Plötzlich stutzte er.

»Was ist denn, Just? Hast du dein Skalpell vergessen?«

Der Erste Detektiv starrte sprachlos auf das Bild.

»Just? Geht's dir nicht gut?«
Er lief aus dem Labor zum Schreibtisch.
»Justus!«, rief Bob. »Was hast du denn?«
Peter verdrehte die Augen. »Da ist es wieder.«
»Was?«
»Das Justus-Jonas-Syndrom. Dieses Ich-habe-einen-Geistesblitz-verrat-ihn-euch-aber-nicht-um-euch-in-den-Wahnsinn-zu-treiben-Getue. Und er schafft es jedes Mal. Er macht mich wahnsinnig. Justus!«, brüllte Peter.
Der Erste Detektiv kehrte aufgeregt zurück. In der Hand hielt er das Foto vom Vorratshaus. »Wir müssen zurück!«
»Wie bitte? Zurück zum Kloster?«
»Ja!«
»Aber warum, zum Teufel? Ich meine, zur Hölle. Ich meine ... äh ... gottverdammt, was darf man denn sagen, wenn es um ein Kloster geht?«
»*Gottverdammt* bestimmt nicht.«
»Gibt es auch Flüche, die nicht blamephisch ... blasephisch ... gotteslästerlich sind?«
»Hm, vielleicht *Mist*?«
»Hört auf mit dem Quatsch!«, unterbrach Justus sie unwirsch. »Habt ihr nicht gehört, was ich gesagt habe? Wir müssen zurück!«
»Erst wenn du uns verrätst, was du nun wieder in den Tiefen deiner Gehirnwindungen entdeckt hast.«
»Gar nichts. Es lag die ganze Zeit offen vor uns. Wir haben es nur nicht gesehen.«
»Was, Justus?«
»Des Rätsels Lösung! Das Versteck der Bilder!«

»Und wo, bitte schön, ist es?«
Doch Justus hatte sich bereits umgedreht und nach seinem Rucksack gegriffen. Eilig packte er ein paar Sachen zusammen.
»Siehst du, Bob«, stöhnte Peter. »Das meine ich.«
Bob beobachtete, wie Justus ein paar Meter Seil einsteckte.
»Ein Seil, Justus? Wozu brauchen wir denn ein Seil?«
»Das werdet ihr dann schon sehen. Beeilt euch! Und nehmt das Bild mit! Und vergesst eure Taschenlampen nicht!«
Es hatte keinen Zweck. Justus würde ihnen nicht sagen, was er entdeckt hatte, bevor sie nicht an Ort und Stelle waren. Bob und Peter steckten ihre Taschenlampen ein, Peter klemmte sich das Bild unter den Arm und sie stiegen wieder auf ihre Räder.
Auf der Rückfahrt trat Justus in die Pedale. Sie schafften den Weg nach Glenview Valley in gut zwanzig Minuten. Doch als sie die Klostermauern erreichten, brannte hinter keinem der Fenster mehr Licht.
»Die schlafen alle schon wieder«, stellte Peter fest. »Unfassbar. Haben die keinen Fernseher?«
»Mönche haben keinen Fernseher, Peter.«
»Warum denn nicht?«
»Weil sie Mönche sind.«
Die drei ??? kletterten über die Mauer und schlichen über das nächtliche Klostergelände. Diesmal schien der Mond und tauchte den Garten in gespenstisches silbriges Licht. Kein Lüftchen wehte und so sahen die Bäume und Sträucher aus wie zu Stein erstarrt. Schließlich blieb Justus stehen und blickte hinüber zum Vorratshaus.
»Von hier aus muss Bregovic damals das Foto geschossen ha-

ben.« Er holte das Bild aus der Tasche und verglich es mit der Realität. »Ja. Genau hier hat er gestanden.«

»Und?«, fragte Peter. »Was sagt uns das jetzt?«

»Zeig mal das Gemälde, Peter.«

Der Zweite Detektiv hielt das Bild in die Höhe. Darauf war heller Sonnenschein, jetzt herrschte Nacht. Aber abgesehen von den Lichtverhältnissen stimmte alles überein – bis auf eine Kleinigkeit.

»He! Er hat den Brunnen hinter dem Haus vergessen.«

»Exakt, Bob. Vergleicht das Bild genau mit dem, was ihr seht! Bregovic hat an alles gedacht. Die Anzahl der Holzbohlen, aus denen die Tür besteht, stimmt. Die Äste der Orangenbäume zeigen in die richtige Richtung. Er hat jeden einzelnen blauen Dachziegel genau so gemalt, wie er ihn gesehen hat.«

»Du hast Recht, Just. Alles ist ganz exakt abgemalt. Nur den Brunnen hat er vergessen.«

»Nicht vergessen, Peter. Weggelassen. Als letzten Hinweis für denjenigen, der das Rätsel lösen will. Es ist genau wie in Hugenays Brief: Wir mussten die Namen der Bilder in seinem Brief mit den echten Namen vergleichen. Rosenräuber – Rosenritter. Die Diskrepanz zwischen Behauptung und Realität führte uns zur Lösung. Jetzt stehen wir wieder vor der gleichen Situation: Das Bild behauptet, es gäbe gar keinen Brunnen. Aber die Realität belehrt uns eines Besseren. Fazit: Der Brunnen ist die Lösung.«

»Die Bilder sind im Brunnen!«, rief Peter. »Genial, Justus!«

»Schhh!«, zischte Bob. »Nicht so laut, Peter!«

Doch der Zweite Detektiv hörte ihn schon gar nicht mehr. Im Eilschritt war er zum Brunnen gelaufen und warf einen Blick

hinein. Justus und Bob folgten ihm. Der Brunnen war aus Stein gemauert und überdacht. Ein Holzeimer zum Runterlassen stand auf seinem Rand.
»Und?«, fragte Justus. »Ist was drin?«
»Man sieht überhaupt nichts. Reich mir mal die Taschenlampe, Bob!«
Bob kramte in seinem Rucksack herum – und hielt inne. »Habt ihr auch was gehört?«, flüsterte er.
Alle erstarrten zur Salzsäule und lauschten. Erst hörten sie nichts. Doch dann – Schritte! Langsame, vorsichtige Schritte. Sie kamen näher.
Dann tauchte ein Schatten zwischen den Orangenbäumen auf. Blitzschnell duckten sich die drei Detektive hinter den Brunnen. Hatte die Gestalt sie gesehen?
Der Schatten kam näher, immer näher. Er ging auf das Vorratshaus zu und blieb stehen. Dann umrundete er es – und trat direkt auf den Brunnen zu!

Abwärts

Bob spannte sich zum Sprung. Wenn das Glatzkopf war, dann gab es nur eine Möglichkeit: Sie mussten ihn überwältigen, solange er sie noch nicht bemerkt hatte. Das war ihre einzige Chance. Der Kerl war bewaffnet. Wenn er sie entdeckte …

Der Mann kam näher, näher …

Plötzlich stand Justus einfach auf und trat aus der Deckung des Brunnens hervor. »Bruder Raphael!«

Der Mönch tat einen kleinen Schrei und sprang einen halben Meter zurück. »Justus!«

»Was machen Sie denn hier?«

Bruder Raphael griff sich keuchend an die Brust und bekreuzigte sich. Es dauerte einen Moment, bis er sich beruhigt hatte. »Meine Güte, habt ihr mich erschreckt! Was ich hier tue? Ich lebe hier! Ich musste viel über euren Besuch heute nachdenken und konnte nicht schlafen. Deshalb bin ich in den Garten gegangen, wie ich es manchmal tue. Was, im Namen aller Heiligen, tut ihr hier mitten in der Nacht?«

»Im Namen aller Heiligen!«, rief Peter begeistert. »Das ist zwar nicht gerade ein richtiger Fluch, aber man kann es statt *zum Teufel* sagen und es ist nicht gotteslästerlich!«

»Wie bitte?«

»Hören Sie einfach nicht hin, Bruder Raphael«, riet Justus und klärte den Geistlichen über ihre neuesten Erkenntnisse und den Grund ihres Besuches auf.

»Der Brunnen«, sagte dieser schließlich fassungslos. »Das wäre wirklich möglich! Ihr müsst nämlich wissen, das ist nur ein Zierbrunnen. Als die Missionsstation vor über zweihundert Jahren gebaut wurde, führte er noch Wasser, doch er ist seit mindestens hundert Jahren ausgetrocknet. Der Orden hat ihn nur deshalb stehen gelassen, weil er so schön aussieht.«

»Ein trockener Brunnen ist wirklich ein erstklassiges Versteck für empfindliche Gemälde«, sagte Justus. »Sie sind geschützt und trotzdem würde niemand auf den Gedanken kommen, sie dort zu suchen. Leuchte mal in den Schacht, Bob!«

Bob beugte sich vor und hielt die Taschenlampe nach unten. »Der Brunnen ist nicht tief. Vielleicht fünf Meter. Da unten liegt ein bisschen Laub, das ist alles.«

»Als er versiegt war, wurde er wahrscheinlich aufgeschüttet, damit sich niemand zu Tode stürzt«, vermutete Bruder Raphael.

»Wir müssen runter«, sagte Justus entschlossen und begann sogleich, das mitgebrachte Seil am Brunnendach zu befestigen.

»Ihr ... ihr wollt da ... runter?«, fragte der Mönch.

»Selbstverständlich. Wenn wir die Bilder finden wollen, bleibt uns wohl keine andere Wahl.«

Bruder Raphael blickte von einem zum anderen. »Ich komme mit!«, entschied er.

»Sind Sie sicher? Es könnte –«

»Ja«, erklärte er. »Ich bin sicher. Von so was habe ich schon als Kind geträumt! Und wenn es mir damals passiert wäre, wäre ich vielleicht niemals Mönch geworden, sondern Schatzsucher!« Er blickte zum Himmel und bekreuzigte sich schnell. »Vergib mir, allmächtiger Vater!«

Justus lächelte. »Na schön, kommen Sie mit. Ich mache den Anfang!« Er schwang sein Bein über die Brunnenmauer, such-

te festen Halt am Seil und ließ sich schließlich langsam nach unten.
Absolute Schwärze empfing ihn, in der nur der Strahl von Bobs Taschenlampe umhertanzte. Es war kalt hier unten. Und es roch modrig. Dann erreichte Justus den Grund. Seine Füße berührten knisterndes Laub. »Wirf mir deine Lampe runter, Bob!« Justus fing die Taschenlampe geschickt auf und während er sich umsah, kletterte Bob ihm hinterher. Dann folgten Bruder Raphael und schließlich Peter. Als alle vier am Grund des Brunnens standen, war es so eng, dass sie sich gerade um die eigene Achse drehen konnten, ohne einander oder die gemauerte Wand zu berühren. Alle leuchteten den Boden und die Wände ab.
»Ganz schön eklig hier unten«, fand Peter und rümpfte die Nase, als Asseln und anderes Getier fluchtartig aus dem Lichtkreis seiner Lampe in die Ritzen zwischen den Steinen flohen. »Und wo sind nun die Bilder?«
»Sie müssen entweder unter dem Laub oder irgendwo in der Wand versteckt sein«, meinte Justus. »Los, untersucht jeden einzelnen Stein! Ich versuche das Laub zu beseitigen!«
Sie machten sich an die Arbeit. Es war anstrengender, als sie gedacht hatten. Denn als alle Steine in Augenhöhe abgesucht waren, gingen die vier in die Hocke und kamen sich dabei so sehr in die Quere, dass sie sich kaum noch rühren konnten.
»Hier ist etwas!«, rief Bob plötzlich. »Einer der Steine in der Wand ist lose!«
Alle drehten sich gleichzeitig zu Bob um.
»He, Just, nimm dein Knie aus meinem Rücken!«

»Das kann ich erst, wenn Bruder Raphael nicht mehr seinen Ellbogen in meine Rippen drückt.«

»Oh, Verzeihung.«

»Kannst du den Stein rausziehen, Bob?«

Es gelang dem dritten Detektiv nicht auf Anhieb, doch mithilfe seines Taschenmessers schaffte er es schließlich, den Stein vom Moos zu befreien und ihn vorsichtig zu bewegen. Einen Zentimeter weit kam er aus der Wand heraus, dann hing er fest.

»Was ist los?«

»Es geht irgendwie nicht weiter.«

»Lass mich mal!« Justus drängte sich an Bruder Raphael vorbei, schob Bob zur Seite und probierte es selbst. Doch auch er hatte keinen Erfolg. »Der hängt irgendwie fest.«

»Sag ich doch!«, entgegnete Bob genervt.

»Wenn ich es vielleicht mal probieren dürfte«, bot sich Bruder Raphael an.

»Mit ein bisschen göttlicher Hilfe klappt es vielleicht«, murmelte Justus und trat beiseite.

Bruder Raphael kratzte noch mehr Moos und Erde aus den Ritzen, doch der Stein ließ sich trotzdem nicht weiter rausziehen.

»Das war es dann wohl«, meinte Justus. »Bei diesem Stein kommen wir nicht weiter. Suchen wir den Rest ab!«

Schließlich krochen alle vier auf dem Grund des Brunnenschachtes herum und untersuchten Stein für Stein. Nichts tat sich.

Nach zehn Minuten erhob sich Peter ächzend auf die Knie und streckte seinen schmerzenden Rücken. »Das wird nichts mehr, Kollegen. Entweder gibt es das, was wir suchen, nicht mehr – oder wir waren von Anfang an auf dem Holzweg.« Er stützte sich mit einer Hand an der Wand ab – genau dort, wo der lose Stein saß. Der gab plötzlich nach und glitt in die Mauer. Etwas rastete klickend ein.

»Kollegen! Ihr seid vielleicht Idioten! Der Stein war nicht zum Rausziehen, sondern zum Reindrücken gedacht! Wir –«

Weiter kam Peter nicht. Plötzlich gab es ein lautes Rumpeln, Stein schabte über Stein – und der Boden gab nach! Mitsamt dem Grund des Brunnens rasten die drei ??? und Bruder Raphael wie in einem außer Kontrolle geratenen Fahrstuhl schreiend in die Tiefe.

WUMM!

»Aua!«, schrie Peter, als der freie Fall abrupt stoppte.

»Hast du dich verletzt?«

Peter sah an sich hinunter. »N… nein. Aber ich dachte, ich hätte.«

»Was war denn das jetzt?«, rief Bob, dem auch noch die Knie zitterten.

»Peter muss einen Mechanismus ausgelöst haben, der den gesamten Boden in die Tiefe sausen ließ. Aber wir sind nicht weit gefallen, höchstens zweieinhalb Meter. Zum Glück, wir hätten uns böse verletzen können.«

»Also, mir hat's gereicht«, sagte Peter. Er blickte nach oben. Die Brunnenöffnung schien endlos weit über ihnen zu sein. Und auf halber Höhe baumelte das Seil, an dem sie herabgeklettert waren. »Verflucht noch mal!«, rief der Zweite Detektiv. »Das Seil! Es hängt zu hoch! Wie sollen wir denn jetzt wieder rauskommen?«

»Durch diese Tür zum Beispiel«, sagte Justus.

»Wie bitte?«

Der Erste Detektiv trat zur Seite. In der Mauer war eine kleine Holztür aufgetaucht, die Justus gerade bis zur Schulter reichte. In der Dunkelheit hatte Peter sie gar nicht gesehen. »Wow!«

»Das ist wirklich aufregend«, sagte Bruder Raphael. »Könnte das vielleicht ... Lässt sich die Tür öffnen, Justus?«

Es gab keinen Türgriff, doch als Justus leicht dagegen trat, schwang die Tür quietschend nach innen und gab den Blick in ein düsteres Loch frei. Ein Schwall verbrauchter, kalter Luft schlug ihnen entgegen.

Justus leuchtete hinein. »Ein Gang. Teilweise gemauert, teilweise einfach durchs Erdreich gebuddelt.«

Alle drängten sich um den Eingang und versuchten, einen Blick in den Tunnel zu erhaschen.

»Kannst du sehen, wie weit er hineinreicht?«

»Nein. Auf jeden Fall weit. Irgendwo dahinten verliert sich das Licht. Aber es dürfte kein Problem sein, das herauszufinden. Kommt, Kollegen!«

»S... sollte nicht besser jemand draußen bleiben? Falls was passiert?«, fragte Peter. Ihm war dieser Tunnel nicht geheuer. Wer wusste schon, was da drinnen auf sie wartete?

»Wenn du meinst – dann bleib doch hier«, gab Justus gelassen zurück. »Wahrscheinlich verpasst du dann das Beste, aber wie du meinst.«

»Will sonst noch jemand draußen bleiben?«

Niemand antwortete.

Peter wog die Alternativen ab. Gemeinsam mit den anderen in diesen dunklen, gruseligen Tunnel – oder allein hier im Brun-

nenschacht bleiben. Zurück nach oben konnte er ja nicht. »Ich komme doch mit!«, sagte er schnell.
»Dann mal los!« Justus zog den Kopf ein und betrat den dunklen Gang. Nicht das kleinste bisschen Mondlicht fiel mehr in den Tunnel. Nur das kalte Licht seiner Taschenlampe erhellte ihn. Feuchtes Erdreich, aus dem weiße und braune Pflanzenwurzeln ragten, umfing Justus. Hier und da waren die Wände durch Mauerstücke abgestützt, doch Justus bezweifelte, dass sie einer großen Belastung standhalten würden. Augenblicklich bekam er Beklemmungen. Der Tunnel machte den Eindruck, als würde er jeden Moment einstürzen. Die Decke war so niedrig, dass Justus sich immer wieder den Kopf stieß und Erde und kleine Steine auf ihn herabrieselten. Der Erste Detektiv legte einen Schritt zu. Je eher er aus diesem Tunnel heraus war, desto besser.
Eine Weile führte der Gang geradeaus, dann machte er eine Biegung nach links.
»Er führt zur Kirche«, bemerkte Bruder Raphael. Seine Stimme klang hier unten seltsam dumpf und leise. Die erdigen Wände dämpften jedes Geräusch. »Es ist ein Fluchttunnel!«
»Ein Fluchttunnel?«, fragte Bob. »Wer wollte denn fliehen? Und warum?«
»Ich weiß nicht. Wahrscheinlich hat ihn niemals jemand benutzt. Aber in Europa haben Tunnel unterhalb von Klosteranlagen fast schon Tradition. Als die Spanier Kalifornien besiedelten und die Missionsstationen bauten, brachten sie diese Tradition vielleicht aus ihrer Heimat mit, zum Schutz vor möglichen Feinden. Es gab immer einige in unserem Orden,

die einen Tunnel unter der Kirche vermuteten. Doch gefunden hat ihn nie jemand.«

»Da vorne ist das Ende«, raunte Justus. »Noch eine Holztür. Hoffentlich geht es dahinter wieder nach oben!«

Die Tür war ebenso verwittert wie ihr Gegenstück am anderen Ende des Ganges. Lose und schief hing sie in den Angeln.

»Jetzt bin ich mal gespannt«, sagte Justus und drückte sie auf. Dahinter lag ein Kellergewölbe. Nacheinander traten sie aus dem Tunnel hinaus und ließen die Lichter der Taschenlampen umherwandern. Der Raum maß etwa acht mal acht Meter und war drei oder vier Meter hoch. Anders als der Tunnel waren die Wände ganz aus Stein – die gleichen großen, dunklen Steinquader, aus denen auch die Kirche gebaut war. An jeder Seite befand sich ein leerer Fackelhalter. Über ihnen wölbte sich die Decke zu einer Kuppel, die in eine quadratische Steinplatte mündete. Auch der Boden war mit dunklen Platten ausgelegt. Einige Holztruhen standen in einer Ecke.

Ehrfürchtig gingen die drei ??? und Bruder Raphael durch das Gewölbe. Jeder ihrer Schritte hallte von den kalten Wänden wider.

»Wir sind tatsächlich unter der Kirche«, flüsterte der Mönch.

»Jetzt sagen Sie nur noch, dass die Platte über unseren Köpfen die Unterseite des Altars ist«, sagte Peter und dachte dabei an die Lüge, die Justus in der Nacht zuvor dem Glatzkopf erzählt hatte.

»Nein, ich tippe eher auf das Taufbecken.« Bruder Raphael bekreuzigte sich. »Ein Geheimgang unter San Michael! Wer hätte das gedacht!«

»In den Kisten dort drüben waren vermutlich einmal Vorräte

verstaut«, sagte Justus. »Falls die Mönche sich für längere Zeit verstecken mussten und eine Flucht nicht in Frage kam. Ich frage mich, was sich jetzt darin befindet.«

»Mensch, die Bilder!«, rief Peter. »Die hätte ich fast vergessen!«

Sie scharten sich um die Holzkisten. Diese sahen alt und halb vermodert aus. Keine von ihnen hatte ein Schloss. »Dann wollen wir mal sehen«, sagte Justus und öffnete die erste.

»Leer«, stellte Peter fest. »Na ja, sind ja noch ein paar da.«

Auch die zweite und die dritte Kiste waren leer und die drei ??? wurden langsam nervös. Doch als Justus die vierte Holztruhe öffnete, kamen sechs Bündel zum Vorschein. Jemand hatte große, flache Gegenstände in helles Leinentuch gewickelt.

Niemand wagte zu atmen, als Justus eines der Bündel herausnahm, vorsichtig auf den Boden legte und langsam Schicht für Schicht vom Stoff befreite.

Dann schlug er die letzte Bahn beiseite.

In letzter Sekunde

In einem edlen Holzrahmen kam ein Gemälde zum Vorschein, auf dem eine Gartenlaube zu sehen war.

»Die Bilder!«, rief Peter. »Es sind tatsächlich die Bilder! *Laube im Garten*! Schnell, Just, pack die anderen auch aus!«

Das ließ sich Justus nicht zweimal sagen. Er legte ein Bündel nach dem anderen auf den Boden und wickelte sie aus: *Die Maske des Rosenritters*, der *Spaziergang im Juni*, sie alle waren da.

»Wir haben es geschafft!«, rief nun auch Bob begeistert.

»Ja«, sagte Justus und grinste breit und zufrieden. »Das haben wir.«

»Herzlichen Glückwunsch, Justus!«, sagte Bruder Raphael und klopfte ihm immer wieder auf die Schulter. Im unsteten Schein der Taschenlampen war der Erste Detektiv nicht ganz sicher, aber es schien, als wäre der Mönch vor Aufregung ganz rot im Gesicht.

»Mensch, Wahnsinn!«, sagte Peter ehrfürchtig. »Vor uns liegen Bilder im Wert von einigen Millionen Dollar!«

»Und deshalb packen wir sie lieber schnell wieder ein«, beschloss Justus. »Bevor ihnen noch etwas zustößt.« Behutsam wickelten sie die Gemälde wieder in die Tücher. »Tja, Bruder Raphael, es scheint, als habe doch schon jemand vor uns den Geheimgang entdeckt.«

»Und zwar Hugenay«, fügte Peter hinzu. Dann stutzte er. »Moment mal. Aber ich denke, Hugenay war nie hier? Nur dieser Bregovic. Oder?« Ratlos blickte er von Justus zu Bob und wieder zurück zu Justus. »Wer hat die Bilder denn nun hier versteckt? Hugenay? Aber es war doch Bregovic, der das Bild vom Vorratshaus mit dem fehlenden Brunnen gemalt hat.« Der Zweite Detektiv kratzte sich am Kopf. »Ich verstehe langsam gar nichts mehr.«

»Ja, rätselhaft, nicht wahr?«, sagte Justus. »Ich zerbreche mir darüber den Kopf, seit wir erfahren haben, dass ein Mr Samuel Bregovic vor acht Jahren Zuflucht in San Michael gesucht und hier gemalt hat. Und seit wir wissen, dass er nicht mit Hugenay identisch ist.«

»Und zu welchem Ergebnis bist du gekommen, Just?«, wollte Bob wissen. Erwartungsvoll blickten alle den Ersten Detektiv an.

»Tja«, begann dieser langsam. »Ich war mir nicht sicher, ob wir die Bilder wirklich hier finden würden. Es hätte ja auch sein können, dass der Brunnen und der Geheimgang bloß eine weitere Etappe des Rätsels sind. Aber jetzt, da das geklärt ist und wir die Gemälde gefunden haben, gibt es eigentlich keinen Zweifel mehr.«

»Keinen Zweifel mehr woran?«, bohrte Peter. »Komm schon, Just, zieh nicht schon wieder diese Show ab, sag uns einfach, was du brillanterweise geschlussfolgert hast!«

Justus räusperte sich. »Wir haben die ganze Zeit geglaubt, wir würden Victor Hugenays Vermächtnis hinterherjagen. Aber das haben wir nicht getan. Diese ganzen Rätsel hat nicht er sich für uns ausgedacht – sondern Samuel Bregovic.«

»Wie bitte?«, fragten Bob und Peter gleichzeitig. »Aber wir kennen diesen Bregovic doch gar nicht!«

»Das musst du uns erklären, Just«, bat Bruder Raphael.

»Dabei ist es so einfach«, sagte plötzlich eine kalte, schnarrende Stimme.

Die drei ??? und Bruder Raphael wirbelten herum. In der Tunnelöffnung stand der Mann mit der Glatze! In einer Hand hielt er eine Taschenlampe. In der anderen – eine Pistole.

»Was machen Sie denn hier?«, rief Peter.

»Das Gleiche wie ihr, denke ich. Ich hole mir, was mir zusteht.« Langsam trat er in das Gewölbe hinein und trieb die vier dabei in eine Ecke. »Sehr schlau von dir, Dicker, mich aus Glenview Valley wegzulocken und nach Santa Barbara zu schicken. Wirklich, sehr abgebrüht. Das hätte ich dir gar nicht zugetraut. Aber ihr wart zu langsam, meine lieben Freunde. Ich bin schon wieder da. Und ich will die Bilder.«

»Wer sind Sie?«, fragte Justus.

»Das wisst ihr immer noch nicht?« Der Glatzkopf lächelte spöttisch. »Dann habe ich euch wohl doch überschätzt. Seltsam, seltsam. Ihr wart schlau genug, Bregovics Rätsel zu entschlüsseln, aber wer er ist oder wer ich bin, davon habt ihr keine Ahnung!«

»Verraten Sie es uns«, schlug Justus vor. Er bemühte sich, seine Stimme ruhig klingen zu lassen, obwohl es in seinem Kopf auf Hochtouren arbeitete. Wenn der Glatzkopf nun auspackte, bedeutete das, dass er nicht vorhatte, sie laufen zu lassen. Sie mussten ihn irgendwie überwältigen! Nur wie?

»Also schön. Mein Name ist Baldwin. Von Beruf bin ich ... nun ja, wie soll ich sagen ... Kunstdieb. Früher habe ich mit Victor Hugenay zusammengearbeitet. Bis dieser Hund mich verraten und sein eigenes Ding durchgezogen hat. Hugenay ist ein gerissenes Schlitzohr! Man kann ihm nicht trauen!«

»Das wissen wir bereits. Weiter!«
»Es gab noch einen Dritten im Bunde. Bregovic, der alte Gauner. Er war fast noch durchtriebener als Hugenay. Aber Hugenay verriet auch ihn und so gingen wir drei schließlich jeder unseren eigenen Weg. Bregovic aber stellte es ganz besonders geschickt an. Er hielt sich jahrelang zurück und beobachtete, was Hugenay tat. Als er dann schließlich wieder selbst auf Raubzug ging, ahmte er Hugenays Stil nach, so dass alle glaubten, die Diebstähle gingen auf sein Konto. So wollte er es ihm heimzahlen.«
»Dann hat Hugenay also diese sechs Bilder gar nicht gestohlen!«, sagte Bob. »Es war Bregovic.«
»Ganz genau. Hugenay war machtlos. Er hat immer wieder versucht, Bregovic das Handwerk zu legen, damit dieser ihm nicht mehr in die Quere kommen konnte, aber er hat es nie geschafft. Tja, dann ist ihm das Schicksal zu Hilfe gekommen. Bregovic wurde krank und starb. Und hat als letzte kleine Gemeinheit dieses Rätsel verfasst und Hugenay und mir geschickt, wohl in der Hoffnung, dass wir uns auf der Suche nach den Bildern gegenseitig die Augen auskratzen.«
»Aber ... aber ich denke, das Rätsel stammt von Hugenay«, sagte Peter verwirrt. »Er hat es uns nach seinem Tod doch zukommen lassen!«
»Das schon, Peter«, sagte Justus, dem gerade eine Erkenntnis nach der anderen kam. »Mit dem kleinen, aber nicht unerheblichen Unterschied, dass Victor Hugenay nicht tot ist.«
»Was?«
Justus' Miene verdüsterte sich. »Er hat uns reingelegt. Wieder einmal. Das alles war von Anfang an eine Lüge. Hugenay

lebt!« Er wandte sich an Baldwin. »Er hat seinen Tod nur vorgetäuscht, um unterzutauchen, nicht wahr?«

Baldwin nickte. »In letzter Zeit ist er etwas leichtsinnig geworden. Hielt sich wohl für unfehlbar. Die Polizei war ihm dicht auf den Fersen. Also täuschte er seinen Tod vor und versteckte sich. Ich habe das sofort durchschaut. Hugenay und Bergsteigen, dass ich nicht lache! Aber die Polizei ist darauf hereingefallen.«

»Das Dumme war nur: Nun konnte er nicht mehr nach Bregovics Vermächtnis suchen«, fuhr Justus fort. »Es wäre wahrscheinlich zu gefährlich gewesen, nach Amerika aufzubrechen, wo man ihn doch gerade für tot erklärt hatte. Doch die Zeit drängte, schließlich wusste er, dass Sie von Bregovic die gleichen Hinweise bekommen hatten wie er und die Bilder vermutlich früher oder später finden würden. Hugenay suchte also nach einer Möglichkeit, wie er Ihnen zuvorkommen konnte, ohne sich selbst in die Gefahr zu begeben, entdeckt zu werden. Und dabei kam er –«

»Auf uns!«, rief Bob. »Mein Gott, du hast Recht, Just! Es ergibt alles einen Sinn! Hugenay wusste wahrscheinlich, dass die Bilder irgendwo in Kalifornien zu finden sein würden. Und da fielen ihm natürlich sofort wir ein! Schließlich sind wir so ziemlich das Schlaueste, was Kalifornien zu bieten hat!«

»Nur für dieses durchtriebene Spiel waren wir nicht schlau genug«, fügte Peter düster hinzu. »Hugenay schickte uns einen Brief und tat weiterhin so, als wäre er tot. Und Bregovics Rätsel, das eigentlich für ihn bestimmt war, gab er als sein eigenes aus, damit wir es für ihn lösen.«

Baldwin lachte leise und begann, im Gewölbe auf und ab zu

gehen, jedoch ohne die drei ??? und Bruder Raphael aus den Augen zu lassen. »Ich hatte keine Ahnung, dass er so etwas im Schilde führte, aber es passt zu ihm. Als ich euch dreien das erste Mal im Museum vor dem Bild mit dem Taubenei begegnete und zufällig mitbekam, wie ihr über Hugenay spracht, traute ich meinen Augen und Ohren nicht. Mir war klar, dass ihr es auf das Gleiche abgesehen hattet wie ich. Ich wusste nur nicht, wie ihr überhaupt auf Bregovics Rätselspur gekommen wart. Nachdem mein Versuch, an dem Bild im Museum den nächsten Hinweis zu finden, fehlgeschlagen war, habe ich mich an eure Fersen geheftet – mir fehlte ja der entscheidende Hinweis, wo ich weitersuchen sollte. Ein paar Tage lang habe ich euch beobachtet. Dann fuhrt ihr nach San Michael und mir war klar, dass das nur etwas mit Bregovics Rätsel zu tun haben konnte.«

Justus knetete seine Unterlippe. »Wie sind Sie eigentlich damals aus dem Museum entkommen? Die Polizei hatte doch alle Ausgänge abgesichert. Niemand kam durch ihre Kontrollen!«

»Doch«, widersprach Baldwin. »Jeder kam durch ihre Kontrollen. Jeder, der keine Glatze hatte und keinen hellen Anzug trug. Ich hatte einfach eine Perücke aufgesetzt und die Anzugjacke ausgezogen und unter dem Arm getragen. Simpel, aber wirkungsvoll.« Baldwin blieb wieder stehen. »Ich denke, damit wären alle Fragen geklärt, nicht wahr? Ich werde jetzt die Bilder nehmen und verschwinden.«

»Und … und was geschieht mit uns?«

Baldwin lächelte kalt und hob seine Waffe.

»Nein!«, rief Bruder Raphael und stellte sich schützend vor

die Jungen. »Die drei sind noch Kinder! Das können Sie nicht tun!«
»Sie dürfen sehr gerne noch ein Gebet sprechen, wenn Sie wollen.«
Plötzlich trat hinter Baldwin ein Schatten durch den Tunnel in das Gewölbe. Justus zuckte zusammen. Brittany!
Er zwang sich, nicht zu ihr hinzusehen, doch es war schon zu spät. Baldwin hatte seinen Blick bemerkt. »Tststs«, machte er. »Wie armselig. Glaubst du wirklich, ich würde mich nun umschauen, damit ihr euch in dieser Sekunde auf mich stürzen könnt? Den Gefallen werde ich dir nicht tun.« Er ließ den Sicherungshebel der Pistole klicken und richtete die Waffe auf Justus.
Bruder Raphael legte die Hände zusammen, senkte den Kopf und murmelte etwas.
»Fertig, Bruder?«
»Ja. Ich habe für Sie gebetet. Möge Gott Ihrer armen Seele gnädig sein und Sie nicht sterben lassen, wenn dieses Mädchen, das gerade hinter Ihnen steht, mit der Schaufel in ihren Händen zuschlägt.«
Baldwin lachte kalt. »Na so was! So viel Humor hätte ich einem Geistlichen gar nicht zuge–«
Brittany schlug zu. Die Schaufel traf Baldwin am kahlen Hinterkopf. Er ging augenblicklich zu Boden.
»Brittany!« Justus stürzte vor, sprang über den regungslos am Boden liegenden Baldwin hinweg und umarmte das Mädchen.
Bob und Peter sahen einander mit großen Augen an. »Brittany?« Dann eilten sie hinzu und entwaffneten Baldwin. »Wir müssen ihn irgendwie fesseln, bevor er wieder zu sich kommt!«

»Das übernehme ich!«, bot sich Bruder Raphael an und riss kurz entschlossen lange Stoffstreifen aus seinem Gewand. Dann machte er sich an die Arbeit. »Das wollte ich immer schon mal machen!«

»Wie kommst du hierher?«, rief Justus und war nahe daran, Brittany zu schütteln, damit sie antwortete.

»Was … was ist denn hier überhaupt los?«, fragte das Mädchen verdutzt.

»Was hier los ist? Das frage ich dich!«

»Na ja, du bist nicht zu unserer Verabredung gekommen! Wir wollten doch heute Abend feiern.«

»Unsere Verab… die hatte ich ganz vergessen!«

»Eben. Und das fand ich seltsam. Also dachte ich mir, dass ihr die Bilder vielleicht noch nicht gefunden habt. Und dass etwas passiert sein könnte. Und nachdem ich dich in der Zentrale nicht gefunden habe, bin ich hierher gefahren. Du hattest mir ja erzählt, wo ihr das Versteck der Bilder vermutet. Da sah ich diesen glatzköpfigen Typ, der gerade in den Brunnen kletterte, dachte mir, das ist bestimmt der Bösewicht, nahm eine Schaufel aus diesem Gartenhäuschen und kletterte hinterher. Gerade noch rechtzeitig, wie es aussieht.«

»Das war großartig!«, rief Justus und umarmte Brittany ein zweites Mal. Dann gab er ihr einen Kuss.

»Ähhh …«, meldete sich Peter zu Wort. »Das ist ja alles ganz toll hier. Ich meine, der Schatz ist geborgen, der Bösewicht liegt gefesselt am Boden, der Held und die Heldin küssen sich … aber würde mir bitte mal jemand verraten, was das alles zu bedeuten hat?«

Klartext

Es dauerte eine Weile, bis Justus seine Freunde aufgeklärt hatte. Im Schein der Taschenlampen erzählte er ihnen alles, vom Tag seiner ersten Begegnung mit Brittany bis zu dieser Nacht. Nur die Sache mit ihrer Erbkrankheit und seinem Plan verschwieg er. Er hatte keine Ahnung, wie er das Thema angehen sollte. Also zögerte er es so lange wie möglich hinaus.
Als er schließlich fertig war, schmollte Peter. Er fühlte sich hintergangen. Nicht einmal Bob, der von Brittany gewusst hatte, hatte ihn eingeweiht. »Na schön, Just. Du hast also eine neue Freundin, die du mal eben schnell in sämtliche Ermittlungen einweihst, ohne uns etwas davon zu sagen«, platzte es schließlich aus ihm heraus.
»Na, hör mal! Brittany hat uns schließlich gerettet!«
»Ja. Und dafür bin ich ihr auch dankbar. Aber ich bin ja nicht sauer auf Brittany, sondern auf dich. Ich dachte, wir wären Freunde.«
Justus setzte zu einer Erwiderung an, ließ es dann jedoch bleiben. Dies war definitiv der falsche Ort und die falsche Zeit für eine Grundsatzdiskussion mit Peter.
Der Zweite Detektiv sah das offenbar genauso, denn er sagte: »Können wir dann jetzt endlich verschwinden und die Polizei verständigen?«
»Das werde ich tun«, sagte Bruder Raphael und ging auf den Ausgang zu.
»Halt!«, rief Justus. Bruder Raphael blieb stehen und blickte ihn fragend an. Der Erste Detektiv schluckte. Dies war die

Stunde der Wahrheit. »Keine Polizei«, sagte er. »Wir ... wir werden nicht die Polizei verständigen.«

»Wie bitte?«, fragte Bruder Raphael. »Was sagst du da?«

»Ja, Justus, was soll das?«, fragte Peter. »Hast du jetzt völlig den Verstand verloren? Willst du Baldwin etwa hier unten vergammeln lassen?« Er warf einen Blick auf den immer noch regungslos und gefesselt daliegenden Glatzkopf. »Ich gebe zu, er ist gemeingefährlich, aber genau deshalb sollte er ja auch ins Gefängnis.«

»Na schön«, sagte Justus. »Wegen Baldwin werden wir die Polizei rufen. Aber vorher muss ich euch noch etwas sagen. Es geht um die ... um die Bilder.«

Bob drehte sich um und leuchtete die eingewickelten Gemälde ab. »Die Bilder? Was ist mit den Bildern?«

»Wenn die Polizei kommt, werden sie sie mitnehmen und ihren rechtmäßigen Besitzern zurückgeben wollen.«

»Ja«, sagte Peter verwirrt. »Klar. Und?«

Brittany starrte Justus ungläubig an. »Du hast es ihnen nicht gesagt?«

Justus schüttelte stumm den Kopf. Jetzt hatte er den Salat. Aber richtig.

»Was hast du uns nicht gesagt?«, fragte Peter lauernd.

»Aber du meintest doch, deine Freunde wären auf unserer Seite!«

»Justus Jonas!« Peter funkelte den Ersten Detektiv wütend an. »Was hast du uns nicht gesagt?«

»Also schön«, sagte Justus und seufzte. Er tauschte einen langen Blick mit Brittany. Sie nahm seine Hand. »Klartext.« Und dann erzählte er eine weitere lange Geschichte, die Bob,

Peter und Bruder Raphael zum Verstummen brachte. Er erzählte von Brittanys Krankheit, von ihrer Verzweiflung, von der Möglichkeit zur Operation, vom mangelnden Geld – und schließlich von seiner Idee, die Bilder nicht der Polizei zu übergeben, sondern sie zu Geld zu machen, um damit die Operation zu bezahlen. »Ich weiß, ich hätte euch das alles vorher erzählen sollen«, sagte Justus, »aber irgendwie ... irgendwie ging alles so schnell, wir waren so sehr damit beschäftigt, das Rätsel zu lösen – es blieb einfach keine Zeit! Und jetzt haben wir ein Problem. Ich kann euch natürlich nicht zwingen, in den Plan einzuwilligen und damit das Gesetz zu brechen. Ich kann nur hoffen, dass ihr ... euch die Sache durch den Kopf gehen lasst.«

Lange Zeit sagte niemand ein Wort. Bob blickte betreten zu Boden. Bruder Raphael sah zur Decke des Gewölbes hinauf, doch er schien durch sie hindurchzusehen, geradewegs in den Himmel hinein. Schließlich war es Peter, der als Erster wieder sprach: »Das ist zwar alles etwas viel für eine Nacht, und ich bin mir nicht sicher, ob ich überhaupt schon verstanden habe, was hier heute vor sich gegangen ist, aber eines weiß ich: Ich bin auf eurer Seite.«

Justus blickte überrascht auf. Er hatte mit allem gerechnet, nur nicht damit. »Du ... du meinst ...«

»Dass ich Brittany natürlich genauso helfen will wie du! Was denkst du denn von mir, Just? Und auf die Schnelle fällt mir keine andere Lösung ein. Diese Bilder ... pfff, was soll's, es sind bloß Bilder, oder? Außerdem haben wir in unserer Detektivlaufbahn schon Dutzende gestohlener Bilder zurückgebracht. Wir dürfen ausnahmsweise auch mal welche behalten. Finde ich. Aber ich kann natürlich nicht für alle sprechen.« Er sah zu Bob hinüber.

Der dritte Detektiv rang mit sich. »Ich sehe die Sache nicht ganz so gelassen wie Peter. Wir verstoßen gegen das Gesetz, wenn wir die Bilder nicht zurückgeben. Und ich rede hier nicht von Falschparken. Wir riskieren einiges dabei. Andererseits bin ich nicht sicher, ob das schwerer wiegen darf als das Schicksal eines einzelnen Menschen. Ich ... ich weiß es einfach nicht!« Hilfe suchend wandte er sich an Justus, an Peter – und schließlich an Bruder Raphael.

Der Mönch hatte noch gar nichts zu Justus' Geschichte gesagt. Nun trat er auf Brittany zu und nahm ihre Hände. »Gott hat dir eine schwere Prüfung auferlegt, Kind. Eine sehr schwere. Ich bin der Letzte, der über deine – über eure – Entscheidung richten würde. Ich möchte dich nur fragen, ob du dir die Sache wohl und reiflich überlegt hast.«

Brittany nickte. »Ich hatte anfangs Bedenken, große sogar. Und ehrlich gesagt habe ich sie immer noch. Aber meine Angst ist noch größer. Meine Angst ...« Plötzlich füllten Tränen ihre Augen. Es dauerte eine Weile, bis sie weitersprechen konnte. »Die Vorstellung, in ein paar Monaten nichts mehr sehen zu können ... blind zu sein für den Rest meines Lebens ... das macht mich wahnsinnig! Es macht mich wahnsinnig vor Panik! Ich ... ich kann das nicht! Ich kann mein Leben nicht in der Dunkelheit verbringen! Eine Welt ohne Licht ist ... Es ist, als wäre man bis ans Ende seiner Tage in diesem Gewölbe eingesperrt! Es ist wie ...« Hilflos rang sie nach Worten. Sie wischte sich die Tränen vom Gesicht, dann griff sie wieder nach Justus' Hand und drückte sie so fest, dass der Erste Detektiv Angst hatte, sie würde ihm die Knöchel brechen. »Ich will nicht blind werden!«, brach es schließlich mit einem Schluchzen aus ihr heraus. »Vielleicht haben Sie Recht, Bruder Raphael, vielleicht ist diese Krankheit eine Prüfung von Gott. Aber wenn das bedeutet, dass ich mein Schicksal annehmen und nichts dagegen tun soll, dann ... dann bestehe ich diese Prüfung nicht. Andererseits ... vielleicht sieht die Prüfung auch vor, dass ich mein Leben selbst in die Hand nehmen und mich nicht kampflos in mein Schicksal fügen soll. Und in diesem Fall bin ich bereit, alles zu tun, was nötig ist, um diesem Schicksal zu entgehen.«

Brittany sah dem Mönch fest in die Augen, als erwartete sie eine Antwort von ihm.

»Ich kann dir nicht sagen, was richtig und was falsch ist. Das weiß nur der allmächtige Vater. Es gibt keinen einfachen Weg und keine einfache Antwort. Ich möchte nur, dass du dir hundertprozentig sicher bist, dass der Weg, den du gehen möchtest, auch wirklich deiner ist.«

Brittany nickte. »Das bin ich.«

»Jetzt liegt es an Bob«, sagte Justus und blickte den dritten Detektiv erwartungsvoll, fast flehentlich an. »Wir müssen uns einig sein, Bob. Niemand wird zu etwas gezwungen. Wenn du dagegen bist, dann ... machen wir es nicht.«

Bob seufzte. Er war sich überhaupt nicht sicher, ob er die richtige Entscheidung traf. Aber er sagte: »Wir machen es.«

Für einen sehr langen Moment herrschte Schweigen. Niemand war froh oder erleichtert. Dies war erst der erste Schritt gewesen. Wahrscheinlich der einfachste von allen. Was noch vor ihnen lag, würde schwieriger werden.

Plötzlich klatschte jemand. Das Klatschen kam aus dem Tunnel. Jemand trat aus dem Gang in das Gewölbe. »Bravo! Applaus! Das war wirklich eine hervorragende Vorstellung! Eine Glanzleistung, Brittany! Sie haben wirklich Talent! Sie konnten alle überzeugen, sogar den moralischen Bob Andrews!«

»Mr Graham!«, riefen die drei Detektive wie aus einem Munde.

»Wer ist das denn nun wieder?«, fragte Bruder Raphael verwundert. »Hört das denn nie auf? Langsam ist kein Platz mehr hier unten.«

»Was tun Sie denn hier?« Justus war fassungslos.

»Ich bewahre euch vor dem größten Fehler in der Geschichte eurer Detektivlaufbahn«, antwortete der Reporter und wies auf Brittany. »Sie ist eine Betrügerin! Und wenn ich euer Gespräch gerade richtig gedeutet habe, hat sie euch alle an der Nase herumgeführt, besonders dich, Justus!«

»Sie lügen!«, zischte Justus wütend.

»Tatsächlich? Du hast mich ja noch nicht einmal ausreden lassen. Woher weißt du dann, dass ich lüge?«

»Ich sehe es Ihnen an der Nasenspitze an«, sagte Justus. »Sie sind immer noch sauer wegen des geplatzten Interviews. Seitdem lassen Sie keine Gelegenheit aus, uns eins auszuwischen, und ihre Methoden werden immer absurder! Erst diese Verleumdung im Museum und jetzt das hier! Wissen Sie was, Mr Graham? Sie sind ein kranker Mann!«

Graham lächelte überlegen. »Wenn das so ist, wirst du einem kranken Mann vielleicht die Möglichkeit geben, fünf Minuten lang frei zu sprechen?«

»Ich weiß nicht, wozu das gut sein soll.«

»Um die Wahrheit aufzudecken. Ich dachte, daran seid ihr Detektive immer besonders interessiert!«

»Lass ihn reden, Just«, sagte Bob. »Ich würde schon gern hören, was er sich zusammengesponnen hat.«

Justus zögerte einen Moment, dann nickte er trotzig. »Na schön.«

»Sehr liebenswürdig.« Graham baute sich wichtigtuerisch vor den drei Detektiven, Brittany, Bruder Raphael und dem gefesselten und noch immer bewusstlosen Baldwin auf und begann zu erzählen: »In einem Punkt hast du Recht, Justus: Alles nahm seinen Anfang mit diesem verfluchten Interview. Peter hätte sich fast verplappert, als wir über Hugenay sprachen, und ich wurde hellhörig. Als ihr mich an jenem Nachmittag wegschicktet, blieb ich in der Nähe und beobachtete eure Zentrale. Irgendwann stand die Tür eine ganze Zeit offen und ich schlich hinein und fand den Brief von Hugenay.«

»Wie bitte?«, explodierte Justus. »Sie sind in unsere Zentrale eingebrochen?«

»Wie ich schon sagte: Die Tür stand offen. Und du wirst mir noch dankbar dafür sein, Justus, glaub mir. Ich las also den Brief. Oder besser gesagt, ich überflog ihn, da ich Angst hatte, entdeckt zu werden. Leider fehlte eine Seite.«

»Die hatte ich in die Bibliothek mitgenommen«, fiel es Bob ein.

»Alles, was ich über Hugenay und euch wusste, fügte sich nun mit dem Brief zusammen. Und aus diesen Fakten ergab sich für mich nur ein logischer Schluss: Ihr seid Hugenays Komplizen! Wie sonst sollte es angehen, dass ihr ihn in der Vergangenheit dreimal habt entkommen lassen! Und dann dieses

Vermächtnis, in dem er euch auffordert, seine gestohlenen Bilder zu finden. Mir war klar, dass ihr jahrelang äußerst geschickt als Detektive getarnt mit ihm zusammengearbeitet habt. Und mit dieser Enthüllungsstory wollte ich ganz groß rauskommen.«

»Deshalb also das Theater im Museum!«, sagte Justus und lachte verächtlich. »Ich habe noch nie etwas Absurderes gehört, Mr Graham.«

»Inzwischen weiß ich, dass ich die falschen Schlüsse gezogen habe«, bekannte der Reporter.

»Wenn Sie schon in anderer Leute Briefe herumschnüffeln, sollten Sie sie in Zukunft genauer lesen«, sagte Peter giftig. »Dann hätten Sie nämlich schnell geschnallt, dass wir mit Hugenay nie etwas zu tun hatten.«

»Inzwischen bin ich froh, dass ich so blauäugig war«, sagte Graham. »Denn dadurch blieb ich euch auf der Spur. Schließlich wollte ich Beweise für meine Story finden. Ich beschattete euch also und folgte euch in das Museum. Als der Alarm losging und ich euch bei dem heruntergerissenen Bild sah, war für mich klar: Ihr habt nicht nur mit Hugenay gemeinsame Sache gemacht, sondern ihr seid Bilderdiebe genau wie er!«

Justus schüttelte lachend den Kopf. »Wie ich bereits sagte, Mr Graham: absurd! Sie sind ein kranker Mann. Kommt da jetzt noch was? Ansonsten wäre ich Ihnen nämlich dankbar, wenn Sie uns allein lassen könnten und uns auch in Zukunft ein für allemal vom Leib blieben!«

Graham grinste dreist. »Da kommt noch was, Justus Jonas, da kommt noch was. Ich blieb euch auf den Fersen. Dabei fiel mir auf, dass du dich häufig mit dieser jungen Dame trafst. Also richtete ich meine Aufmerksamkeit auch auf sie. Deshalb bin ich hier. Ich bin ihr heute Abend gefolgt. Und ich habe eben alles vom Tunnel aus angehört, die ganze Geschichte. Ich weiß zwar nicht genau, was es mit diesen Bildern und diesem Kerl auf sich hat, hinter das Geheimnis bin ich leider noch nicht gekommen. Aber eines weiß ich genau: Brittany ist eine Betrügerin! Sie hat euch nach Strich und Faden belogen! Dieser ganze Quatsch mit ihrer Krankheit und der drohenden Erblindung – wirklich hervorragend gespielt! Aber eine Lüge! Sie will die Bilder, nichts weiter!«

»Das ist nicht wahr!«, rief Brittany. »Ich finde es ungeheuerlich, was Sie da sagen! Wie kommen Sie dazu, mir nachzuspionieren!«

»Verschwinden Sie jetzt endlich, Graham«, sagte Justus wütend. »Ich kann Ihre Verleumdungen nun wirklich nicht mehr ertragen.«

»Gib mir noch eine halbe Minute, Justus!«, sagte Graham schnell. »Denn ich habe mir das Beste für den Schluss aufgehoben. Vor zwei Tagen spionierte ich Brittany hinterher und belauschte zufällig ein Telefonat, das sie auf der Straße führte. Und jetzt rate doch mal, mit wem.«

»Das interessiert mich überhaupt nicht, Mr Graham! Brittany ist –«

»Mit Victor Hugenay!«

Schlagartig breitete sich Schweigen aus. Einzig und allein Brittany lachte laut auf. Ein wenig zu laut.

»Sie erzählte ihm, dass alles nach Plan laufe und dass sie dich schon so weit habe, die Bilder nicht der Polizei zu übergeben. Na, was sagst du dazu, Justus?«

»Dieser Mann redet wirres Zeug, Justus!«, sagte Brittany. »Du glaubst ihm doch nicht etwa!«
Justus sagte nichts mehr. Ihm wurde plötzlich schwindlig. »Sie lügen«, sagte er tonlos.
»Nein, das tue ich nicht. Und ich kann es sogar beweisen. Brittany hat noch einmal mit Hugenay gesprochen, und zwar erst vor einer halben Stunde, als sie auf dem Weg hierher war. Sie hat ihr Handy dabei. Wenn du die Wahlwiederholung drückst, wirst du ihn an der Strippe haben.«
Peter, Bob, Bruder Raphael – sie alle hielten die Luft an und blickten abwechselnd von Justus zu Brittany und wieder zurück. In Brittanys Gesicht stand die pure Verzweiflung geschrieben. Was in Justus vor sich ging, vermochte niemand zu sagen.
»Das ist der totale Riesenquatsch!«, beteuerte Brittany. »Ich habe mein Handy überhaupt nicht dabei!«
Es geschah blitzschnell. Graham sprang vor, riss Brittanys Jeansjacke auf und griff in die Innentasche. Eine halbe Sekunde später hielt er triumphierend das Telefon in der Hand.
Brittany schrie und versuchte, es ihm wegzunehmen, doch er war schneller. »Dann hatte ich es eben doch dabei!«, rief Brittany. »Aber das hat doch nichts zu bedeuten! Justus!«
»Bitte sehr, Justus! Wenn du deine Augen nicht vor der Wahrheit verschließen willst, probierst du es selbst aus!« Graham warf Justus das Handy zu.
Der Erste Detektiv fing es auf und starrte es ausdruckslos an.
Niemand sagte ein Wort.
Peter starrte auf das Handy.
Bob starrte auf das Handy.

Bruder Raphael starrte auf das Handy.
Wilbur Graham lächelte diabolisch und wartete.
Brittany wimmerte leise, sagte jedoch nichts.
Justus rührte sich noch immer nicht. Dann, ganz langsam, hob er es nahe ans Gesicht. Klappte es auf. Drückte die Taste für die Wahlwiederholung. Und wartete.
Irgendwo auf der Welt klingelte es.
Einmal. Zweimal. Dreimal.
Justus hoffte inständig, dass niemand rangehen würde. Er wollte nicht wissen, wer am anderen Ende war. Er wollte es nicht hören.
Viermal.
Er würde auflegen. Noch ein Klingeln und er würde auflegen.
Fünfmal. Jemand nahm ab.

Blind

»Hugenay.«

Justus erstarrte.

»Hallo? Hallo, wer ist denn da?«

Der Erste Detektiv erkannte die Stimme. Es gab keinen Zweifel. Es war Victor Hugenay.

»Brittany? Sind Sie es?«

Justus legte auf. Langsam, ganz langsam wandte er den Blick aus der Leere, in die er gestarrt hatte, zu Brittany. Sie war weiß wie eine Wand. Sie stolperte einen Schritt zurück. Dann sprang sie in den Tunnel und lief davon.

Mr Graham war schnell. Er wirbelte herum, um Brittany zu verfolgen. Doch Justus war noch schneller. Er stellte sich in den Durchgang und versperrte Graham damit den Weg.

»Zur Seite, Justus!«, tobte er. »Sie darf nicht entkommen!«

»Doch«, sagte der Erste Detektiv hart. »Darf sie.«

»Just!«, rief Peter entsetzt. »War das etwa wirklich Hugenay am Telefon? Justus! Sag doch was! Just!!!«

Doch Justus antwortete nicht. Er schwieg für sehr, sehr lange Zeit.

Auch in den nächsten Tagen vermied Justus es, mit seinen Freunden zu sprechen. Die verschollenen Bilder wurden der Polizei übergeben. Der Kunstdieb Mr Baldwin wanderte ins Gefängnis. Und Bruder Raphael war für eine Woche ein gefeierter Star in den Medien, wo er als würdiger Nachfolger von Pater Brown und William von Baskerville bezeichnet wurde.

Dann kehrte wieder Ruhe ein ins Kloster San Michael.
Mr Graham schrieb einen Artikel für den *Los Angeles Tribune*, in dem er die drei Detektive als naive Idioten darstellte, die die einfachsten Zusammenhänge nicht erkannt hatten und einer Betrügerin, die für Victor Hugenay arbeitete, auf den Leim gegangen waren. Dass es die drei ??? gewesen waren, die das Versteck der Bilder gefunden hatten, überging er dabei geflissentlich. Peter und Bob regten sich furchtbar darüber auf, sprachen von Rufschädigung und überlegten, ob sie Graham verklagen sollten. Doch schließlich konnte Bobs Vater, der selbst bei einer Zeitung arbeitete, sie mit dem Hinweis beruhigen, dass die Wogen sich schon in einer Woche geglättet haben würden. Und wen interessierten schon die Nachrichten von gestern? Sie überlegten es sich anders.
Doch das alles interessierte Justus Jonas nicht. Er wollte mit dem ganzen Trubel um die sechs verschollen geglaubten Gemälde und der Erkenntnis, dass Victor Hugenay doch nicht tot war, nichts zu tun haben. Am liebsten hätte er sich in der Zentrale eingeschlossen und wäre ein Jahr lang nicht wieder herausgekommen.
Er hatte auf der ganzen Linie versagt. Er war zu dumm gewesen, eins und eins zusammenzuzählen. Und die Krankheit, über die Brittany ihm das Blaue vom Himmel heruntergelogen hatte, hatte er die ganze Zeit selbst gehabt: Er war blind gewesen. Blind vor Liebe.
Dann, eineinhalb Wochen nach der Festnahme von Mr Baldwin, kam der Brief. Justus war allein in der Zentrale, als er den blau gefütterten Umschlag öffnete und das edle Büttenpapier herauszog.

Lieber Justus,

herzlichen Glückwunsch! Du hast das Spiel auch dieses Mal gewonnen, wenn auch mit mehr Glück als Verstand. Die Gemälde sind wieder bei ihren ursprünglichen Besitzern (wie bedauerlich!), ein weiterer Verbrecher dank eures unermüdlichen Heldentums hinter Schloss und Riegel (wie wunderbar!) und meine hervorragende Tarnung ist leider zunichte gemacht worden. Ich weile wieder offiziell unter den Lebenden und werde in der nächsten Zeit ein wenig vorsichtiger sein müssen.

Aber wenn wir von dieser oberflächlichen Bilanz Abstand nehmen und uns das Bild von weitem betrachten, dann siehst bestimmt auch du das, was ich sehe: Es war knapp! Fast hätte ich dich gehabt, nicht wahr? Beinahe wäre meine Rechnung aufgegangen. Zwar hättest du es möglicherweise nicht zugelassen, dass Brittany die Bilder in die Finger bekommt, um sie anschließend mir zu übergeben. Aber glaube mir, ich hätte einen anderen Weg gefunden, um sie in meinen Besitz zu bringen. Und ganz davon abgesehen: Viel wertvoller als alle Bilder dieser Welt ist die Tatsache, dass du mir die Nervensäge Baldwin vom Halse geschafft hast. Der Kerl war mir schon seit langem ein Dorn im Auge.

Bregovic ist tot, Baldwin im Gefängnis. Es scheint, als brächen goldene Zeiten für mich an! Danke sehr, Justus Jonas, für deine tatkräftige Unterstützung in dieser Sache!

Brittany lässt dir übrigens schöne Grüße ausrichten. Sie sagt, sie habe dich wirklich gemocht. Du seist ein schlaues Kerlchen. Nun, das wusste ich schon immer. Erinnerst du dich? Bereits damals, bei unserer ersten Begegnung, stellte ich dir die Frage, ob du an meiner Seite arbeiten möchtest. Damals lehntest du noch ab.

Auch das zweite und dritte Mal bliebst du deinen moralischen Grundsätzen von Recht und Gerechtigkeit treu. Doch ganz unter uns: Dieses Mal bist du weich geworden, nicht wahr? Dieses Mal geriet deine Moral, die ich schon fast als unerschütterlich zu akzeptieren bereit war, ins Wanken. Du warst bereit, dich gegen Recht und Gesetz zu stellen.
Gewiss wirst du diesem Vorwurf entgegenhalten, dass du es nicht zu deinem eigenen Vorteil tun wolltest, sondern einzig und allein für Brittany. Du wolltest ein gutes Werk tun! Doch wenn du ehrlich zu dir selbst bist, Justus, wirst du zugeben müssen, dass du es damit letzten Endes doch ganz für dich allein getan hättest. Schließlich ist Liebe nichts anderes als grenzenloser Egoismus.
Du bist schwach geworden, Justus Jonas. Du warst bereit, deine Ideale für deinen Egoismus zu opfern. Und bei all den Erfolgen und Misserfolgen in dieser kleinen Episode verhehle ich nicht, dass ich dies als meinen größten Triumph bezeichnen möchte: Du bist schwach geworden und hast einen Blick auf die andere Seite der Versuchung geworfen. Der erste Schritt ist getan. Ich bin gespannt, wie weit du das nächste Mal gehen wirst. Denn ein nächstes Mal wird es geben. Da bin ich ganz sicher.

Victor Hugenay

Lange Zeit starrte Justus ins Leere und gab sich dem Echo von Hugenays Worten in seinem Kopf hin. Dann verengten sich seine Augen in grimmiger Entschlossenheit. Er zerknüllte den Brief zu einer kleinen Kugel, warf sie in den Papierkorb und murmelte: »Darauf freue ich mich schon.«

Erlebe weitere Abenteuer mit Die drei ??? im coolen Comic-Stil

Welches Geheimnis steckt hinter dem Tattoo?

Teuflisch spannend!

ISBN 978-3-440-14123-6

ISBN 978-3-440-15471-7

ISBN 978-3-440-16298-9

Tränen, Chaos, Weltuntergang!

Are you ready to rumble?

ISBN 978-3-440-17140-0

Gibt es Bigfoot doch?

ISBN 978-3-440-17720-4

kosmos.de/die-drei-fragezeichen